문화재 기행

한국의 멋과 미를 찾아서

I

조 영 자 지음

국학자료원

문화재 기행
한국의 멋과 미를 찾아서

I

조 영 자 지음

머리말

유라시아 대륙의 동쪽 끝에 위치하고 있는 우리나라는 고조선(檀君朝鮮)이란 국호로 개국한지 5천년이 흘렀다. '조선(朝鮮)'이란 '아침 해가 선명하다'란 뜻으로 동방 즉 시작과 희망을 함의(含意)한다. 인도의 시성 타고르(R. Tagore)는 우리국민의 기상을 '동방의 등불'에 비유하였고, 시인 최남선은 한반도가 마치 맹호가 발을 들고, 동아시아 대륙을 향해 나는 듯 뛰는 듯, 생기 있게 할퀴며, 달려드는 모양을 보여준다고 했다. 비록 한반도의 지형을 표현한 말이지만, 세계 속에서 도약하고 발전하는 우리민족의 기상과 진취성, 그리고 역동성과도 맥을 같이한다고 생각한다.

삼국시대 고구려의 수도 길림성 집안(集安)의 고구려왕릉 고분벽화에서 고구려인의 웅장하고 막힘이 없는 대륙적 기상과 진취적 역동성을 읽을 수 있다. 한강유역의 하남 위례성(慰禮城)에 도읍을 정했던 백제는 공주와 부여로 천도하면서 중국의 남조(南朝)문화를 받아들여 섬세하고 화려한 문화를 탄생시켰다. 한반도의 동남쪽에 위치했던 신라는 서라벌(徐羅伐·경주)에서 고구려와 백제문화를 받아들여 소박하면서도 생동감 있는 조화의 미를 창출했다. 삼국시대에 유교, 불교, 도교가 전래되어 한반도의 예술문화 전반에 영향을 미쳤다. 이러한 한반도의 선진문물은 인접해 있는 일본의 고대문화 발전에 크게 기여하였다.

우리나라는 국토의 70%이상이 산악지대이다. 한반도의 산악들은 우람하고 날카로운 골격을 드러내기도 하고, 어머니의 젖무덤 같이 부드럽고 아늑한 곡선을 그리기도 한다. 민족의 영산인 백두산을 중심으로 시원한 두 물줄기는 압록강과 두만강으로 흐르고, 백두산에서 시작한 백두대간(白頭大幹)은 금강산, 설악산, 태백산, 속리산, 그리고 지리산으로 이어진다.

남한은 동고서저(東高西低)의 지형으로 동해안에는 수많은 고산준령을 품은 태백산맥이 한반도의 등줄기를 이루었고, 서남쪽으로는 소백산맥이 이어지면서 발원한 한강, 금강, 영산강, 섬진강, 낙동강 등이 평야를 적신다. 수많은 산과 계곡을 휘감고 흐르는 청류에는 산영과 구름이 내려와 논다.

서남해안에는 천연기념물로 지정된 보배로운 섬들이 많다. 유인도와 무인도를 합치면 섬이 3350여 개나 된다. 한반도 서남단에 얼마나 비경의 섬이 많았으면 기원전 3세기에 진시황제가 불로장생의 약초를 구해오라고 한라산 일원에 군단을 파송했을까? 일직이 선조들이 한반도를 '삼천리금수강산'이라 노래해왔다. 또한 영주십경(瀛州十景)으로 예찬해온 제주도 한라산일원은 유네스코 세계자연유산 3관왕의 인증을 받았다.

한반도는 지정학적으로 위로는 세계에서 국토가 3번째로 큰 중국과 첫 번째의 대국인 러시아와 국경을 접하고, 동쪽으로는 해양국가인 일본열도가 자리하고 있다. 돌아보면 우리나라는 냉전시대에는 자본주의와 공산주의의 대립의 장이었고, 오늘날은 세계적으로 정치적·경제적 세력을 확장해 가는 중국과 그동안 태평양 지역을 관장해오던 미국 간의 이익이 상충(相衝)되는 지역이다.

근래 중국 사회과학원이 추진하고 있는 동북공정(東北工程)과 일본의 반성 없는 과거사 인식과 제국주의적 침략근성이 되살아나고 있는 현 시점에서 우리국민은 '역사를 잊은 민족에게 미래는 없다'고 한 단재 신채호선생의 말을 되새겨 볼 필요가 있다. 우리국민의 저력은 어려운 고비마다 세계 최강국들 사이에서 광대가 외줄타기를 하듯, 복잡 미묘하게 얽힌 국제정세 속에서 지혜롭게 헤쳐 왔다. 그러나 세계2차 대전의 종결과 더불어 우리민족의 의지와는 무관하게 국토가 분단된 나라, 동족 간에 이념을 달리하는 국가체제가 들어선지 70년, 아직도 세계에서 가장 중무장한 지역에서 남·북 간에 긴장은 계속되고 있다.

일제강압시절과 '6·25 동란(한국전쟁)' 등 지난 1세기 동안 폐허 속에 방치되었던 문화재를 1960년대부터 호국문화유적의 복원과 정화, 유물전시관, 전통문화와 관련된 문화시설 확충, 그리고 선현유적지에 대한 대대적인 보수·정화사업이 지속되어 왔다. 옛날에 답사했던 곳이라도 다시 가족들과 함께 찾아가볼 만한 교육적·역사적 유적지가 아름답게 단장되었다. 한강의 기적을 시작으로, 21세기에 선진국으로 발돋움한 대한민국의 문화경관도 경이롭기 그지없다.

이번에 엮은 필자의 국내 여행기는 문화재를 답사하고 연구한 전문 서적이 아니다. 노경에 벗들과 계절 따라 국내 유적지와 명승지를 여행하며 그 곳에 얽힌 역사와 옛 문객들이 읊었던 시문(詩文)을 산책하는 기분으로 가볍게 조명해 보았다.

제1권에는 강원도와 서울을 포함한 경기도, 그리고 경상남북도와 동남해안을 포함시켰다. 강원도에는 금강산과 설악산, 강릉 등을 배경으로 한 「관동팔경(關東八景)」의 절경이 있으며, 명산마다 유서 깊은 고찰(古刹)이 자리하고 있다. 경기·서울지역은 한양도성을 중심으로 구축된 산성과 조선의 고궁들, 행주산성대첩, 한양과 개경의 관문인 동시에 외침(外侵)과 서양문물의 도래지였던 강화도가 포함되었다. 경상도에는 삼국을 통일했던 신라 천년의 도읍지 경주, 한국정신문화의 수도 안동, 임진왜란 때 진주성대첩과 한산대첩을 거둔 유적지, 그리고 한려해상국립공원 등이 포함되었다.

제2권에서는 삼국시대에 백제의 영토였던 충청도와 전라도, 그리고 서남해안의 다도해지역과 옛 탐라왕국(耽羅王國)이었던 제주도를 묶었다. 충청남도 공주와 부여는 백제의 문화예술의 본향이다. 특히 2010년에는 부여에 백제문화테마파크가 탄생했다. 충청도에는 독립기념관 등 임진왜란에 얽힌 유적지가 많다. 전라도에는 한국 가사문학의 요람이었고, 원림과 정자문화(亭子文化)가 만개했던 담양, 남도화풍(南道畵風)의 시원인 진도, 이순신 장군의 명량대첩 유적지, 천연기념물인 홍도와 흑산도, 보석 같은 섬들이 펼쳐져 있는 서남해안, 그리고 유네스코 세계자연유산인 삼다도(三多島)가 포함되어 있다.

톱니바퀴처럼 맞물려 돌아가는 일정에서 하루를 벗어나기만 해도 이미 마음은 생활의 권태감에서 세척된다. 밤낮없이 지줄 그리며 흘러가는 강은 무엇을 노래하고, 우람한 골격바위를 드러내고 하늘을 우러러 주야로 기도하는 산봉은 창조주께 무엇을 고하며, 야생화가 한들거리는 들녘은 그 고장의 전설을 어떻게 전해 주는지 귀 기울여 볼 일이다. 때로는 방랑하는 마음으로 계절이 손짓하는 곳에서 외로움에 젖어 보는 것도 건강요법의 하나이다. 실로 자연은 우리를 보듬고 키워주는 어머니다.

국내여행기를 엮으면서 가슴 한 구석에 쌓이는 슬픔은 부인할 수 없다. 240여 년간 고구려후기의 수도였던 평양과 남포, 그리고 5백여 년간 고려의 수도였던 개성은 북한에 있다. 한반도에 태어난 한 사람으로서 80을 바라보는 나이지만, 북한의 역사유적지와 경승지를 보지 못했다. 명승지 답사는 고사하고 이산가족 상봉의 길조차도 막혀있는 우리의 현실, 한반도의 반쪽짜리 국내여행기를 엮으며 우리의 후손들은 삼천리금수강산을 자유로이 오갈 날이 하루속히 오기를 기원해 본다.

광복 및 남북분단 70주년인 2015년 광복절을 맞아 강원도 철원 백마고지 역에서 경원선 복원을 위한 기공식이 있었고, 「통일 나눔 펀드」기부에 동참하는 물결이 전국에서 활발히 일어나고 있다. 우리겨레의 가슴에 통일희망의 등불을 밝히는 기초 작업이 진행되고 있다. 가슴에 손을 모은다.

이 두 권의 국내여행기가 나오기까지 많은 분들로부터 사진자료를 도움 받았다. 성원에 깊은 감사를 드린다. 그동안 국내의 명승지·유적지를 다녀온 후 써둔 감상문을 이번에 책으로 묶었다. 책에 나오는 사진은 시청·군청의 문화예술·관광 공보처 등에 사진자료를 부탁드렸는데, 여러 곳에서 관심을 보이며 과분할 정도로 도움을 주셨다. 각 사진 아래에 제공출처를 일일이 명기하다보니 복잡하고 미관상으로 깨끗하지 못하여 책의 후기(後記)에 명기하였음을 해량(海量)하여주시기 바란다.

출판이 어려운 때 국내여행기 두 권을 기꺼이 칼라로 생재해주신 국학자료원의 정찬용 원장님과 정진이 대표님께 가슴 깊이 고마움을 표한다. 여행기가 두 권이나 되고, 사진첨부가 많아서 편집상 번거로움이 많았을 것으로 사료되며, 수고해주신 김진솔 편집인에게 감사를 드린다.

2016년 초봄
여의도 청심재(淸心齋)에서
조영자

목차

제1장 태백산맥을 품은 강원도(江原道)

1) 금강산(金剛山) ‖ 22

* 고성 통일전망대 ‖ 23 * '금강산 관광증' 수령 ‖ 23 * 금강산호텔의 가무공연 ‖ 24
* 온정각 휴게소에서 출발 ‖ 25 * 금강산 목란관 ‖ 26 * 금강산 옥류동玉流洞 ‖ 27
* 옥류담玉流潭과 비봉폭포飛鳳瀑布 ‖ 29 * 목란관의 평양냉면과 '참나물 물김치' ‖ 29
* 금강산문화회관 '평양모란봉 교예단' ‖ 30 * 온정각 뷔페 · 현대아산 경영 ‖ 31
* 해금강海金剛과 삼일포三日浦 ‖ 31 * 신라의 화랑도들이 노닐었다는 삼일포三日浦 ‖ 32
* 바위산 봉래대蓬萊臺 ‖ 33

2) 설악산(雪嶽山) 공룡능선 단풍 ‖ 36

* 속초시 노학동의 척산尺山온천장 ‖ 36 * 설악산 신흥사雪嶽山 新興寺 ‖ 39
* 불탑佛塔과 부도浮屠 ‖ 39 * 신흥사 보제루普濟樓 ‖ 41

3) 관음성지 낙산사(洛山寺) ‖ 42

* 관음성지 홍련암紅蓮庵 ‖ 44 * 중앙법당 원통보전圓通寶殿 ‖ 46
* 해수관음상海水 觀音像 ‖ 47 * '길에서 길을 묻다'란 음각의 문구가… ‖ 48
* 속초束草 대포항 ‖ 49

4) 강릉 경포대(鏡浦臺) · 오죽헌(烏竹軒) ‖ 51

＊강릉 경포대鏡浦臺 ‖ 52　＊강릉 오죽헌烏竹軒 ‖ 55　＊'양병십만론養兵十萬論' ‖ 58
＊신사임당의 시 · 서 · 화詩書畵 ‖ 59　＊초당草堂두부의 기원 ‖ 60

5) 춘천 봉화산(烽火山) 구곡폭포(九曲瀑布) ‖ 61

＊문배마을 ‖ 63

6) 춘천 옥산가(玉山家, Jade Mine) ‖ 63

＊옥동굴 체험장 ‖ 65

7) 축령산(祝靈山) 기슭의 「아침고요 원예수목원」 ‖ 67

＊아침고요 역사관 ‖ 68　＊분재盆栽정원 ‖ 69

8) 춘천 남이(南怡)섬 ‖ 72

＊남이南怡장군 묘역 ‖ 74　＊환상적인 메타세쿼이아Metasequoia 숲길 ‖ 75
＊연가지가戀歌之家 포토갤러리 ‖ 77

9) 대하소설 『토지(土地)』의 산실 치악산 자락 ‖ 78

＊박경리 여사와의 만남 ‖ 79　＊청와대 만찬에 초대받았어도… ‖ 81
＊일본상품 애용을 개탄했다! ‖ 82　＊『토지』책 전집 선물 한 박스 ‖ 83
＊요즘 학생들은 질문이 없다! ‖ 84　＊일본인은 역사와 문화의 진실을 밝히기를
거부한다! ‖ 85　＊소설의 무대배경 평사리 최참판댁 ‖ 87

제2장 한반도의 중심지 서울 · 경기도

1) 한양도성과 고궁(古宮) ‖ 91

* 초기백제 위례성慰禮城 ‖ 91 * 조선시대 5대 고궁古宮 ‖ 92
* 경복궁(景福宮 · 조선의 정궁) ‖ 93 * 창덕궁昌德宮과 비원秘苑 ‖ 94
* 창경궁 · 경희궁 · 덕수궁 ‖ 96 * 남산南山타워 · 팔각정 ‖ 97
* 인사동仁寺洞 · 문화거리 ‖ 98

2) 건국역사의 산실 이화장(梨花莊) ‖ 98

* 중국인 배의 시체실에 숨어서 상해까지 밀항했다! ‖ 100
* 이승만 박사와 프란체스카여사와의 만남 ‖ 101 * 대한민국의 건국대통령 ‖ 102
* 박정희 대통령의 이승만 박사 서거 추도사 ‖ 103

3) 도산 안창호(島山 安昌浩)선생 기념관 ‖ 105

* 로스 엔젤레스에서 공립협회共立協會 창립 ‖ 106
* 안창호 선생의 「민족개조론(民族改造論)」 ‖ 106

4) 임시정부청사 경교장(京橋莊) ‖ 108

* 상해 임시정부 수립과 독립투쟁론 ‖ 109
* 국립효창독립공원 「백범 김구 기념관」 ‖ 111

5) 서대문 독립공원 ‖ 113

* 민족자결주의 원칙과 「3 · 1 독립만세운동」‖ 115 * 서대문 형무소 역사관 ‖ 116

6) 항일독립투사 윤동주의 시비(詩碑) ‖ 117

* 1980년대 학생민주화운동의 아지트 ‖ 119

7) 용산 국립중앙박물관 ‖ 121

* 혜초의 『왕오천축국전』 특별기획전 ‖ 122 * 『왕오천축국전』 · 세계의 4대 여행기 ‖ 122 * 경천사지敬天寺址 10층 대리석 석탑 ‖ 124

8) 용산 전쟁기념관(The War Memorial of Korea) ‖ 125

* 가슴 아픈 형제상兄弟像! ‖ 126

9) 38선 · 판문점(板門店) 「자유의 집」 ‖ 129

10) 경기도 수원화성(水原華城) ‖ 131

* 수원성의 탁월한 군사시설물 ‖ 133

11) 서울 남한산성(南漢山城) ‖ 134

* 남한산성 행궁복원 ‖ 135 * 통일신라의 전초기지 남한산성 ‖ 137

12) 굴욕의 삼전도비(三田渡碑) ‖ 138

* 병자호란丙子胡亂을 돌아보며 ‖ 139 * 환향녀還鄕女와 호로자식胡虜子息 ‖ 141

13) 호국유적지 강화도(江華島) ‖ 142

* 고려궁지高麗宮址 ‖ 143   * 고려의 『초조 고려대장경(初雕 高麗大藏經)』‖ 144
* 철종의 잠저 용흥궁龍興宮 ‖ 145   * 성공회강화성당聖公會江華聖堂 ‖ 146
* 강화 제적봉制赤峰 평화전망대 ‖ 147   * 고인돌 공원과 강화 역사박물관 ‖ 149

14) 행주산성 행주대첩(幸州大捷) ‖ 151

* 행주산성 대첩문 ‖ 152   * 임진왜란을 돌아보며 ‖ 154   * 승병僧兵 의병義兵 ‖ 156

15) 아고라「AGORA 정치 · 우표 박물관」

(Museum of Politics & Stamps) ‖ 158

* 우표전시관 ‖ 162   * 야생화 압화壓花전시실 ‖ 162
* 앞뜰에 작은 산 하나를 불러들인 산간 주인! ‖ 163

16) 세계 민속악기 박물관 ‖ 164

17) 포천 산정호수(山井湖水) ‖ 169

* 백운계곡 청류에 발을 담그고… ‖ 170

18) 용인 한국 민속촌 (Korean Folk Village) ‖ 171

* 물레방아 · 디딜방아 · 연자방아 ‖ 172   * 민속공예품과 각종 전시관 ‖ 174

19) 양화진(楊花津) 외국선교사 묘원(墓園) ‖ 174

20) 절두산(切頭山) 천주교 순교자 성지(聖地) ‖ 179

* 조선에 밀려온 새로운 학문과 사조思潮 ‖ 183
* 「한국순교성인시성기념 교육관」 ‖ 183

21) 상암동 억새밭 「하늘공원」 ‖ 184

22) 여의도汝矣島 한강공원 ‖ 187

* 제2의 고향 여의도 ‖ 188

제3장 신라 천년의 유적과 한려해상국립공원

1) 신라 천년의 고도 경주(慶州) ‖ 195

* 감은사지感恩寺址 3층 석탑 ‖ 195   * 토함산吐含山 불국사佛國寺 ‖ 196
* 토함산 석굴암(石窟庵·石佛寺) ‖ 198   * 황남동皇南洞 대릉원 고분지구 ‖ 200
* 월성지구 (혹은 半月城 지구) ‖ 201   * 첨성대(瞻星臺, 국보 제31호) ‖ 202
* 안압지(사적 제18호) ‖ 202   * 경주국립박물관·어린이 박물관 ‖ 203
* 신앙의 정토 남산南山지구 ‖ 204   * 포석정鮑石亭 (사적 제1호) ‖ 204
* 경주 황룡사지皇龍寺址·분황사芬皇寺 ‖ 206
* 원효대사·요석공주瑤石公主·설총 ‖ 208

2) 한국정신문화의 수도 안동(安東) ‖ 209

* 안동 월영교月映橋 ‖ 210 * 미투리 한 켤래와 편지 ‖ 212 * 유교사상과 조선시대 여성생활女性生活 ‖ 213 * 하회河回마을 유네스코 세계문화유산 ‖ 214
* 병산서원屛山書院 ‖ 215 * 도산서원陶山書院 ‖ 217

3) 청송 주왕산(周王山) 주산지 ‖ 219

* 청송 얼음골 인공빙벽 · 얼음폭포 ‖ 221 * 영덕 풍력발전단지 ‖ 222
* 영덕대게 전문요리점 ‖ 223

4) 울진 월송정(越松亭) ‖ 224

* 울진 성류굴聖留屈 ‖ 227 *자연산 미역안주와 동동주 ‖ 229
* 울진 불영 계곡佛影 溪谷 ‖ 230 * 봉화 「다덕(多德)약수터」 ‖ 231

5) 영주(榮州) 부석사(浮石寺) ‖ 232

* 부석사 창건설화와 선묘낭자善妙娘子 ‖ 234 * 풍기 인삼人蔘과 인견人絹 ‖ 235

6) 남강 촉석루와 진주성(晋州城) ‖ 237

* 진주대첩(晋州大捷, 제1차 진주성 전투) ‖ 239 * 제2차 진주성 전투 ‖ 239
* 의기義妓 논개와 의암義巖 ‖ 240 * 진주남강 유등축제流燈祝祭 ‖ 243

7) 남해 한려(閑麗) 해상국립공원 ‖ 244

* 한산대첩閑山大捷 ‖ 246 * 통영 이충무공의 충렬사忠烈祠 ‖ 247
* 유물전시관 ‖ 247 * 판옥선板屋船과 거북선龜船 ‖ 248

* 정주영 회장의 「거북선과 영국은행에서의 차관 일화」∥249
* 이순신의 장계狀啓와 '나라 사랑하는 마음'∥250

8) 부산 해운대(海雲臺)∥252

9) 가야산(伽倻山) 해인사(海印寺)∥254

* 해인사 천왕문天王門∥256　* 고려 8만대장경과 장경판전∥257

◆ 제1권의 후기(後記)∥260

제1장

태백산맥을 품은 강원도(江原道)

강원도는 백두산에서 뻗어 내려오는 백두대간에서 태백산맥으로 이어지는 산줄기를 품고 있다. 전체면적의 80%이상이 산지인 강원도에는 한반도에서 가장 아름다운 금강산과 설악산을 비롯하여 오대산, 태백산, 함백산, 치악산 등이 자리하고 있다. 남한의 2대강인 한강과 낙동강이 강원도 태백시와 삼척시에서 발원한다. 강원도 평창군에서 시작된 한탄강은 함경남도 마식령에서 시원한 임진강과 합류하여 한강하류를 통해 황해로 흘러든다.

태백산맥을 경계로 서쪽을 영서지방, 동쪽을 영동지방이라 부르는데, 영동지방에는 대관령, 미시령, 진부령, 한계령 등 여러 고개와 계곡이 많아서 절경을 이룬다. 송강 정철松江 鄭澈의 「관동별곡(關東別曲)」에 나오는 경승지가 이곳에 산재해 있다. 강원도는 지리적으로 북위 37~38도에 걸쳐있어서 휴전선과 비무장지대(DMZ)가 가로놓여있다. 금강산은 행정구역상 북한(조선민주주의 인민공화국)의 강원도 금강군, 고성군, 통천군에 걸쳐있다.

1) 금강산金剛山

금강산은 우리민족의 영산靈山이다. 한반도의 오악五岳인 백두산(북악), 묘향산(서악), 금강산(동악), 삼각산(중악), 그리고 지리산(남악) 중에서도 금강산은 한반도 제일의 풍광을 자랑한다. 2006년 6월 6일 현충일, 서울 광화문에서 오전 9시20분에 현대아산 주식회사 관광버스에 올랐다. 자식들이 주선해 준 선물로 그이와 필자는 2박 3일간 금강산 관광을 하게 되었다. 관광객의 대부분은 연세 높은 분들이었는데 그 중에는 머리 하얀 노부모를 자식이 부축하고 온 가족단위도 있었다.

70평생에 그리던 금강산을 답사한다고 생각하니 흥분과 기대감에 가슴이 설레었다. 금강산을 소재로 한 시문과 산수화는 많다. 필자의 고등학교 국어책에 실렸던 정비석의 「산정무한(山情無限)」은 금강산 기행문이었다. 정비석은 통일이 되면 늙으신 어머님을 모시고 제일 먼저 금강산을 보여 드리고 싶다고 하였던가.

금강산 관광 길은 1924년 8월에 한반도 최초의 전기철도인 「금강산선(金剛山線: 철원역~내금강역)」이 개통되었다. 1930년대 후반에는 금강산관광객이 연간 15여만 명에 달했다고 한다. 필자가 어렸을 때는 유행가 「조선팔경가(朝鮮八景歌)」를 자주 들었다. "에 금강산 일만 이천 봉 봉마다 기암이요. 한라산 높아 높아 속세를 떠났구나~" 하며 불렀다. 금강산은 경승지로서 일본과 동아시아에서도 유명해졌다. 「금강산선」 철도는 해방을 전후하여 폐쇄되었다.

현대現代그룹 아산 정주영峨山 鄭周永회장의 집념과 노력으로 2003년 9월에 금강산 육로관광길이 열렸고, 2006년 6월부터는 내금강관광이 시작되어 관광코스는 다양해졌다. 폐쇄된 지 반세기가 지나서 재개된 금강산 관광길은 단순한 관광의 차원을 넘어서 남북한 간의 문화교류의 창구를 연 중요한 의미를 지니고 있다. 강원도 어디쯤 지날 때 굽이도는 강물에 울창한 신록과 산영이 드리웠고, 그 위로 흰 구름이 흐른다. 창가에 미끄러져가는 유월의 풍경을 완상하며 나는 이미 속계를 떠나가고 있는 듯 했다.

고성 통일전망대

강원도 고성군 해발고도 70m되는 통일전망대에 도착하였다. 1983년에 육군전진부대에 의하여 세워진 통일전망대는 안보교육장을 포함하여 총 119평의 하얀 2층 건물이다. 통일전망대 뜰에는 헬리콥터와 전차, 바위에 새긴 「민족의 웅비」, 「공군 351고지 전투지원 작전기념비」가 세워져 있고, 정자에는 통일기원 범종이 걸려있었다.

고성 통일전망대 1층에는 북한 주민들의 생활용품이 전시되어 있었다. 2층 전망대에 오르니 동햇가에 점점이 떠 있는 해금강과 금강산의 일부가 보였다. 순간 가곡 「그리운 금강산」이 떠올랐다. 전망대 맞은편 동산에는 '통일 산정'이란 네 글자를 잔디로 크게 돋을새김 되어 있었다. 거대한 통일 미륵불 입상, 성모 마리아상, 고성지역 전투 충혼탑 등이 있으며, 한국전쟁 체험전시관과 통일기원 기도회 및 교육장이 구비되어 있었다. 구내에는 기념품 판매점과 음식점도 있었다. 가이드는 시간을 정해주며 지정 음식점에서 중식을 자유롭게 선택하게 했다. 우리 부부는 황태 북어국 백반을 먹었다.

'금강산 관광증' 수령

오후 2시30분에 고성의 「금강산 남·북 출입사무소」에 집결하여 관광증을 받았다. 가로 11cm, 세로 18cm되는 비닐봉지에 남·북 출입국에 제출할 여권사진이 첨부된 묵직한 서류봉지를 받아 목에 걸었다. 가이드는 만약 이 서류를 분실하거나 찢거나 구겨져 해독하기 어려울 때는 벌금으로 100만원까지도 물어야 한다며 잘 간수해 달라고 당부하였다. 그래도 가이드는 마음이 놓이지 않았는지 가장 중요한 서류 한 장은 보관했다가 떠나오기 전에 돌려주겠다며 거두어 갔다.

북측 반입금지 물품인 휴대폰, 배터리, 충전기, 신문, 서적, 라디오, 나침판 등은 모두 보관했다가 돌려준다며 거두었다. 카메라와 캠코더 배율은 가이드에게 일일이 확인 받아야 했다. 남·북 출입사무소를 거쳐 숙소인 금강산호텔에 도착했을 때는 저녁 5시 30분경이었다.

금강산호텔의 가무공연

금강산호텔에 숙소를 정하고, 저녁식사 후 밤 9시30분에 금강산호텔에서 가무공연을 관람했다. 북측가요와 민요 등, 「만나서 반갑다」는 내용의 노래와 율동은 순식간에 동족간의 친밀감을 불러일으켰다. 가슴이 찡해왔다. 여성 5인조 전자악단의 빼어난 연주와 가야금, 손풍금 등 기악독주는 일품이었다. 하양, 연분홍, 연보라 빛 우아한 한복차림의 북측 여인들은 하나같이 날씬한 몸매에 그림처럼 예뻤다. 그러나 여가수들의 북측 특유의 창법과 간드러지는 가성假聲의 말투는 좀 부자연스럽게 들렸다.

밤이 깊어지니 기온이 급 하강하며 안개비가 내린다. 호텔 주변의 산봉우리가 순식간에 안개 속으로 사라졌다. 내일 날씨가 걱정되어 북측 사람들에게 물었더니 이곳은 일기의 변화를 예측할 수 없다고 했다. 필자는 잠자리에 들면서도 안개구름이 걱정되었다. 흥분으로 잠은 오지 않고 선인들의 금강산을 예찬한 시구詩句들만 떠오른다. 영국의 지리학자이자 여행가인 이사벨라 비숍Isabella B. Bishop은 1890년대 말경에 금강산을 답사한 후, '여기 11마일에 걸친 금강산의 자태는 세계 여느 명산의 아름다움을 초월하고 있다. 대협곡은 너무나 황홀해서 우리의 감각을 마비시킬 지경'이라 예찬했다고 한다. 밤이 깊도록 그림첩에서 본 금강산 계곡을 상상의 날개로 넘나들며 뒤척였다.

온정각 휴게소에서 출발

다음날 새벽에 창밖을 보니 짙은 안개가 산 허리춤으로 내려오고 있었다. 하기야 영봉靈峰의 신출귀몰은 모두 안개의 장난이 아닌가. 해님이 뒷산 계곡에 잠자는 바람 한 줄기를 부르기만 한다면 만학천봉이 기다렸다는 듯이 가슴을 활짝 열어젖히고 우리를 영접해 줄 수도 있지 않을까. 짓궂은 안개가 선심을 써주길 바라며, 온정각 휴게소에서 오전 8시 40분에 출발했다. 모든 관광버스는 이곳에서 출발했다. 젊은이들의 대부분은 외금강의 기암괴석을 볼 수 있는 만물상으로 가는 제2코스를 택했다. 나이든 그룹은 옥류동玉流洞 계곡과 비봉폭포를 보고 하산하는 제1코스가 무난할 것이라고 가이드가 추천하였다. 우리부부는 제1코스에 합류했다.

몇 분을 달리자 적송 숲속에 자리한 사찰 '금강산 신계사金剛山神溪寺'가 있었다. 가이드는 6·25 전쟁 때 소실된 것을 남측의 대한불교 조계종 합천해인사와 북측의 조불련이 2006년에 공동으로 복원을 추진하고 있다고 하였다. 금강산 송림 속에 위치한 사찰! 문득 수년 전에 타계하신 필자의 시부님이 떠올랐다.

필자의 시아버지 무문 정근모無門 鄭根謨 선생은 평생을 교육계에 종사하였고, 일제강압시절에 전남 영광에서 교육계의 지기와 함께 학교를 세웠으며, 밤이면 마을사람들에게 글을 가르치는 계몽운동을 하셨다. 시아버지의 유고집『교육자는 사랑의 봉사자』에는 독실한 불교신자로서 20세 때 22세 정종(호는 온버림, 동국대 철학과 명예교수)형과 함께 금강산 장안사 지장암長安寺 地藏菴에 머무는 백성욱白性郁 박사를 모시고 60일간 입산수도入山修道한 적이 있다는 내용이 게재되어 있다. 방학 때면 시아버님은 자비로 준비물을 구비하여 광주 원각사 고등부 학생들에게 설법하기도 하였다. 장안사는 신계사, 유점사, 표훈사와 함께 금강산 4대사찰 중의 하나였다.

필자는 젊었을 때 불교서적을 탐독한 적이 있다. 난해한 부분은 지방에서 시부모님이 올라오시면 밤늦도록 시아버지와 불교에 대해 대화를 나누었다. 시아버님은 중생의 3독三毒인 탐 · 진 · 치貪 · 瞋 · 痴의 3화三火에서 벗어나는 것이 열반이요 해탈이라고, 알아듣기 쉽게 설명해 주셨다. 금강산의 유서 깊은 사찰을 보니 시아버님의 기침소리가 어디서 들려오는 듯하다.

금강산 목란관

우리일행은 구룡폭포로 가는 길목에 위치한 목란관 입구에서 하차했다. 목란관은 냉면과 전통음식 등을 즐길 수 있는 북한 음식점이다. 목란관은 원형으로 지어진 하얀색 건물인데, 계곡에 사각형 돌을 쌓아 올려 기둥을 만든 후, 그 위에 누각처럼 단층으로 지은 건물이다. 큼직큼직한 하얀 바위군락 위로 세차게 흘러내리는 청류! 주위의 짙푸른 소나무 숲과 어우러진 목란관 주위경관은 무척 아름다웠다. 가이드는 금강산 어느 곳에서도 담배를 피울 수 없게끔 법으로 규제되었다고 했다. 다만 목란관 현관에 마련된 재떨이에서만 담배를 피울 수 있다고 했다. 정말 좋은 규제라고 생각했다. 하산 때 이곳에서 점심을 먹기로 하고, 우리 그룹은 옥류동 계곡을 향해 걷기 시작했다.

금강산 옥류동玉流洞

옥류동 계곡으로 향해 오르는데 양지다리, 금수다리 건너 만경다리에 이르니 금강산의 빼어난 아름다움이 끝없이 펼쳐진다. 그런데 큰 바위나 전망이 좋은 곳에는 '위대한 수령 김일성동지께서…' 로 시작되는 찬양문구와 붉은 글씨로 쓴 공덕비가 여러 개 세워져 있었다.

옥류동 바위에 세겨진 공덕비문

산의 웅장하고 근엄한 위용이 명산의 제일의 조건일 것이다. 만물상 계곡은 화강암바위의 결이 수직으로 갈라진, 수직절리垂直節理가 오랜 세월동안 풍화 및 물과 파도 따위의 삭박削剝작용에 의하여 천태만상을 이루었다. 반면에 옥류동 계곡은 바위의 결이 가로로 틈이 생긴 평평한 판상절리板狀節理이다. 바위가 눈부시게 희다.

'금강문金剛門'은 우람한 바위가 꼭지 점에서 엇비슷하게 마주 붙어서서 삼각형을 형성하며 한 사람씩 지나갈 수 있게끔 자연 돌문을 이루고 있었다. 실로 좁은 문이었다. 성경의 산상수훈에 나오는 '좁은 문'이 떠올랐다. 텔레파시가 통했는지, 남편은 금강산 비경에 진입하는 자연발생적인 '좁은 문' 천국문 이라 하여 함께 웃었다. 금강문 뒤에는 옛날 선녀들이 내려와 춤추며 놀았다는 전설의 무대바위(너럭바위)가 있다. 눈부시게 새하얀 바위가 넓게 펼쳐져 있다. 계곡주위에는 정비석이 예찬한 "청운의 뜻을 품고 하늘을 향하여 문실문실 자란 나무들, 모두 근심 없이 자란 나무들"이 울창하다. 금강산 계곡 중에서 제일 아름답다는 옥류동 계곡! 참으로 아름답고 신비로운 비경이다. 조선시대 제일의 진경산수화가 겸재 정선鄭敾은 이 바위에서 금강산을 화폭에 담고 또 담았으리라. 시문객들은 다투어 시를 짓고, 기행문을 썼으리라.

금강산 옥류동 계곡의 「금강문」

춘원 이광수는 「옥류동」에서 "바위가 백옥白玉이오 흐르는 물은 벽옥碧玉이라. 벽옥이 백옥으로 흐르니 옥류인가 하노라"했다. 육당 최남선은 『금강예찬』에서 "우리가 상상할 수 있는 일체의 미적요소, 미적조건, 미적요구의 완전한 조화상태가 물적으로 경치 상으로 성립될 수있다할 때 그것이 어떤 것인지 알고자 한다면 옥류동을 보라" 하였다. 큼직큼직한 하얀 바위들 위로 흘러내리는 옥빛 물줄기는 아름다움에 더해 신비롭게 보였다.

그러나 해는 야속하게 숨어버렸고, 정상에서 계곡으로 안개는 빠른 속도로 내려오고 있었다. 여기서부터는 길이 갑자기 가팔라서 장갑 낀 손으로 철책과 바위를 잡고 올라야 했다. 지팡이에 의존해 올라온 노인들은 오름을 포기하고 돌아갈 채비를 하는 이도 있었다.

옥류담玉流潭과 비봉폭포飛鳳瀑布

'무대바위 뒤로 옥류담!' 말 그대로 물빛이 황록색이다. 폭포의 높이는 50m, 옥류담 수심은 5~6m, 옛날에는 가운데 3~4m높이의 돛대바위가 있었으나, 홍수에 넘어졌다고 한다. 주변에는 수목이 우거져 퍽 아름답다. 옥류 폭포 위에는 계곡 위에 다리가 걸쳐져 있고, 형형색색의 옷을 입은 관광객들이 줄을 잇고 있었다. 그런데 안개에 가려 구룡폭포와 구룡대를 볼 수 없다며, 앞서 올랐던 여행객들이 벌써 내려온다. 열심히 오르고 있는 우리에게 돌아서는 게 낫다고 하였다. 여기까지 와서 비봉폭포를 볼 수 없다니! 좌절감에 다리에 힘이 빠졌다. 차마 돌아설 수 없어서 바위에 주저앉았다.

남편은 내일 일정도 만만찮은데, 무릎 관절염을 앓는 필자에게 욕심 부리지 말고 내려가자고 하였다. 선뜻 돌아서지 못하고 안개 속에 숨어 버린 계곡을 원망스럽게 한참 동안 올려다보았다. 가이드를 통하여 들었던 비봉폭포 이야기! 절벽에서 떨어지는 물줄기가 바위에 부딪쳐 물방울로 튀어 오르며 봉황새가 꼬리를 흔들며 날아오르는 형상을 한다는 비경을 상상 속에 그려볼 뿐이었다. 비록 구룡폭포 정상에 올라 상팔담上八潭 전경을 내려다보며 '선녀와 나무꾼'의 전설을 상기해 볼 수는 없다고 치더라도, 비봉폭포도 못보고 하산하다니…. 짙은 안개가 계곡을 장막처럼 순간적으로 덮어버렸다. 할 수 없이 우리는 발길을 돌렸다.

목란관의 평양냉면과 '참나물 물김치'

목란관 본채 건물에 이어있는 관광식당은 원형으로 조형된 건물로서 주위를 모든 면에서 관망할 수 있게끔 유리벽으로 지어졌다. 유리벽을 통해 완상하는 금강산, 하얀 바위산 층암절벽에 키 작은 소나무가 간신히 더부살이를 하고 있었다. 바위는 회백색, 옥골玉骨이 장대하고 품위가 고고하였다. 금강산을 마주보고 앉아 평양냉면과 비빔밥을 먹을 수 있는 곳이다. 북한특유의 '참나물 물김치', 녹두전, 산채가 나왔는데 '참나물 물김치'가 맛있어서 세 번이나 더 달라고 했다. 수줍은 듯 홍안에 상냥한 미소를 띠고 접대해 주는 한복차림의 북한아가씨들은 6월의 넝쿨장미꽃 같았다.

금강산문화회관 '평양모란봉 교예단'

비봉폭포를 오르지 못했는데도 날씨 탓인지 다리가 무거웠다. 두어 시간 소용돌이치는 금강산 온천물에 몸을 풀었다. 온정리 온천은 신라시대에 발견된 온천으로 라돈과 규산, 칼슘이온 등이 함유되어 있다고 한다. 이는 북한에서 천연기념물 226호로 지정되었다.

금강산문화회관에서 오후 4시 반부터 6시까지 '평양 모란봉 교예단'의 공연을 관람했다. 모란봉(牧丹峰, 95m)은 평양시 중심에 있는 작은 언덕 이름이다. 이 교예단은 북측의 최 일류배우들로 구성되었는데 모나코 국제교예축전 등에서 대상과 금상을 여러 차례 입상하여 국제적인 명성을 획득했으며, 매년 여러 차례 해외공연도 실시한다고 했다. 교예를 보는 동안 애처로워서 가슴이 철렁할 때가 있었다. 국제교예축전에서 입상한 눈꽃조형, 공중 2회전, 널뛰기, 장대재주, 봉재주 등 에센스만 모아 보여주었다. 관중석에서는 '이제 그만해라'는 탄식소리도 새어나왔다. 가이드는 북한에서 배우들이 장·차관 대우를 받는다고 했지만, 아슬아슬한 묘기를 연출할 때마다 가슴조이며, 혹시나 하는 위험성 때문에 그들이 애처롭게 보였다. 묘기는 실로 신통했다.

온정각 뷔페 · 현대아산 경영

무공해 야채들로 맛깔스럽게 조리된 온정각 뷔폐는 관광객들을 즐겁게 해주었다. 가까운 곳에 현대아산에서 경영하는 비닐하우스가 있는데 그 곳에서 북한주민이 무공해 채소를 가꾼 것이었다. 일인당 식권이 우리 돈으로 만원인데 음식가지수도 다양하고 맛이 있어서 대중의 호응을 받고 있었다.

저녁 7시부터 온정각 광장의 열린 무대에서 '세계여자 권투선수권대회'가 열렸는데 밤이 되니 안개비가 내리고 기온이 쌀쌀해져서 관람하기가 힘들었다. 남 · 북측선수, 그리고 중국 등지에서 선수들이 참가했는데 선수들의 머리모양과 옷차림, 그리고 몸짓과 운동의 형태로 보아 여자인지 남자인지 분간하기 어려웠다. 격렬한 운동을 싫어하는 필자는 남편을 조르다가, 먼저 호텔로 돌아왔다. 어제 밤, 권투시합에서 대부분 북측 권투선수들이 이겼다고 했다.

해금강海金剛과 삼일포三日浦

2006년 6월 8일, 오늘도 잔뜩 흐렸다. 비옷을 준비하라고 했지만 우리부부는 여름철이라 홀가분히 삼일포코스에 나섰다. 금강산 해금강은 강원도 고성군에 있는 삼일포 부근의 바다로서 총석정 구역, 삼일포 구역, 그리고 해금강 구역으로 나뉜다. 해금강으로 가는 길목에 현대아산 채소재배 비닐하우스와 온정리 초등학교, 그리고 중등학교를 지났는데, 학교운동장이나 길에서 학생은 한 명도 보이지 않았다. 중학교(6년제)에서 성적이 우수한 5%상위권만 대학에 진학하고 나머지는 군에 입대해야 하는데 군복무기간은 7년이라고 했다.

들판과 길에 오가는 사람도 지킬 것도 없는데, 여름에 큰 모자에 겨울 군복 같은 소매 긴 옷을 입은 군인이 부동자세로 빨간 기를 들고 서있었다. 필자는 가이드에게 왜 보초를 섰느냐고 물어보니, 관광차량이 이동하는 때를 맞추어 보초를 선다고 했다. 버스 안에서 사진을 찍으면 절대로 안 된다고 가이드는 단단히 주의를 시켰다. 도로변에 열 채 가량 농가가 있었는데 그들의 생활모습이 너무나 적나라하게 노출되기 때문에 길에서 좀 깊숙한 곳으로 이주시켰고, 보이는 집들은 빈집이라고 하였다. 민통선 내에는 들녘과 민둥산 비탈에 풀이 덮였고, 나무는 없었다. 멀리 개울가 미루나무 몇 그루 있는 곳에 작은 집 몇 채가 보였다.

해금강 안내도에는 북으로는 총석정叢石亭, 해만물상(향로봉) 전망대, 남으로는 입석立石, 여울, 송도(솔 섬) 등 동해안 따라 10여km에 이르는 구간을 말한다. 관동8경중에서도 제 일경에 꼽힌다는 총석정은 강원도 통천의 해안기슭 1km구간에 수직 주상절리를 이룬 바위 숲과 그 위에 세워진 누정을 말하지만, 총석정은 아쉽게도 개방되지 않았다.

해금강은 민통선 내에 위치해 있기 때문에 북측 군부대를 통과한 후 해금강 앞에 하차하여 바닷가 주변, 한정된 영역을 걸어보는 코스다. 해금강 언덕 뒤에 북한군부대가 주둔해 있기 때문에 관광객이 볼 수 있는 영역은 바다 한 귀퉁이 뿐이었다. 가늘게 치솟은 화강암 기암 위에 소나무가 무성한 비경, 무수히 솟아있는 작은 바위섬들, 잿빛하늘이 우수憂愁에 차 있는 것 같은데, 멀리 가까이 바위섬에 파도가 부딪쳐 하얀 물꽃을 피웠다가 사라진다. 해금강은 그리움을 안고 온 관광객들을 향해 많은 사연을 말하고 있으련만, 자연의 언어를 해독할 수 없는 인간의 감성은 얼마나 무딘 것일까? 마냥 바라볼 뿐이었다.

신라의 화랑도들이 노닐었다는 삼일포三日浦
우리일행은 해금강에서 버스로 삼일포로 향했다. 삼일포는 강원도 고성군에 있는 호수로서 관동팔경 중의 한 곳이다. 옛날에 삼일포는 만灣이었는데, 밀려온 모래에 의하여 입구가 퇴적되면서 호수가 된 석호潟湖이다. 나무가 울창한 언덕바지에서 내려 얼마를 걸어가니 삼일포 호수 한 코너에 2층으로 지어진 단풍관이란 기념품가게와 음식점을 겸한 하얀색 건물이 있었다. 관광객을 맞이하는 상점 앞마당에서는 석쇠에 생선포를 구워 파는 코너도 있었고, 건어물도 팔고 있었다. 건물 2층에 올라가면 삼일포가 한 눈에 들어온다. 삼일포는 서쪽으로 봉우리가 겹겹이 둘러있고, 동쪽으로는 바다를 향해있다.

신라 때 국선國仙 화랑도 4명, 영랑 · 술랑 · 남석랑 · 안상랑이 이곳 경치에 매혹되어 3일 동안 노닐었던 곳이란 데서 삼일포란 이름이 생겼으며, 삼일포 기슭에 사선정터가 있다. 산봉우리 절벽에 '술랑도 남석행述郎徒 南石行'이라 새긴 글자를 보고 송강 정철이 45세(1580)때 강원도 관찰사로 가는 길에 이곳에 들려 남긴 글이다. "고성高城을 저만 두고 삼일포 찾아가니, 새긴 글은 완연한데 신선은 어디간고. 예서 사흘 머문 후에 어데 가 또 머물고"하였다.

바위산 봉래대蓬萊臺

단풍관을 나와 호숫가를 몇 분 걷다보면 전망대인 봉래대 바위산에 이른다. 봉래대는 조선 초기의 문신이며 서예가인 봉래 양사언蓬萊 楊士彦이 이곳에서 호수를 바라보며 글공부했다는 호숫가 바위굴이 있다. 양사언은 석봉 한호石峯 韓濩, 추사 김정희秋史 金正喜와 함께 조선시대 3대 명필로 꼽았다. 양사언의 시 「태산이 높다하되」란 시가 생각난다. "태산이 높다하되 하늘아래 뫼이로다. 오르고 또 오르면 못 오를리 없건마는, 사람이 제 아니 오르고 뫼만 높다 하더라,"란 각오로 수양하며, 예술을 갈고 닦았으리라.

봉래대에 오르는 길은 가파르고 험했다. 돌을 깎아 계단을 만들기도 했고, 돌출된 나무뿌리가 거물처럼 얽히고설켜 가파른 산길에 계단구실을 할 때도 있었다. 발길에 걸리는 나무뿌리와 가파른 돌계단 때문에 장갑 낀 손으로 길목의 나무들을 휘어잡고 오를 때도 있고, 철책을 지팡이 삼아 집고 올라야 했다. 등산객의 손길에 어떤 소나무 껍질은 윤기 나고 매끄러웠다. 또 어떤 소나무는 절벽에서 굴러 내릴 것 같은 바위를 나무줄기로 껴안다시피 감싸고 있었다. 소나무와 바위는 서로 공생하는 관계를 유지하고 있었다. "인간은 사회적 동물이다"라고 한 고대그리스의 철학자 아리스토텔레스의 말이 떠올랐다. 인간은 한 평생 불만을 토로하고, 때로는 서로 할퀴며, 해치고 뭉개며 살아간다. 공생이든 기생이든 서로 보듬고 살아가는 자연을 보며, 인간의 모습이 부끄럽게 생각되었다.

봉래대 정상에서 내려다보면 삼일포 전경이 한 눈에 들어온다. 호수에는 소가 누워있는 모습 같다하여 붙인 이름 와우섬과 작은 3개의 섬들이 떠 있다. 섬에는 나무가 무성하다. 봉래대 정상 절벽 끝에 철책이 둘러져 있어서 마음 놓고 삼일포를 완상할 수 있다. 옛 화랑도들이 노닐던 호수와 작은 섬들이 한 폭의 그림이다. 훗날 나의 자식들도 금강산을 탐승하다 이 누대에 올라 삼일포 서정에 잠기리라 생각하니 삶의 한 순간 한 순간이 더욱 소중하게 생각되었다. 이곳에도 바위에 붉은 글씨로 새긴 찬양비가 세워져 있었다.

봉래대에서 하산 하는 길은 금강문처럼 거대한 바위 몇 개가 엇비슷하게 이마를 맞대고 섰는데 그 아래를 비집고 한 사람씩 빠져나갔다. 실족하지 않게 조심조심 흔들다리를 건너 장군대로 갔다. 장군대에 오르니 비탈길 저 아래에 관광버스가 줄지어 우리를 기다리고 있었다. 어제는 금강산 옥류동, 오늘은 해금강과 삼일포를 답파했으니 더 바랄 것이 없었다. 하늘은 잔뜩 미간을 찌푸리고 있었고, 곧 비가 쏟아질 것만 같았지만, 우장도 챙기지 않은 처지에 얼마나 다행인지, 안도에 가슴을 쓸었다. 명산대천을 유람하며 청복淸福을 누리는 것도 시절인연이 닿아야하고, 건강의 축복도 필요하다.

　일행은 온정각으로 돌아와 버섯전골과 참나물 산채로 점심을 먹으며, 그이와 나는 금강산에서의 마지막 점심과 관광을 자축하며 물 컵을 높이 들어 쨍 마주쳤다. 옆에 있던 관광객들이 우리의 모습이 아름답다며 자기네들도 자축했다. 야외 벤치에서 커피를 마시며 금강산을 망막과 기억 속에 욕심껏 새기고 있는데 짙은 안개가 먼 산과 앞산을 순식간에 덮어버렸다. 소나무 숲을 흔들어대던 바람이 끝내 비를 불렀다. 빗줄기가 세차게 내려 꽂혔다.

　이삼일 간 전화소리도 초인종소리도 잊고 금강산에서 노닐었다. 악착스러운 생활의 톱니바퀴에서 벗어나 순수한 자연의 품안에서 감성이 순화되었을까. 그렇게 생각하다가 30분 후면 서울로 돌아간다고 생각하니 손자 손녀들의 모습이 떠올랐다. 순간 서울이 또 그리워졌다. 새털같이 가벼운 인간의 감정! 이란생각이 들었다. 체코슬로바키아 출신 밀란 쿤데라Milan Kundera의 소설제목인『참을 수 없는 존재의 가벼움』이란 말이 떠올라 속으로 웃었다.

　아아. 그리웠던 금강산, 비록 날씨는 계속 궂었어도 섭섭함이 없도록 아름답게 관광객을 맞아주었다. 금강산의 비경은 한반도의 자랑이요, 후손들에게 물려줄 최상의 자연유산이다. 남북통일이 되어 칠천만 겨레품안에 우뚝 솟은 영산으로 자리하길 염원해 본다.

2) 설악산雪嶽山 공룡능선 단풍

설악산(1708m)은 강원도 속초시와 양양군, 인제군, 고성군에 걸쳐있는 산으로 동해에서 약 15km 떨어져 있다. 태백산맥 연봉중의 하나인 설악산은 남한에서 한라산(1950m)과 지리산(1915m) 다음으로 높다. 그리고 바위의 웅장함과 절묘함은 금강산과 아름다움을 다투는데, 촌수로 치면 금강산과 4촌간 쯤 될까? 특히 설악산 대청봉을 비롯하여 700여 개의 봉우리로 이어져 있는 공룡능선이 오색단풍으로 단장했을 때는 설악단풍을 경승지 으뜸으로 꼽는다. 백색의 울산바위 아래에 주황색의 단풍이 물결칠 때면 천하에 비길 데 없는 비경이다.

동향同鄕의 벗들과 2009년 10월에 1박2일 간 설악산 단풍구경을 떠났다. 설악산 단풍은 보통 10월 15일에서 10월 22일까지가 절정이다. 올해는 단풍이 예년보다 3~4일 늦은 편이다. 우리일행은 새벽 7시 경 서울역 일원에서 관광버스에 올랐다. 오전 11시 쯤 통일안보 공원을 지나, 민통선을 지날 때 군경이 직접 우리가 탄 버스에 올라 내부를 훑어보았다. 고성 통일전망대에 관해서는 앞 페이지 「금강산 기행」에서 서술했기에 여기서는 생략한다.

속초시 노학동의 척산尺山온천장

우리일행은 속초시 노학동에 있는 척산 온천장에 들렀다. 미시령 계곡 입구에 자리하고 있는 척산 온천장은 1960년대에 국립지질 조사단에 의하여 지하250m에서 원천온도 43도의 천연 알카리성 온천수를 발견하게 되었다고 한다. 이곳에서 차로 10분 거리에 설악산이 있으며, 대포 항과도 가까워 1976년에 특정 관광지구로 지정되었다. 1980년에 개장한 척산 온천장은 지난해에 리모델링을 하였다고 하는데 외관이

산뜻하였다. 이 온천수에는 불소(F)와 방사성물질인 라듐(Ra)이 다량 함유되어 있다고 한다. 일반적으로 우리에게 알려진 유황온천과는 달리 물빛이 약간 푸르며 촉감이 매끄럽다. 종일 버스여행을 한 후라 온천욕을 하고나니 한결 몸이 가벼웠다.

여행사에서 주선한 숙소에 들었다. 가이드는 내일 새벽 7시경에 설악산으로 떠난다는 메시지와 함께 자유로운 시간을 가졌다. 식당음식과 룸서비스는 보통수준이었지만, 모두 만족하는 것 같았다. 조선시대의 유학자 화담 서경덕徐敬德은 혼자 말처럼 "마음아, 너는 어찌 늘 젊어 있느냐? 내가 늙을 때이면 너인들 늙지 않겠느냐? 아마도 너 쫓아다니다가 남을 웃길까 염려한다"라는 시를 지었다. 꼭 그런 기분이다. 여행길에 오르면 나이와는 무관하게 잔잔한 흥분으로 뛰는 가슴, 어느 면에서 여행은 인간의 감성을 부풀게 하는 흥분제 같기도 한가보다.

산악인에 따라서는 금강산보다도 설악산을 더 예찬하는 이도 있다. 예부터 사람들은 금강산은 수려하나 웅장하지 못하고, 지리산은 웅장하나 수려하지 않은데, 설악산은 수려하고 웅장하다雪嶽秀而雄라고 평했다. 육당 최남선의 설악예찬 구절이다. "설악산은 절세의 미인이 그윽한 골속에 있어서…, 참으로 산수풍경의 지극한 취미를 사랑하는 사람이면, 금강보다도 설악에서 그 구하는 바를 비로소 만족하게 할 것이다"라고 했다. 설악산의 백미는 백설에 덮여있는 숭고한 모습일까? 아니면 화려한 단풍 옷을 입고 관광객을 향해 팔을 벌리고 안아주는 가을일까?

이튿날 아침, 설악산 국립공원 단풍시즌, 교통체증을 생각하며 새벽 7시에 설악산으로 향했다. 속초시 설악동에 위치한 신흥사의 단청丹靑으로 장식한 일주문을 지나니 소공원 입구 주차장에는 벌써 관광객과 차량들로 북적였다. 서둘렀지만, 늦었다는 생각이 들었다. 10월 중순인데도 설악산은 아직 단풍을 갈아입지 않았다. 우리일행의 첫째 관심사는 권금성(權金城, 1128m)에 오르는 케이블카 티켓을 구입하는 것이었지만 기다리는 줄이 만리장성이었다. 케이블카는 2대로 왕복하는데, 탑승정원은 50인이었다. 표를 구입하더라도 케이블카를 타기까지는 또 2시간가량 승강장에서 기다려야 했다. 표는 당일 오는 순서대로 구입하게 돼 있었다. 우리일행은 포기하는 수밖에 없었다. 권금성 전망대에서 외설악의 절경과 동해바다를 볼 수 있는 꿈은 접어야 했다. 우리일행은 신흥사 경내를 여유롭게 둘러보기로 의견을 모았다. 하산할 시간을 정한 뒤 자유 시간을 가졌다. 그이의 동향의 벗 중에는 불교미술과 문화예술 전반에 대한 해박한 지식을 지닌 분이 있어서 훌륭한 해설자 역할을 하여서, 견문을 넓히는데 도움이 되었다.

설악산 가을 단풍과 청동 통일기원대불좌상

설악산 신흥사雪嶽山 新興寺

신흥사의 통일기원 청동좌불 상은 참으로 우람하였다. 높이 14.6m, 좌대높이 4.3m, 연꽃좌대직경 13m, 청동의 무게 108톤, 10년(1987~1997)에 걸쳐 완공하였는데 공사비가 37억 원 정도 들었다고 한다. 부처의 머리 뒤에는 광배光背가 둘러져 있고, 불상은 미소를 띤 인자한 상이었으며, 항마촉지인降魔觸地印을 한 자세였다. 이는 석가모니가 깨달음의 경지를 나타내는 자세라고 한다. 불상의 자세, 손에 지니고 있는 물건이나 수인手印 등으로 자신의 본체를 드러내며, 10손가락으로 깨달음을 표현하는 것을 수인이라 한다고 한다.

불상의 광배는 빛으로 말씀을 전하는, 광명설법光明說法을 나타낸 상징적인 조형물이다. 청동좌불 연화대좌 아래에는 16나한상이 돋을새김 되어 있어서 퍽 위엄 있어 보였다. 불상의 양 눈썹 사이의 희고 부드러운 털 백호白毫는 광명을 비춘다는 의미로 보석을 끼워 넣었다고 하였다. 대불 뒤쪽에 지하법당으로 내려가는 출입구가 있는데, 지하에는 '천안천수天眼千手 관세음보살'을 모신 법당이 있다. 대불 뒤쪽 원경에는 울산바위가 백색 아름다운 자태를 병풍처럼 펼치고 있었다.

불탑佛塔과 부도浮屠

신흥사로 향하는 길에 역대 고승들의 부도와 비석들을 보았다. 석가모니의 사리를 모신 탑을 불탑이라 하는데, 이는 사찰의 중심, 법당 앞에 세워진다. 불탑을 돌로 축조하면 석탑石塔, 벽돌로 축조하면 전탑塼塔, 나무로 축조하면 목탑木塔이라 하는데, 우리나라에는 석탑, 중국에서는 전탑, 그리고 일본에서는 목탑이 많다고 한다. 부도는 고승들의 시체를 다비茶毘한 후 나오는 사리 등을 봉안한 석조물인데, 넓적한 돌 기단위에 종 모양 같이 생긴 것, 직사각형 기둥위에 항아리모양으로 올린 것, 자그마한 탑처럼 생긴 것 등 다양하였다.

우리일행은 갈바람에 옷깃 날리며 신흥사와 울산바위 방향으로 난 숲길을 걸었다. 금권성에 올라서 공룡능선과 동해를 일망무제로 바라보는 기회는 갖지 못했지만, 소나무향기 묻어오는 솔바람을 마시며 걸으니 시심詩心이 솟았다. 필자는 조선중기의 문신인 성혼成渾의 시「말없는 청산이요」를 읊었다. "말없는 청산이요, 태없는 유소로다. 값없는 청풍이요, 임자 없는 명월이라. 이 중에 병 없는 몸이 분별없이 늙으리라." 필자는 또 중얼거렸다. 송나라 시인 소동파蘇東坡의「적벽부(赤壁賦)」에 나오는 구절인 "오직 산 위의 밝은 달과 강위의 맑은 바람은 아무리 써도 다함이 없고用之不竭, 아무리 가져도 금하는 자가 없다取之無禁'라고 하면서 그이를 쳐다보았다. 남편은 "우리 좀 생각하며 조용히 걸을 수는 없을까?"했다. 필자는 더 큰 소리로 나옹懶翁스님의 시를 또 읊었다.

청산은 나를 보고 말없이 살라하고, 창공은 나를 보고 티 없이 살라하네.
탐욕도 벗어놓고 성냄도 벗어놓고, 물같이 바람같이 살다가 가라하네.
소리에 놀라지 않는 사자와 같이, 그물에 걸리지 않는 바람과 같이
진흙에 더럽혀지지 않는 연꽃과 같이, 무소의 뿔처럼 혼자서 가라하네.

남편은 언제 들어도 좋은 시라고 했다. 그제야 필자는 입을 다물었다.
석교를 지나자 왼쪽으로 크고 둥글넓적한 자연석으로 아귀를 맞추어 쌓아올린 신흥사 돌담이 퍽 운치가 있었다. 신흥사 사천왕문에 들어서니 불법을 수호하는 4명의 신들이 우리가 악귀인줄 알았는지 눈을 부릅뜬다. 가람 뒤로는 설악산이 둘러져 있고, 권금성도 보였다. 기록에 의하면 신흥사는 진덕여왕 6년(652)에 신라의 고승 자장율사慈裝律師가 창건하였으며, 옛 이름은 향성사香城寺였다고 한다. 오랜 세월의 흐름 속에 몇 번 화재가 발생하여 다시 건립되었고, 이름도 신흥사로 개칭되었으며, 지금의 건물은 영조46년(1770)에 세워졌다고 한다.

설악산 신흥사 「부도밭」

신흥사 보제루普濟樓

신흥사 보제루(강원도 유형문화제 104호)는 장대석으로 쌓은 2단의 측대 위에 정면7칸, 측면 2칸으로, 홑처마 맞배지붕의 구조물이다. 1층은 큰 기둥들로만 바치고 있는 열린 공간으로서 뒤편에 있는 극락보전으로 오르는 통로이다. 보제루 2층에는 불전 사물(四物: 범종 법고 목어 운판) 외에도 불경 경판이 보관되어 있다고 한다.

보제루를 지나 극락보전極樂寶殿으로 오르니 겹처마 팔작지붕에, 섬세한 꽃무늬로 장식되어 있는 창 문살이 곱다. 극락보전에는 극락세계를 주관하는 아미타불을 모신다. 극락보전 앞에는 석등이 세워져 있다. 그 외에도 경내에는 극락왕생을 비는 명부전, 토속 신을 모시는 삼성각, 선방인 적묵당, 그리고 스님들의 생활공간인 요사채 등이 있다.

우리일행은 신흥사를 둘러보고, 다시 모이기로 약속한 통일대불이 있는 소공원 쪽으로 나오는 길에 '강원 여류 시화전詩畵展'을 보았다. 나무 사이에 줄을 치고 시를 적어 집개로 매달았는데, 시의 주제는 다양하였고, 시의 구성이 비교적 호흡이 짧은 행과 연으로 표기되어 있었다. 누가 가을을 시인의 계절이라 했던가. 설악산 솔바람에 펄럭이는 시편들! 시의 향기가 은은하게 계곡을 누비고 있었다. 설악산 신흥사에서 투어버스로 내려와 해물두부찌게로 점심을 하고, 곧바로 인근에 위치하고 있는 양양 낙산사로 향했다.

설악산 신흥사 「보제루(普濟樓)」

3) 관음성지 낙산사洛山寺

「낙산사」(사적 제495호)는 강원도 양양襄陽군 강현면 전진리에 위치한 우리나라 제일의 관음성지觀音聖地이다. 신라 문무왕11년(671)에 의상대사에 의해 창건되었다. 오랜 역사 속에 화마와 전란으로 여러 번 중건되었다. 낙산사의 '낙산洛山'은 범어로 '보타낙가普陀洛迦'의 준말로서 '관세음보살이 계신다'는 뜻이라고 한다. 낙산사는 가까이 설악산 국립공원이 있고, 동쪽은 동해를 향해 급경사를 이루는 지형에 자리하고 있다. 한국의 명산마다 유명한 사찰이 자리하고 있지만 '낙산사'만큼 아름다운 경관을 지닌 사찰이 또 있을까 싶다.

낙산사 의상대

낙산사 경내로 언덕길을 따라 오르면 다래헌이 나오고, 보타전과 해수관음상 쪽으로 가는 길과 오른쪽으로는 의상대義湘臺와 홍련암紅蓮庵으로 가는 길이 갈라진다. 우리일행은 의상대 쪽으로 먼저 갔다. 의상대는 바위 절벽 위의 정각인데, 멀리서 보면 소나무 두세 그루가 의상대를 보좌하듯 하다. 의상대에서 굽어보니 동해를 향한 단애이다. 이곳에서 의상이 일출을 바라보며 참선했다는 곳인데, 여기서 동해를 바라보는 것은 환희 그 자체였다. 의상대에서 좀 떨어진 곳 낮은 절벽 위에 청기와를 올린 홍련암이 그림처럼 앉아있다. 홍련암에 대한 설화 때문인지 신비롭게 보였다. 선조13년(1580), 강원도 관찰사로 부임하는 중에 관동팔경을 유람하며 쓴 송강 정철의 '의상대'에 관한 묘사이다.

배꽃은 벌써 지고 접동새 슬피 울 제, 낙산 동쪽으로 의상대에 올라앉아,
일출을 보리라 한밤중에 일어나니, 오색구름 피어난 듯, 여럿용이 떠받치는 듯,
바다를 떠날 때는 온 천하 요동치니, 하늘 높이 치오르니 터럭을 헤리로다.

낙산사는 창건된 이후 화재로 몇 차례 중건, 중창, 복원되었다. 1925
년, 만해 한용운卍海 韓龍雲스님이 낙산사에 머물었을 때 의상대를 지었
다고 한다. 1975년에 개축했다. 한용운은 일제강점기의 시인이요, 승려
였으며, 1919년 3 · 1만세운동 때 대표 33인 중의 한사람으로 활동했다
가 체포되어 3년간 서대문 형무소에서 복역했다. 필자의 고등학교 국
어교과서에 한용운의「님의 침묵」과「복종」이 실려 있었다. 2005년 식
목일 날, 도로변의 산불이 강풍을 타고 번져 낙산사 대웅전 일원의 전
각들과 소나무 참나무 10만 그루가 전소되었다. 화가 김홍도의 낙산사
도에 따라 2006년부터 2010년에 걸쳐「낙산사」는 복원되었다. 소나무
6천 100여 그루, 굴참나무, 동백나무, 산수유 등 9만3000여 그루를 심
었다고 한다. 새로 태어난 낙산사의 모습을 보는 반가움과 기쁨은 우리
국민 모두에게 각별하였으리라. 국비와 사찰자체의 조달, 다른 종교단
체로부터 후원금 등으로 재건되었다. 고마움의 표현으로 사찰 입장료
를 받지 않았고, 사찰 내 커피 자동판매기 무료운용, 점심 때 공양간에
서 국수를 제공한다고 하였다.

관음성지 홍련암紅蓮庵

홍련암은 의상대사가 신라문무왕 16년(676)에 세웠으며, 지금의 건
물은 고종6년(1869)에 개축한 것이라고 한다. 관음성지인 홍련암은 기
도도량으로 발원을 하면 효험이 있다고 알려져 있다. 홍련암은 동햇가
절벽에 옹벽을 쌓아올린 터에 앞면과 옆면이 3칸, 청기와를 올린 팔작
지붕인데, 나지막한 하얀 돌기둥 울타리를 둘렀다. 홍련암 관음굴에 얽
힌 전설은 석판에도 새겨져 있다.

의상대사의 홍련암에 관한 설화와 영주 부석사의 창건설화, 경북울

진 불영사 창건설화는 의상대사를 신격화한 느낌이 강하게 든다. 당시 도반道伴이었던 의상대사(義湘大師, 625~702)와 원효대사(元曉大師, 617~686)가 함께 중국유학의 길에서 겪었던 2차례에 걸쳐 있었던 이야기는 널리 알려져 있다. 첫 번째 시도는 요동부근에서 고구려의 국경 경비대에 첩자인줄로 알고 붙잡혔다가 겨우 빠져 신라로 돌아왔다.

두 번째 시도는 661년에 원효와 의상이 해로海路를 통해 당나라에 가려고 길을 떠났다가 도중에 산속 토굴 속에서 하루 밤을 지내게 되었다. 원효는 밤에 갈증이 나서 바가지에 고여 있는 물을 마셨는데 물맛이 달고 시원하였다. 아침에 깨어보니 지난밤에 잔 곳은 토굴이 아닌 오래된 공동묘지였고, 마신 물은 해골바가지에 고인 빗물이었다. 이에 원효는 '일체유심조一切唯心造, 모든 것은 마음먹기에 달렸다'란 도를 깨달았다. 마음 밖에 아무것도 없는데, 어디서 무엇을 또 구하겠는가? 라며 해골바가지를 들고 춤을 추었다. 그리고 원효는 신라로 돌아왔다.

원효보다 8년 연하인 의상은 깨달음을 얻기 위하여 홀로 배를 타고 중국 당나라로 건너갔다. 의상은 당나라에 도착하여 처음 며칠 머문 신도의 집에서, 선묘善妙란 미모의 아가씨로부터 사랑의 고백을 받으나, 받아들이지 않고, 대승을 배우겠다는 제자로 삼았다. 그 길로 의상대사는 지엄(智儼, 602~668)의 문하에서 8년간 화엄종華嚴宗을 수학하고, 신라로 돌아와 해동화엄종海東華嚴宗의 시조가 되었다.

낙산사 홍련암

원효는 거사의 형색으로 길거리에서 노래와 춤으로 대중교화에 힘썼으며, 행동에 구애됨이 없이 민중포교에 집중했다. 이때 요석공주瑤石公主를 만났고, 아들로 설총이 탄생했다. 원효는 대중의 가슴에 불심을 심기 위해 수많은 촌락을 누비며 무애도인의 길을 택했다. 반대로 의상은 단정한 수행자의 모습으로 제자교육에 정성을 쏟았고, 낙산사, 부석사, 화엄사 등 큰 사찰을 세우며, 교단조직을 통해 신라에 화엄종을 크게 전파했다. 도반으로서 원효와 의상의 출발점은 같았으나 서로가 택한 길은 달랐다.

중앙법당 원통보전圓通寶殿

원통보전으로 오르다보면 불에 탄 소나무의 그루터기가 보인다. 어떤 소나무는 팔을 한 쪽으로만 뻗고 있었다. 정원사에 의하여 예술적으로 전지한 것일까 하고 눈여겨보니 화마에 한쪽부분을 잃은 나무였다. 경내에 어린 소나무 5천 그루를 심었다고 한다. 세월이 지나면 또 아름드리로 무성해지기를 기대해 보았다.

보타전으로 오르는 왼쪽 편에 연못과 누각이 있고, 높은 계단 위에 팔작지붕의 보타전이 위엄 있게 자리하고 있다. 보타전에는 칠관음보살좌상(보물 제499호)과 천수천안관세음보살상이 봉안되어 있다. 천수천안상은 천개의 눈(자비를 상징)과 천개의 손(지혜를 상징)을 가졌다는 말이지만, 이는 사바세계 중생들의 고통과 어려움을 구제한다는 큰 자비의 힘을 상징한다고 한다.

새로 단장한 원통보전의 단청丹靑을 올려다본다. 그야말로 빛바래지 않은 단청의 오방색五方色 배합과 조화가 화려하다. 청靑, 백白, 적赤, 흑黑, 황黃색은 음양오행인 목·화·토·금·수를 상징하며, 4계절과 5방향을 가리킨다. 또한 벽사辟邪와 수복강녕壽福康寧의 상징으로도 쓰였기 때문에 민화와 한복에도 즐겨 응용되었다. 원통보전을 둘러 싼 별꽃담장(강원도 유형문화재 제34호)은 특이했다. 원통보전 앞뜰에 세워진 7층 석탑(보물 제499호)은 조선 세조 때 건립되었다. 탑 귀퉁이에 손상을 입었지만 아직은 견고하게 보였다.

해수관음상海水 觀音像

낙산사의 해수관음상(높이 16m, 1970년대 건립)은 중앙법당에서 좀 떨어진 바닷가에 거대한 순백의 관음상이 세워져 있다. 멀리서 바라보면 고고하면서도 외로워 보이고, 가까이서 올려다보면 자비로운 모습이다. 오른손을 위로하고, 아래로 한 왼손에는 감로수병을 들고 연화좌대위에 서 있다. 관음보살은 중생의 괴로움을 구제하는 보살이다. 즉 현세의 욕심, 집착, 분노, 어리석음, 질병, 고통, 죽음, 빈궁, 지옥의 공포 등에서 자유로울 수 있는 영험을 얻고자 하는 것이다. 신앙적으로 불교는 서방 극락세계에 태어나기를 기원하는 아미타신앙, 도솔천의 미륵이 말세를 구하려 하생하는 미륵신앙, 그리고 현세의 고통과 공포에서 벗어나는 것을 원하는 관음신앙이라고 한다.

해수관음상

'길에서 길을 묻다'란 음각의 문구가…

원통보전에서 길을 따라 가다보면 계단으로 올라가는 길 가운데에 '길에서 길을 묻다'란 한글 행서체의 음각으로 새겨진 글귀를 만난다. 계단 길 주위에는 소나무가 듬성듬성 서있고, 「길에서 길을 묻다」란 글귀가 새겨진 곳에는 소나무 두 그루가 뿌리는 모아졌는데 시원하게 위로 뻗어 자라면서 갈라져 있다. 마치 갈라진 인생의 갈림길처럼…. 아아! 누구의 착상일까? 정말 좋은 화두話頭라고 생각했다.

길道! 석가모니釋迦牟尼는 길에서 탄생했으며, 29세에 출가하여 35세에 완전한 깨달음에 이를 때까지 고행의 길을 걸었으며, 80세에 열반에 들 때까지 45년간 편력하며 교화 설법을 길에서 하셨다. 원효대사도 길에서 도를 깨쳤다.

속인俗人의 살아가는 길도 순간선택의 연속이다. 때론 진퇴양난에 맞닥뜨려 질 때도 있고, 깊숙이 들어온 다음 막힌 외길에서 끝까지 다시 원점으로 돌아가야 하는 길도 있다. 삶의 갈림길은 여러 방향을 가리키지만, 우리가 선택하는 길은 단 하나뿐이다. 그 순간에는 최선, 최고의 길로 알고 결정한다. 그리고 두 길을 동시에 갈 수 없기 때문에 차선이라고 생각하는 길은 언제나 버려진다. 그래서 우리각자가 가는 길은 오직 외길이고, 홀로 가는 외로운 길이며, 때로는 흔들리는 길이다.

필자의 졸저 『묵향이 있는 풍경』(문이당, 1997)에 회혼回婚을 맞은 필자의 시부모님이 자식들에게 '새옹지마塞翁之馬'의 교훈을 선물로 준다고 하신 내용을 실었다. "뜻대로 이루어지지 않는다고 안달복달하지만 긴 안목으로 훗날 평가해 볼 때 꼭 그러한 것만은 아니며, 오히려 그때 불행하다고 여겨진 일이 결과적으로 잘된 일이었음을 스스로 인정할 때도 있다고 하셨다."

옆에서 묵묵히 걷고 있는 남편은 이 문구가 적힌 계단길을 오르며 무슨 생각을 할까 궁금하여 불쑥 물었다. '당신은 누구에게 길을 물어야 된다고 생각해요?'하며 그이를 쳐다보았다. 그이는 엉뚱한 나의 질문에 빙긋이 웃으며 자기가 좋아하는 영국의 처칠(Winston Churchill, 1874~1965) 수상을 들었다. 처칠은 "모든 길은 책 속에 있다"고 했다한다. 그리고 인간의 잠재력은 힘이나 지능이 아니라 끈질긴 노력과 용기에 의해 드러난다고 역설했단다. 듣고 보니 수긍이 갔다. 굽이굽이 닥치는 삶의 어려운 고비, 바른길을 걷기 위하여 우리는 칠전팔기七顚八起의 용기와 노력이 필요한 것이리라.

속초束草 대포항

우리일행은 건어물시장에 들렀다가 오후 2시 경에 속초대포 항 어물시장 주차장에서 하차하였다. 속초항 방파제에는 나지막한 등대가 새빨간 옷을 입고 있었고, 먹이를 찾는 갈매기 떼는 어지러이 낮게 물위를 선회한다. 대포항 해안 쪽으로 나무 식탁과 벤치가 즐비하고 어물시장 좁은 골목은 반원을 그리며 해안가 바위산을 휘감고 있었다. 생선을 부려 놓는 자동차와 트럭, 수족관과 퍼덕이는 물고기가 담긴 바구니, 진열대 위에 꿈틀거리는 활어들, 그 뒤편 방에서는 그룹지어 회를 먹고 있는 풍경 등 삶의 열기가 생동했다.

우리는 광어, 우럭, 오징어 등이 담긴 조그만 바구니를 골랐다. 생선회를 뜨는 동안 상추, 깻잎, 풋고추, 생마늘이 담긴 야채바구니와 초고추장이 나왔다. 우리는 횟집 뒤편 양산아래에 둘러앉았다. 생선가게 아주머니의 활어를 다루는 날렵한 솜씨는 과히 예술적이었다. 벗들과 '이대로' 하며 종이 술잔을 마주쳤다.

우리가 앉아 있는 양산 위로 갈매기는 커다란 날개로 실루엣을 그리며 오가고, 한 발짝 옆에는 수 없이 정착해 있는 작은 어선들이 파도에 일렁인다. 바다갈매기는 그 긴 날개로 시원스레 창공을 날지 않고 어선 가까이나 해안가 생선 가게 주변을 낮게 날면서 먹잇감에만 주시하고 있었다. 순간 1980년대 초, 미국의 작가 리처드 바크Richard Back의 『갈매기의 꿈』 '어디인들 멀랴!'란 단편소설이 떠올랐다. 젊은이들이여, 꿈을 향해 비상해 보라는 깨우침을 준 신선한 작품이었다. 자연은 우리에게 신선한 충격을 주며 잠자는 영혼을 일깨워준다고 생각되었다.

우리는 오후 3시경에 서울로 향해 출발하였다. 창밖에는 푸른 밤안개가 서서히 나래를 편다. 눈을 지그시 감으니 동해바다는 달빛에 반짝이고, 설악산 대청봉 위에는 수많은 별들이 깜빡인다. 통일기원 대불이 설악동 계곡을 평화로이 잠재우고 있을 것을 상상해 보았다.

4) 강릉 경포대鏡浦臺 · 오죽헌烏竹軒

1997년 5월, 우리 가족은 강원도 강릉시에 1박 2일간 여행을 떠났다. 속초 비행장에서 자동차를 대여했다. 남편이 운전하고 두 아들과 딸은 관광안내 지도를 보며 경포대로 향했다. 신라의 고승 원효대사는 강릉에는 산천이 둘러싸고 있어 기氣가 모여 인재가 많이 난다고 하였다. 강릉! 하면 경포대와 오죽헌, 그리고 동시에 신사임당申師任堂과 율곡 이이栗谷 李珥선생이 아이콘으로 떠오른다.

조선 초기 학자요 승려였으며, 방랑시인이었던 매월당 김시습金時習도 강릉출신이었고, 조선시대의 성리학자 초당 허엽草堂 許曄도 강릉출신이다. 허엽의 셋째 아들 허균許筠의 『홍길동전(洪吉童傳)』은 우리나라 최초의 한글소설로서 양반사회를 비판하고, 부정과 비리, 탐관오리와 토호들의 부패, 신분제도와 서얼차별에 항거하는 내용의 작품이었다. 허엽의 딸 허난설헌許蘭雪軒은 규방문학의 걸출한 시인이었다. 허균의 누나인 허난설헌의 「규원가(閨怨歌)」는 문인들의 세계에는 널리 알려진 작품이다. 장남 허성(이조판서 역임)과 차남 허봉(창원부사 역임)을 일컬어 '조선의 허씨許氏 5대문장가五大 文章家'라 일컬었다.

강릉 경포대

강릉 경포대鏡浦臺

날씨는 더 없이 청명했다. 우리는 제일 먼저 경포대(강원도 유형문화재 제6호, 명승 제108호)를 찾아갔다. 경포대는 고려 축숭왕13년(1326)에 창건하였고, 영조 때(1745년) 현재 자리에 옮겨지었으며, 여러 차례 보수하였다. 높은 누대, 울창한 노송 숲에 둘러싸였는데 정면 5칸 측면 5칸의 단층 겹처마 팔작지붕의 누정이다. 경포대에 오르니 5월의 청솔 바람이 옷깃을 날리는데, 물이 맑기로 거울 같다는 경포호와 동해가 한 눈에 들어오고, 멀리 대관령이 한 폭의 수채화로 펼쳐져있다. 석호인 경포호수는 모래의 퇴적으로 작아졌다고 한다. 경포호 일대에는 봄에는 벚꽃, 가을에는 갈대, 겨울철이면 철새들이 깃드는 곳이다. 경포대에는 율곡이 10세 때 지었다는 「경포대부(鏡浦臺賦)」와 세종대왕 때 오래 영의정을 역임했던 황희黃喜정승이「경포대」를 지었으며, 많은 문객들이 아름다운 시문을 남겼다. 조선 19대 숙종 어제시肅宗 御製詩「정난안지요서동汀蘭岸芝繞西東」이다.

난초지초 가지런히 동서로 둘러있고
십리호수 물안개는 수중에 비치네.
아침햇살 저녁노을 천만가지 형상인데
바람결에 잔을 드니 흥겨움이 무궁하네.

조선의 명재상 황희의 시「경포대」이다.

해맑은 경포호 초승달 머금고
낙락한 찬 솔은 푸른 안개에 잠겼네.
구름비단 땅을 덮고 누대에는 대(竹)가 가득
티끌세상 중에도 역시 바다신선이로다.

송강 정철이 45세 때 강원도 감찰사로 부임하던 중에 경포대에 들러 지은, 「관동별곡」중 한 구절이다. 송강은 관동 8경중에서도 경포대를 제1의 경승지로 꼽았다.

> 맑고 잔잔한 호수가 큰 소나무 숲으로 둘러싼 속에 펼쳐져 있으니,
> 물결이 하도 잔잔하여 물 속 모래알까지 헤리로다.
> 한 척의 배를 띄워 호수 건너 정자에 오르니,
> 강문교 넓은 곁에 동해가 거기로구나.
> 조용하구나, 경포의 기상이여! 넓고 아득하구나, 저 동해의 경계여….

신사임당(申師任堂, 1504~1551)의 동상에서 우리가족은 함께 존경의 예를 표했다. 필자는 신사임당의 시를 경외하는 마음으로 읊었다. 평소 자주 애송하는 시다. 그이는 "야아- 너의 엄마 또 나온다. 못 말려" 하며 한 걸음 물러선다. 아이들은 "왜, 아빠 멋있지 않아?" 하며 두 아들들이 아빠의 양팔을 잡는다. 딸은 '엄마 더 크게 읊어' 하며 아빠를 놀리는 듯이 제스처를 하고, 나는 더 큰소리로 시를 읊었다. 신사임당은 결혼한 후, 강릉 친정에서 살다가 시집살이를 위해 서울로 가는 길에 대관령에서 친정 쪽을 바라보며 지은 시가 「유대관령 망친정(踰大關嶺望親庭)」이란 시고, '어머니를 그리워하며'란 시가 「사친(思親)」으로 유명하다.

> 늙으신 어머님을 고향에 두고 외로이 서울 길로 가는 이 마음
> 돌아보니 북촌은 아득도 한데 흰 구름만 저문 산을 날아 내리네.
> — 신사임당 「유대관령 망 친정」

> 산 첩첩 내 고향 천리연마는 자나 깨나 꿈속에도 돌아가고파
> 한송정 가에는 외로이 뜬달, 경포대 앞에는 한 줄기 바람
> 갈매기는 모래톱에 헤락 모이락, 고깃배들 바다 위로 오고 가리니

언제나 강릉길 다시 밟아 가 색동옷 입고 앉아 바느질 할꼬.
　　　　　　　　　　　　　 － 신사임당의 시「사친(思親)」

　신라의 화랑들이 국토순례를 하며 심신을 수련할 때, 한송정寒松亭에서 차를 다려 마시며 풍류를 즐겼다고 한다.

　노산 이은상은「동해의 아침 해」,「푸른 민족」,「동해 송」등 동해를 소재로 많은 시를 남겼다. 달밤에 시문객들이 이곳 누대에서 박주薄酒로 잔을 마주치며 달이 몇 개인지? 밤하늘에, 경포바다에, 경포호수에, 술잔에, 그리고 임의 눈동자에 비쳤을 달, 그 달이 다섯 개니, 여섯 개니 하며 즐겼을 장면을 떠올려 보았다. 역대의 화가들 또한 이곳의 풍경을 다투어 화폭에 담았다.

　이곳을 찾았던 그 숱한 가난뱅이 예술가들은 어디서 무전취식無錢取食하였을까? 저 선교장船橋莊 행랑채 어디쯤에서 다리를 뻗었을까? 어려웠던 시절, 그러나 선인들은 마음의 여유와 낭만이 있었음을 남긴 예술작품을 통하여 읽을 수 있다. 오늘날 물질문명의 풍요 속에서도 메말라가기만하는 우리의 감성! 비록 잠간 동안이지만 경승유적지에서 선인들이 느꼈던 정감을 되새겨 본다.

　서울에서 아침 일찍 집을 나왔기에 우선 점심을 먹고 관광을 계속하기로 했다. 우리는 바닷가 횟집으로 향했다. 싱싱한 회를 먹을 수 있는 즐거움은 동해관광의 부가가치이다. 모듬회와 찌개를 먹으며 밀려 오가는 파도와 넓은 모래톱, 해초냄새와 해풍을 온몸에 발랐다. 해변에서 조개껍질과 예쁜 돌을 주우며,「고향생각」,「사우(思友)」등 학창시절에 배웠던 노래들을 생각나는 대로 합창을 하며 백사장을 걸었다.

　동햇가 절벽 위에 우뚝한 동해관광호텔은 뒷길을 타고 내려가기만

하면 바다였다. 경포호수와 동해바다가 보이고, 호텔 베란다에 서면 동해가 일망무제이다. 호텔 앞 정원에는 울창한 대나무숲과 소나무숲이 있어서 가족여행을 축복해 주는 것 같았다. 우리는 밤이 이슥하도록 달빛에 일렁이는 죽림竹林을 걷기도 하고, 호텔 뒤뜰 바닷가에서 밤하늘의 보석 별들을 마음껏 눈으로 어루만지기도 하였다.

강릉 오죽헌烏竹軒

다음날 우리는 호텔에서 조식 후, 강릉시 죽헌동에 자리한 신사임당과 율곡이 태어난 외가요, 생가인 오죽헌을 찾아갔다. 시원하게 펼쳐진 자경문自警門 앞 광장과 그 주위는 꽃나무들도 가꾸어져 있어 퍽 아름다웠다. 율곡선생의 사당인 문성사文成祠로 들어갔다. 문성은 1624년 인조임금이 율곡 선생에게 내린 시호이다. 문성사의 율곡영정은 이당 김은호 화백이 그렸고, 현판글씨는 고 박정희 대통령의 친필이다. 그 왼쪽에 오죽헌이 자리하고 있다. 경내에는 문성사, 사랑채, 어제각御製閣, 율곡기념관 등이 있다. 1976년 박정희정부 때 대대적인 오죽헌(보물 제165호) 정화사업으로 오늘의 모습을 갖추었다. 뜰에는 수령 600년이 넘었다는 배롱나무(목백일홍)와 매화나무가 있다. 오랜 세월을 휘감은 배롱나무는 오죽헌에 얽힌 역사를 나직이 말해주는 듯하다.

오죽헌의 신사임당 동상

　뒤뜰에 대나무 줄기가 검붉은 색깔인데 대나무 줄기가 어른 남자의
엄지손가락 굵기(?) 만할까? 가늘게 치솟은 오죽烏竹이 바람에 사각거
린다. 오죽의 대는 가늘지만 윤기가 흘렀다. '오죽헌'은 원래 신사임당
의 외할아버지 집이었는데 후에 신사임당의 아버지를 거처 내려왔다
고 한다. 오죽헌은 신사임당과 율곡의 출생지로서 한국 주택건물 중 가
장 오래된 건물에 속한다. 옛날 지조 높은 선비들은 뒤뜰에 대나무 심
기를 즐긴 것 같다. 윤선도의 「오우가(五友歌)」 시에도 대나무를 예찬하
였다. 문인화文人畵를 그리는 필자는 사군자 중에서도 대나무와 국화,
그리고 포도를 즐겨 그렸다. 그래서 대나무를 그리고는 송나라의 시인
이요 문인화가이며 정치가였던 소동파의 시구로 화제를 달았다. 여기
소동파의 대나무예찬 시 「녹균헌(綠筠軒)」의 일부를 옮겨본다.

　　가사식무육(可使食無肉) 불가거무죽(不可居無竹)
　　밥상에 고기가 없을지언정, 내 집에 대(竹)가 없을 수 있겠느냐.

무육영인피(無肉令人疲) 무죽영인속(無竹令人俗)
고기가 없으면 사람이 여월 것이, 대가 없으면 사람이 속될 것이

인수상가비(人瘦尙可肥) 사속불가의(士俗不可醫)
사람이 여위는 것은 살찔 수도 있지만, 속된 사나이는 고칠 수도 없어…

　대나무를 유독 사랑했던 소동파가 어느 날 빨간 물감으로 대나무를 그리자 놀러온 친구가 그림을 보고, 세상에 빨간 대나무가 어디 있느냐고 하자, 소동파가 맞받아서, 그러면 이 세상에 까만 대나무(먹물로 그린)는 또 어디 있느냐고 되물었다는 일화가 있다. 생각나서 덧붙여 보았다.

　어제각은 학문을 숭상하고 학자를 가까이 했던 정조임금이 율곡의 저서『격몽요결(擊蒙要訣)』과 율곡이 사용하던 벼루가 전해진다는 말을 듣고, 보기를 원하였다. 정조대왕은 율곡이 어릴 때부터 사용했던 벼루바닥이 깊숙이 파진 것을 보고 감탄한 나머지 1788년에 친히 필을 들어 벼루 뒷면에 율곡선생의 훌륭함을 찬양한 시를 남겼다.

涵媵池 象孔石 普厥施 함무지 상공석 보궐시
龍歸洞 雲潑墨 文在玆 용귀동 운발묵 문재자

무원, 주자의 못에 적서내어 공자의 도를 본받아 널리 베풂이여.
용(율곡)은 동천으로 돌아갔건만,
구름(명성)은 먹에 묻어 학문은 여기에 남았도다.
　　　　　　　　　　　　　　　　　　　　－ 정조임금의 율곡 찬양 시

　율곡선생이 42세 때 학문을 배우는 초보자를 위해 쓴『격몽요결』에 정조임금은 서문序文을 써서, 벼루와 격몽요결을 잘 보존하라고 명하였다. 그래서 어제각이 세워졌다고 전한다.

율곡선생(1534~1584)은 어릴 때 어머니로부터 학문을 배웠고, 13세 때 진사초시에 합격했으며, 28세 때 장원급제 한 후, 황해도 관찰사, 대사헌, 이조·형조·병조 판서를 두루 거쳤다. 세상 사람들을 깨우치려고 노력하였고, 백성을 구제하려는 경세제민經世濟民의 정치가였다. 조선 유학계에서 퇴계 이황과 쌍벽을 이루는 대학자로써, 글씨와 그림 또한 뛰어났었다.

율곡은 선조 10년(1577), 42세 때 이황의 「도산십이곡(陶山十二曲)」과 쌍벽을 이루는 「고산구곡가(高山九曲歌)」를 짓고 자연예찬과 더불어 주자학에 대한 학구적 열의를 노래했다. "고산의 아홉 굽이 계곡의 아름다움을 세인世人이 모르더니 / 풀 베고 터 잡아 집을 짓고 나니 벗님네 찾아오네. / 아. 무이산에서 후학을 가르친 주자를 생각하며, 주자를 배우리라."하며 연작시를 읊었다.

'양병십만론養兵十萬論'

율곡선생이 병조판서 때 선조임금께 국방강화를 위해 6가지 시급하게 해야 할 「시무6조계(時務六條啓)」란 글을 올렸다. 어질고 유능한 인재를 임용할 것, 군사와 백성을 양성할 것, 재용을 풍족히 할 것, 산성축성을 견고히 할 것, 전쟁 치르는 말을 준비할 것, 그리고 교화敎化를 밝힐 것이었다. 그러나 선조와 조정대신들은 태평성대에 그런 글을 올린다고 비난하였다. 2개월 후, 율곡은 간곡히 '양병십만론養兵十萬論'을 역설했다. 10만 군대를 양성하여 도성에 2만 명, 각 도에 1만 명씩 주둔시켜 나라를 지켜야 한다고 피력했다. 어쩌면 임진왜란을 예언한 것이었을까? 그러나 '양병십만론' 때문에 임금께 교만을 부렸다는 이유로 율곡은 사헌부, 사간원, 홍문관 즉 삼사三司의 탄핵을 받게 되었다. 율곡선생이 세상을 떠난 지 8년도 안 되어 임진왜란(1592)이 일어났다.

신사임당의 시·서·화詩書畵

몽룡실은 신사임당이 율곡을 낳기 전에 검은 용이 바다에서 날아와 침실에 서려 있는 것을 꿈꾸었다고 전한다. '오죽헌'과 '몽룡실' 현판이 두 개 나란히 붙어있는데 이는 추사 김정희의 글씨체라고 한다.

신사임당은 자식들에게 단순히 손재주로만 그림을 그려서는 안 되며, 먼저 마음을 가다듬고, 그리고자하는 대상을 자세히 관찰해야 한다고 가르쳤다고 한다. 율곡의 칠형제자매 중에 셋째가 율곡이고, 아우가 옥산이며, 누나가 시·서·화詩書畵에 능한 매창梅窓이다. 율곡은 16세 때 어머니를 여의고, 어머니의 일대기인 「선비행장(先妣行狀)」을 지었다.

율곡기념관에 있는 신사임당의 유품, 꽃·풀·벌레를 그린 초충도草蟲圖 병풍을 비롯하여 매화도梅畵圖, 꽃과 나비, 물가의 풀과 청둥오리, 기러기와 갈대를 그린 노안도蘆雁圖 등의 그림은 섬세하며, 매우 사실적이다. 묘사력이 정확하고 뛰어나 풀벌레들은 살아서 움직이는 것 같았다. 신사임당은 7세 때 벌써 화가 안견(安堅, 조선 초기 산수화가)의 그림을 보고 그렸으며, 산수화를 그리는 묘사력이 출중해 주위사람들을 놀라게 했다고 한다. 신사임당의 글씨 또한 흔들림 없는 마음의 평정이 글 획에 정확하게 나타나 있다. 해서楷書는 당신의 인품처럼 단아하다. 조선시대에 여성에게는 공부할 수 있는 기회가 주어지지 않았다. 부친 신명화 씨는 여러 딸들에게 유교4서, 글씨, 그림, 천자문, 동몽선습, 명심보감, 육경과 주자를 가르쳤다고 한다. 그 중에서도 신사임당은 기억력이 뛰어났으며, 유교경전과 문장, 글씨, 그림, 바느질, 침공, 자수 등에 능했다고 한다. 신사임당은 2007년 한국정부에 의해 5만 원 권 지폐에 도안되었다.

필자는 젊었을 때 신사임당의 시와 붓글씨, 그리고 그림에 흠뻑 빠졌다. 특히 신사임당의 포도 그림에 매료되었다. 신사임당의 시를 외우며, 포도를 많이 그렸다. 국전에 첫 출품을 묵포도로 하였으나 낙선했

다. 그 후 수년간 갈고닦은 후 국전에 3회 연달아 입선한 것은 묵국화墨
菊畵였다. 국화를 유난히 좋아했던 중국의 도연명陶淵明의 시를 이 시기
에 집중적으로 외우며 그의 문학을 탐독하기도 했다.

초당草堂두부의 기원

우리는 오죽헌을 둘러보고 '초당두부요리' 마을을 찾아갔다. 초당두부
는 허균의 아버지 허엽의 호 '초당'에서 딴 명칭이다. 허엽은 강릉 초당의
샘물 맛이 좋은데 착안하여 두부를 만든 것이 초당두부의 기원이다. 초당
동 소나무 숲 지대를 끼고 초당두부집들이 즐비하였다. '경포8경'에는 초
당마을의 저녁연기 피어오르는 경치 '초당취연草堂吹煙'이 들어 있다.

강원도에서 생산된 콩을 샘물로 씻어 불리어 간수 대신에 동해의 맑
은 바닷물을 걸러서 불순물을 가라앉혀 깨끗하게 한 후, 두부를 빚은
초당두부는 향토음식으로 경포대와 함께 관광명소로 자리 잡은 지 오
래다. 강릉의 향토음식으로 유명한 두부전골, 모두부, 콩비지, 두부채
소 샐러드 등, 특선메뉴를 시켰다. 전통 밑반찬인 파김치, 장아찌, 숙성
된 김치 등이 두부요리와 잘 어울렸다. 단백 한 맛이 특징이었다.

가족여행 강릉(1997. 5)의 기억은 오랜 세월이 지나도 그때 그 장소
에 파랗게 살아있음을 발견했다. 이번에 국내여행기를 책으로 묶으며,
20년 가까운 세월을 돌아보았는데, 추억의 바닷가에 파래 내음을 풍기
며 지금도 동햇가에 출렁이고 있다.

5) 춘천 봉화산烽火山 구곡폭포九曲瀑布

강원도 춘천시에 있는 봉화산 구곡폭포와 「춘천옥산가」를 관람하려고 1995년 9월의 마지막 주, 친한 벗 여섯 명이 함께 청량리역에서 아침 8시 30분발 춘천행 열차에 올랐다. 춘천에는 옛날 봉홧불을 올렸다는 봉화산이 3곳이 있는데, 우리 일행은 남산면 강촌리에 있는 봉화산 구곡폭포로 향했다. 그 산 넘어 문배마을에서 점심을 먹은 후, 춘천의 옥산가를 탐방할 예정이었다.

강원도 춘천은 남한 제일의 풍광을 지닌 호반의 도시이다. 춘천시는 북한강이 춘천에서 소양강과 합류하여 남서쪽으로 흐르다가 가평군에서 홍천강과 합류한다. 그리하여 춘천호의 춘천댐, 의암호의 의암댐, 소양호의 소양댐이 있는 호반의 도시이다. 매년 북한강을 끼고 춘천댐과 의암댐 사이를 달리는 「춘천마라톤 대회」가 단풍으로 채색된 산과 계곡, 호반의 도시 풍광을 세계에 전파로 날린다. 유람선을 타고 즐기는 산수풍광, 호숫가 자전거길, 호반낚시 강태공, 사진작가들, 호수 데크 길로 걷는 행렬 등 사계절 춘천은 자연을 즐기려는 매니아들이 모여드는 경승지다.

1995년 9월, 들녘은 윤8월 때문인지 아직도 고개 숙인 벼로 황금물결이고, 빨간 고추가 익어가는 이랑과 파릇파릇한 가을채소들이 들녘을 화려하게 수놓고 있었다. 교각 언저리나 산기슭을 보듬고 있는 옹벽에 드리워진 빨간 담쟁이덩굴 잎새가 눈부시다. 스쳐가는 언덕엔 코스모스와 억새군락, 보라 빛 들국화무리가 갈바람에 그리움처럼 일렁인다. 청평과 가평을 지날 무렵 북한강과 소양강이 합류하여 흘러내리는 은빛 강 물줄기가 숨바꼭질하듯 보였다가는 숨고, 숨었다가는 또다시 모습을 드러낸다. 나룻배가 떠 있고, 물에 잠긴 산영 위로 하얀 구름이 밟고 간다.

10시 20분에 강촌역에 도착하여 택시 두 대에 나눠 타고 10분정도 달렸을 때 봉화산 구곡폭포 주차장 매표소에 도달했다. 입산권은 천원이었다. 지천으로 많은 풀꽃과 쓰르라미 소리가 우리를 반겨준다. 계곡의 군데군데 돌탑이 눈길을 끌었다. 갑자기 암석층 절벽에 폭포수가 미끄럼틀처럼 바위를 타고 굽이굽이 흘러내린다. 물보라가 촉촉이 옷깃을 적신다. 겨울에는 산악인들이 여기서 빙벽을 탄다고 하였다.

필자는 봉화산 구곡폭포를 쳐다보며, 한 때 밑줄을 그어가며 외웠던 당나라의 시인 이백李白의 「망 여산폭포(望廬山瀑布)」 번역시를 벗들에게 읊어주었다. '여산'은 중국 강서성에 있는 산인데, 이 산의 폭포를 이백은 3천척이나 되는 듯, 혹시 하늘에서 은하수가 떨어지는가? 의심한다는 식으로 표현에 기교와 과장이 심한 시이다.

조선 중기의 시인 기녀 황진이黃眞伊는 개성시 천마산 기슭에 있는 「박연폭포(朴淵瀑布)」를 이렇게 읊었다.

> 한 가닥 긴 물줄기 바위 끝에 뿜어나와
> 폭포수 백길넘어 물소리 우렁차다
> 나는 듯 거꾸로 솟아 은하수 같고
> 성난 폭포 가로 드리워 흰무지개 완연하네
> 어지러운 물방울이 골짜기에 가득하니
> 구슬방아에 부서진 옥 허공에 치솟는다
> 나그네여, 여산이 좋다고 말하지 말게
> 천마天磨가 해동海東에서 으뜸인 것을

하며 예찬했다. 박연폭포는 개성시 북쪽에 있다. 박연폭포는 '송도 3절'로 널리 알려져 있다. 화담 서경덕 선생, 기녀 황진이, 그리고 천마산 박연폭포를 말한다.

필자가 시를 읊는 동안 학창시절에 무용을 잘했던 벗이 너풀너풀 팔을 올렸다. 우리는 손뼉을 치며 한바탕 웃었다.

문배마을

봉화산 허리를 돌아 소나무가 울창한 산길을 40분가량 올랐다. 봉우리를 넘어가니 문배마을이 보였다. 산자락에 납작하게 엎드린 초옥 몇 채가 전부였다. 마을 길섶에는 개울이 흐르고 통나무 두 가닥이 다리로 걸쳐져 있었다. 이 마을은 6·25 전쟁 때도 안전했다고 한다. 참으로 한적한 곳이었다.

우리가 들어간 방은 작았는데, 뒷벽에 구멍을 뚫어 창호지를 바른 봉창이 하나 있었다. 불현듯 유년의 추억들이 소리치며 달려오는 것 같았다. 지친 다리를 뻗고 앉으니, 마구간과 우물이 보이고, 그 뒤로 코스모스가 너울대는 꽃길에서 토종닭 몇 마리가 평화롭게 모이를 찾는다. 우리는 점심으로 산채특식을 시켰다. 찐 토종닭과 알맞게 익은 얼갈이 배추김치와 신선한 채소를 넣고 들기름에 무친 도토리묵과 칡가루에 매콤한 풋고추를 썰어 넣은 전이 나왔는데 일미였다. 산나물 비빔밥에 된장국이 곁들어 나왔는데, 식대는 일인당 만원이었다. 우리는 통나무 두 가닥이 놓인 개울을 건너 평화로운 문배마을을 뒤로하고 춘천옥산가로 향했다.

6) 춘천 옥산가(玉山家, Jade Mine)

춘천시, 동면, 월곡리에 있는 「옥산가(玉山家)」는 춘천 문배마을에서 차로 약 20분 거리였다. 춘천옥산가 대일광업(주)은 1968년에 옥광맥을 발견했고, 1974년 2월에 설립되었다. 춘천옥의 경도는 6~6.5도로 세계 최고 품질의 연옥(軟玉, 白玉)광산이다. 지하 약 420m에서 채굴되며, 춘천시 특산물(99-01호)로 지정되었다. 198개 등록상표를 소유하고 있으며, 정수기, 옥침구류, 옥자기류, 속옷류 등 국내외 기술특허 51개를 보유하고 있다고 한다. (출처: 춘천옥산가)

우리는 옥산가 지배인의 안내로 공장내부를 견학할 수 있었다. 지하 420m 지점까지 내려가면 유백색 및 연한 푸른빛이 감도는 연옥맥상이 있는데 다이너마이트를 폭발하여 채석한다고 하였다. 갱으로 하강하는 45도의 급경사진 굴을 내려다보는 순간 현기증을 느꼈다. 갱내의 일과는 아침에 기도부터 하고 시작된다는 지배인의 말이 가슴에 크게 와 닿았다.

공장의 입구에서부터 큰 옥돌을 기계로 자르기 시작하여 안으로 들어갈수록 점점 세분되어가는 석공들의 작업과정을 눈여겨보았다. 옥을 연마하고 있는 공장 내부에는 돌 내음이 강하게 풍겼다. 옥으로 반지, 목걸이, 팔찌, 염주 등의 연마과정을 견학하는 것은 퍽 흥미로웠다. 특히 목걸이나 염주를 만들기 위하여 같은 크기의 작고 둥근 옥덩이가 한통 가득 물속에서 뱅글 뱅글 돌아가며 모난 모서리가 깎이는 광경은 신기로웠다. 석공들이 빚어내는 작품 하나하나에는 그들의 손이 얼마나 여러 번 갔는지 짐작할 수 있었다. '연마鍊磨'란 바로 이런 과정을 상징하는, 뼈를 깎는 노력의 긴 과정을 말하리라 여겨졌다.

옥장 · 장인마당 엄익명(서울무형문화재)씨의 코너에서 옮겨본다.

연옥은 감섬석, 투섬석, 양기석과 질적으로 같은 계열의 광물들로 구성되었고, 경옥은 휘석계통의 나트륨~알미늄 계인 규산염의 광물질이다. 연옥과 경옥은 일정한 규칙에 의하여 결합되어 있지 않고, 불규칙적으로 합성되어 있어서 쪼아서 조각하는 것이 불가능하므로 갈아서 기물을 만들 수밖에 없다. 옥 다루는 일을 새길 '각'이라하지 않고, 옥 다듬을 '탁'이라한다.

춘천옥은 오링 테스트O-Ring Test를 통해 신비한 기氣가 있음이 증명되었다고 한다. 견학 도중에 우리는 「오·링 테스트」를 했다. 한손에 옥을 들고 다른 손의 엄지와 검지를 이용하여 동그랗게 원을 만들고 있으면, 1분 후에 전신의 힘이 증폭된다는 실험을 해 보았다. 즉 기가 생겨 동그랗게 원을 만들어 힘주어 붙인 엄지와 검지를 떼기가 보통 때 보다 잘 떨어지지 않는다고 했다. 오링테스트는 1978년 일본의 오무라 요시아키 박사가 발표한바 있다고 한다. 오링테스트 할 때 몸의 자세와 방향, 테스트 방법, 테스트할 때 유의할 점, 몸에 지닌 물건(목걸이, 시계, 반지 등), 주변 환경 등 여러 면이 작용할 수 있다고 하니, 검사 결과를 전문가가 아니고서는 차이를 인지하기 어려울 것 같다고 생각되었다. 그러나 퍽 신기한 감이 들었다. 몸의 신진대사나 생리기능에 이용할 수 있다면 의학적으로 앞으로 연구가 필요하다고 여겨졌다.

오링테스트를 할 때 얼핏 떠오르는 생각이 있었다. 작년에 필자가 대만(1994. 8)을 여행했을 때 들었다. 대만사람들은 옥이나 진주를 몸에 지니고 있으면 신변에 불길한 병이나 부상, 재산이나 명예의 손실이 있을 때 옥의 색깔이 변한다고 믿는다. 불길함을 미리 알고 막을 수 있다고 하며, 옥, 진주, 산호 등을 살아있는 보석이라 한 기억이 났다. 우리나라에서도 예부터 옥이 악귀를 물리치는 벽사辟邪의 힘과 군자의 덕을 상징한다하여 '군자필패옥君子必佩玉'이라 했다.

옥동굴 체험장

우리일행이 20여 년 전 1995년 9월에 '춘천옥산가'를 탐방했을 때는 지금처럼 모든 시설이 훌륭하게 구비되어 있지 않았다. 20여년이 지난 지금은 150m정도의 체험장 통로 양쪽벽면에서 연옥이 묻혀있는 상태를 관람할 수 있고, 동굴관람(100m) 끝에는 관광객 휴식처가 마련되어 있다. 이곳에는 각 지방의 특색 있는 옹기를 진열한 「옹기박물관」이 있고, 옥광산 내 암반에 고인 지하수인 옥정수玉靜水를 받아 마실 수도 있다. 「춘천옥산가」는 관광명소로 알려진 기氣 체험실, 찜질방 등을 함께 운영하고 있다.

옥으로 만든 각종 장신구(목걸이·반지·팔지 각종 액세서리)와 옥매트, 옥정수, 생활용품을 파는 상점을 구경하였다. 우리일행은 돌아올 때 연옥반지 한 개 씩 구입했다. 여드름을 없앤다는 옥비누를 한 개씩 선물로 받았다. 그리고 몸에 좋다는 옥정수는 갱내 지하 420m옥벽에서 용출되는데, 각종 미네랄이 풍부한 천연 알카리(ph8~8.5)환원수라며 한 컵씩 시음하였다. 몸을 알칼리화 시키기 때문에 노화방지와 암예방의 기초인 항산화 작용을 한다고 하였다. 필자는 20여 년 전 '춘천옥산가'를 답사했을 때의 아름답고 신비로운 추억을 지금도 생생하게 간직하고 있다.

옥 동굴 체험장

7) 축령산祝靈山 기슭의 「아침고요 원예수목원」

경기도 가평군 축령산(祝靈山, 일명 비룡산, 879m) 동쪽 기슭에 자리한 「아침고요 원예수목원」과 남이섬을 둘러오기로 했다. 축령산 서쪽 계곡은 잣나무 숲이 울창한 자연휴양림 지역이다. 축령산에는 모호한 전설이 전해지고 있다. 고려 말 이성계가 조선의 태조로 등극하기 전에 이곳에 사냥을 나왔는데 한 마리도 사냥하지 못하자, 몰이꾼들이 이 산은 신령하니 고사告祀를 지내야 한다고 했다. 그래서 다음날 산신제를 지낸 후 멧돼지를 잡았다고 한다. 또 다른 전설은 남이 장군이 어렸을 때 이 산에서 무예를 닦았다는 남이 바위가 있다. 나라를 위하여 큰 공을 세우고도 그를 시기하는 무리의 모함에 27세의 꽃다운 나이에 억울하게 처형을 당했다. 그래서 그를 기리는 마음에서 매년 산신제를 올렸다는 데서 축령산 이름이 생겼다는 전설도 있다.

2006년 7월 초, 비 개인 여름 아침, 그이의 Y대학 동료 네 명과 더불어 봉고차로 아침 일찍 나들이를 떠났다. 「아침고요수목원」은 1994년부터 삼육대학교三育大學校 원예학과 한상경 교수가 설립한 수목원이다. 춘천·가평 쪽 북한강변은 산기슭에 울창한 숲과 푸른 강물이 어우러져 퍽 아름답다. 주중이라 차량이 많지 않아 달리는 속도를 시원스레 유지할 수 있어서 나들이의 기분은 한층 더 경쾌했다. 가는 길목에 조그마한 '잉어양식장'과 '수목원예 자연학습장'에 들렀는데, 두 곳은 모두 아침안개 속에 눈을 감고 있었다.

아침10시가 좀 지나서 「아침고요수목원(The Garden of Morning Calm)」에 도착하였다. 멀리 병풍을 두른 듯 잣나무 배경에 20개의 테마정원이 있는 이 수목원의 이름은 일찍이 인도의 시성詩聖 타고르가 조선을 '고요한 아침의 나라'라고 예찬한 데서 따왔다고 한다. 산자락 10만 평 부지에 고유한 한국적 미를 최대한 반영한 테마정원들은 종합예술작품이었다. 우리는 수목원 입구에 자리한 테마정원 '아침고요 역사관'에 먼저 들렀다.

아침고요 역사관

고향집 역사관에는 기와집, 초가집, 장독대, 봉선화, 맨드라미, 호박꽃, 박꽃…. 요즘 아이들에게는 새로운 체험의 장이되겠지만, 나이 든 사람에게는 어김없이 옛 고향집을 떠올리게 하는 풍경이었다. 이 수목원의 설립자인 한상경 교수의 「나의 꽃」이란 시가 눈길을 끈다. 우리일행은 모두 그의 시 앞에서 작가의 가슴에 다가섰다.

> 네가 나의 꽃인 것은/ 이 세상 다른 꽃보다/ 아름다워서도 아니다.
> 네가 나의 꽃인 것은/ 이 세상 다른 꽃보다/ 향기로워가 아니다.
> 네가 나의 꽃인 것은/ 내 가슴 속에 이미/ 피어있기 때문이다.
> — 한상경 교수의 시 「나의 꽃」

고향집 정원을 지나 위쪽으로 올라가면 라벤더, 보리지, 로즈마리 등등의 허브 향을 맡을 수 있는 '허브정원'이 있다. 전망대에 올라서 아래로 내려다보면 한반도 모양이라는 '하경정원下景庭園', 수목원 중앙에 시원스레 누워있는 잔디밭, 수령을 헤아릴 수 없는, 기이한 자태의 나무들과 떨기지어 무성한 꽃밭, 지절대며 흐르는 맑은 계곡물과 다리 등이 어우러져 별세계를 이루었다. 특히 하경정원은 상상 속의 낙원 같다.

정원이름도 다양하다. 이름에 걸맞게 가꾸어 놓았다. '무궁화 동산', 고산암석원, 에덴정원, 천년의 향을 풍기는 소나무 향나무 정원도 있다. 여러 개의 테마 정원들은 우리나라의 전통적인 곡선미와 균형미,

그리고 멋스러움이 풍긴다. 실로 동양적인 신비감을 느끼게 하는 정원들이다. 서화연 정원은 돌다리가 걸쳐진 작은 정자도 있고, 징금 돌다리로 건널 수도 있다. 계곡물이 흐르는 변에는 돌탑들이 세워져 있다. 누군가가 소원을 담아 돌 하나씩 올렸을 것이다. 올리는 손길마다 소망하는 바가 이루어지기를….

아침고요 역사관

분재盆栽정원

여러 테마정원을 돌다가 분재정원에 이르렀다. 동양 3국의 분재예술 기원을 중국 당(唐, 618~907)나라 때로 보는 관계전문가의 논문을 읽은 적이 있다. 분재재배는 자연이 표현대상이다. 산수화와 산수 예찬시, 그리고 산수원림에 기원을 두었다. 거기에 더하여 작자의 관념과 정서를 담아 표출해낸 의경意景이라는 점에서 자연의 미를 능가하는 것이다. 그러기에 작가 고유의 창조적 가치를 인정받는 것이리라.

분재전문가들은 조그만 화분에 천년 노송老松의 솔바람 소리를 담아 낸다. 그리고 어떤 분재는 억대의 호가를 부른다. 분재 중에서도 소나 무나 향나무의 분재 옆에 기암괴석이라도 한 개 놓여있다면 감상자는 쉬이 심산의 정취를 느낄 수 있게 된다. 노송老松이 천년의 세월을 몸통 에 휘 감은 듯, 이끼 낀 세월을 노래하는 옆에 초미니 폭포수라도 졸졸 흘러내리면 심산에 앉은 것 같은 기분을 느낄 수 있으리라.

분재의 오렌지 나무에 황금색 귤이 조롱조롱 달렸다면, 제주도의 넓 은 감귤 들녘과 남해의 파도소리를 연상할 수도 있으리라. 그리고 노란 귤이 황금처럼 보인다면 부자가 된 기분도 느낄 수 있으리라. 예술의 심미안을 가진 사람이 도자기 화분에 가꾼 초미니 에덴동산에서 천국 의 음성을 듣는다고 말하면 아무도 부정할 수 없을 것 같았다. 그러기 에 분재는 인고의 시간을 필요로 하는 예술이다. 조그마한 화분에 거대 한 나무가 생명을 유지하려면 물, 배수, 햇빛, 통풍, 거름, 병충해 등의 관리에 소홀함이 없어야 하리라.

그러나 눈높이를 낮추어 분재식물의 자태를 가까이에서 눈여겨 볼 때면, 아무리 가위질을 하고 팔다리를 굽히며 몸통을 비틀어도 숙명적 으로 적응해 내는 분재란 생각이 든다. 분재가 기기묘묘한 자태일수록, 특히 몸통에나 가지에 철사가 감겨져 있음을 볼 수 있다. 그 인고의 세 월 속에 주어진 생명을 유지하는 식물이 가슴을 옥죄여주기 때문에 필 자는 되도록 분재 가까이에서 눈길을 주지 않으려고 한다. 조금 거리를 두고 완상하면 상상의 여백과 미는 확대된다고 생각한다.

「아침고요 수목원」에는 이른 봄 백두산 희귀야생화 전시회부터 12 월 눈꽃축제까지 다양하게 펼쳐지는 원예전시를 통해 우리 국민의 정 서를 향상시키며 자연을 사랑할 줄 알게 가르쳐주는 곳이라고 생각되 었다. 여름방학이 오면 손자 손녀들과 함께 일렁이는 녹음 속을 거닐며

꽃향기에 젖어보고 싶다. 서울 근교에 이렇게 훌륭한 한국적인 정원이 있다는 것은 서울의 자랑거리다. 서울에「아침고요 수목원」이 있다면, 충남 태안에는「천리포수목원」이 있다. 국내외 여행객에게 자신 있게 추천하고 싶은 수목원들이다.

아침고요수목원 하경정원 전경

「아침고요수목원」을 떠나오기 전에 '도원' 전통찻집에 들렀다. 찻집은 수목원 제일 안쪽 한적한 곳에 위치하고 있었다. '도원'의 실내장식은 자연친화적인 분위기였다. 고향집에 찾아온 듯 편안한 느낌을 안겨주었다. 솔잎차, 산머루차를 비롯하여 갖가지 전통차를 마실 수 있는 곳이었다. 유리창을 통하여 계곡 깊숙한 곳까지 조망할 수 있어서 한적하고 상쾌하였다. 젊은이들이라면 아침고요 수목원 산책길 따라 삼림욕을 하며 걸어도 좋을 것 같았다.

중국 당나라의 다성 육우陸羽는 그의 저서 『다경(茶經)』에서 차를 혼자 마시면 속세를 떠나는 '이속離俗'이라 하여 일인신一人神'이라 했고, 두 사람이 마시면 '한적閑適'하여 가장 좋다고 하였다. 대여섯 명이 마시면

'범(泛: float)'하다, 즉 분위기가 들뜬다고 하였고, 그 이상이 함께 마시면 '잡雜'스럽다고 했다. 중국의 석학 임어당林語堂의 저서 『생활의 발견』에서도 비슷한 말을 했으며, 조선시대의 스님 초의선사艸衣禪師는 '차茶와 선禪은 둘이 아니다'라고 했다.

우리일행 여섯 명은 편안한 마음으로 차를 마시며, 정원의 나무들을 바라보았다. 그리고 다정한 대화를 속삭였다. 시대가 변해서 일까? 혼자 마시는 차 보다는, 마음이 통하는 벗들과 각자 기호에 맞는 차 한 잔을 마시는 기분은 이미 신선의 경지나 다름이 없었다. 우리는 이곳에서 함께 「남이섬」으로 향했다.

8) 춘천 남이南怡섬

우리일행은 경기도 가평군에 위치한 「아침고요수목원」을 둘러본 후 춘천시에 있는 남이섬으로 갔다. 2006년 7월초 비개인 여름아침, 짙은 녹음에는 윤기가 흐른다. 남이섬은 원래 구릉지로 형성된 육지로서 홍수가 날 때만 잠간 섬이되곤 했다. 그런데 1944년 경기도 가평군 북한강에 청평댐을 건설하면서 물에 잠겨 봉우리는 섬이 되었다. 기록에 의하면 섬의 둘레는 6km, 넓이는 약 14만평이라고 한다. 남이섬은 행정구역으로는 강원도 춘천시 남산면 방하리에 속하지만, 남이섬으로 들어가는 선착장은 경기도 가평군 달전리 가평나루에 있다.

200명 정도 탑승할 수 있는 여객용 페리가 10~30분 간격으로 운행된다. 이제는 경춘선 전철개통으로 가평역에서 바로 남이섬에 이른다. 남이섬에 연육교가 없기 때문에 자동차는 들어가지 못한다. 가평 주차장에 차를 두고 가평나루에서 남이섬으로 가는 배를 탔다. 소요시간은

5~6분이다. 요즘은 남이섬 선착장에 설치된 공중 케이블 '짚 와이어'(Zip Wire, 2010. 11. 5 완공)를 통해 들어 갈수도 있다고 한다.

남이섬을 오가는 나룻배

불모지인 남이섬을 수재 민병도(守齋 閔丙燾, 1916~2006) 선생이 1965년에 사들인 후, 섬 주변에 밤나무, 은행나무, 미루나무, 단풍나무 등을 심고, 잔디를 가꾸었으며, 메타세쿼이아 숲길을 조성했다. 민병도 선생은 한국은행 7대 총재를 지낸 은행가였다. 1966년 경춘관광개발 주식회사를 설립하여 남이섬을 종합휴양지로 개발하는 등 한국문화예술에 큰 업적을 남겼다. 이 섬에는 민병도선생의 동상이 세워져 있다.

남이섬을 가꿀 때 민병도 선생은 충청남도 태안군 소재 「천리포수목원」을 조성한 민병갈(Carl Ferris Miller) 선생의 조언을 많이 받았다고 한다. 민병갈 선생은 연합군 미군해군장교로 1946년에 한국에 와서 귀화한 수목원예가이다. 민병도 선생이 한국은행 총재를 역임했던 시절에 당시 밀러박사는 미美군정청 재정담당관으로서 친한 사이가 되었다고 한다.

남이섬은 2002년에 인기드라마『겨울연가』의 촬영지로 유명해졌다. 배우 배용준과 최지우가 출연한 '겨울연가'에서 두 배우는 남이섬의 메타세쿼이아 숲길과 은행나무 길을 걸었는데, 환상적이었다. 이 드라마는 일본, 중국, 대만, 동남아시아 등에서 폭발적인 인기를 끌었다. 남이섬은 문화예술 공간으로 연간 300만 명이 찾아드는 한류관광의 명승지가 되었다. 남이섬은 민병도 선생의 창의력과 노력에 의해 별천지처럼 아름다운 곳으로 거듭났다.

남이南怡장군 묘역

1965년에 수재 민병도 선생이 이 섬을 사들인 후, 남이장군(1441~1468)의 묘라고 전해오는 전설적인 돌무더기 위에 흙을 덮고 봉분을 만들어 추모비를 세웠다고 한다. 남이장군의 묘(경기도 기념물 제13호)는 경기도 화성시 비봉면에 있다. 남이장군은 17세에 무과에 장원급제하고, 세조世祖의 총애를 받았다. 세조는 단종의 숙부인 수양대군이다. 세조의 책사였던 한명회韓明澮를 통해 반정을 일으켜 조선7대 임금에 즉위했다.

남이장군은 26세에 이시애 난(李施愛 亂, 1467)과 여진족을 토벌한 공로로 병조판서에 올랐다. 그러나 세조가 승하하자 남이장군의 출세를 시기했던 반대파가 남이장군이 역모를 꾸민다고 모해했다. 남이장군이 이시애 난과 여진족을 토벌하고 돌아올 때 지은 「북정가(北征歌)」 시를 교묘하게 말을 바꾸어 모함했다. 예종睿宗도 남이장군을 좋아하지 않았다.

> 백두산석마도진(白頭山石磨刀盡) 백두산 돌은 칼을 갈아 다하고
> 두만강수음마무(豆滿江水飮馬無) 두만강 물은 말을 먹여 말리리.
> 남아이십미평국(男兒二十未平國) 사나이 스물에 나라 평정 못하면
> 후세수칭대장부(後世誰稱大丈夫) 후세에 누가 대장부라 하리오.
> — 남이장군의 시 「북정가」

위의 시에 사나이 스무 살에 나라를 평정하지 못 하면의 '미평국未平

國'을 나라를 얻지(장악하지) 못 하면의 '미득국未得國'으로 교묘히 바꾸었다. '어지러운 국난을 평정 하지 못하면' 이란 말을 '권력을 얻지 못하면'으로 바꾸었다. 그리하여 남이장군이 반역을 꾸민다고 거짓 고변告變하였다. 남이장군을 견제하고 시기하던 반대파의 집요한 탄핵으로 처형당했다. 세월의 흐름 속에 진실은 밝혀졌다. 조선23대 순조18년(純祖, 1818)에 우의정 남공철南公轍의 상소로 남이장군은 복관되었고, 무인의 시호로 최고의 영예인 충무공忠武公이 추증되었다.

환상적인 메타세쿼이아Metasequoia 숲길

메타세쿼이아는 삼나무과 낙엽성 침엽수로 약 2억 년 전 공룡시대에 살았다하여 '살아있는 화석'이란 별칭이 붙었다. 이 중생대(2051억년~6650만년 전)에 번성했던 나무는 지구상에서 사라졌다고 믿었는데, 중국 양자강 상류 마도계곡磨刀溪谷에서 처음 발견되어 1945년 학계에 보도되었다고 한다. 우리는 옛날에 고사리류와 은행나무가 화석 속에 있다고 배웠다. 그런데 원형그대로의 형태를 지닌 이 메타세쿼이아가 공룡시대의 나무라니 신비감마저 든다.

비가온 뒤 맑게 갠 7월 초, 짙푸른 숲길의 분위기는 한마디로 시적詩的이었다. 여기 메타세쿼이아는 1977년경 서울대학교 농과대학에서 묘목을 가져와 남이섬에 심었다고 한다. 나무의 높이는 35m, 지름은 2m 정도이며, 가을이면 잎이 붉은 적갈색으로 단풍으로 물들어 작은 가지와 잎은 동시에 떨어진다. 우리나라에는 1970년대에 권장 가로수로 지정되었다. 남이섬 외에 담양과 창원시에서도 이 나무가 무성하여 관광지로서 각광을 받고 있다.

메타세쿼이아 숲길 초입에 「겨울연가」의 촬영지임을 알리는 조형물이 여러 가지 설치되어 있다. '연가상戀歌像' 동상이 다정한 포즈를 취하며 사랑을 속삭이고 있다. 「겨울연가」는 일본, 중국, 동남아 여러 나라에 한류열풍을 타고 널리 알려졌으며, 남이섬이 문화관광 명승지로 거듭나는데 큰 역할을 했다. 가지런하게 줄을 서서 우람한 몸체로 그침 없이 하늘을 향해 시원하게 쭉쭉 뻗은 메타세쿼이아 숲길! 나무를 쳐다볼 때 몸통에 비해 가지는 가늘고 긴데 푸른 잎을 얇게 펼쳐들고 있는 자태는 우아하다. 그 푸른 잎들 사이로 햇살이 내려오다가 바람에 흔들려 푸른 그늘이 일렁인다. 7월의 짙은 녹색 메타세쿼이아 숲길은 푸른 빛살을 밟고 지나가는 모든 걸음들을 취하게 한다.

메타세쿼이아 숲길

『겨울연가』'연가상'

연가지가戀歌之家 포토갤러리

남이섬 중앙 광장에는 테마형 가게들이 있다. 연가지가 드라마카페 Drama Cafe는 「겨울연가」의 촬영 때 사용했던 건물인데 간이식당 겸 기념품가게로 개조했다. 이곳에는 추억의 옛날 도시락, 김치전과 막걸리 등을 판다. 시골풍경을 연상케 하는 물건들이 놓여있어서 옛 정감을 불러일으킨다. 필자가 갔을 때는 국내여행 정보를 위한 명산과 유적지의 사진들이 전시되고 있었다. 또한 겨울연가 속의 한 장면을 대형사진화 한 연인지문戀人之門 앞에는 기념사진을 찍기 위한 젊은이들의 발걸음이 끊이지 않았다.

남이섬 중앙광장 한 코너에는 동물들이 방사되고 있는데, 넓은 우리 안에서 자기 영역을 배회하는 타조들은 매일 낯선 얼굴들을 대함에 이제는 익숙해 졌을까. 멀거니 눈을 껌뻑이며 관광객들을 맞아준다. 볏짚으로 만든 타조들의 움막집과 타조들, 거위 등도 보였다.

맞은편에는 큰 공간을 차지하고 있는 '귀신'형상 같은 엽기적인 조형물들이 설치되어 있었다. 통나무조각으로 만든 조형물, 흙으로 빚은 것, 쇠붙이로 만든 것, 돌을 쌓아올려 만든 조형물 등이 구석구석에 놓여 있는데 눈여겨보면 기발한 창의성에 놀라게 된다.

남이섬은 가족 나들이에 아주 적합한 곳으로 생각된다. 각종 테마공원, 노래박물관, 아동도서관, 미술관 등이 있으며, 체육경기장과 수영장, 낚시터, 모터보트, 수상스키, 유람선 등의 시설이 구비되어 있다. 숙박시설로는 산장과 중소형 방갈로, 캠프장 등의 편의시설도 갖추어져 있다.

숲속 어디선가 울어대는 매미소리에 여름은 깊어 가는데, 우리일행은 강과 계곡이 내려다보이는 한적한 곳에 자리 잡고, 유유히 흐르는 북한강을 내려다보았다. 7월의 강열한 햇볕도 이곳에선 짙은 녹음을 꿰뚫지 못하고 멀리 강변으로 돌아가는지 무척 시원하였다. 민병도 선생이 돌아가시기 전에 남이섬을 둘러본 후, 남긴 마지막 말은 "섬 숲에 새가 많았으면 좋겠다. 개발을 하지 말고, 꽃과 나무를 잘 가꿔라"라고 했다한다.

돌아오면서 나는 생각에 잠겼다. 지난 30년 동안 남이섬은 민병도선생에 의해 삭막한 모래벌이 지상의 낙원으로 변모되었고, 한상경 교수는 자신의 오랜 꿈을 실현하여 「아침고요수목원」을 이룩하였다. '위대한 꿈과 포부로 초지일관하는 사람들은 일장춘몽 같은 짧은 세월 속에서도 경이로운 기적, 불후의 거대한 금자탑을 쌓아 올리는 구나'란 생각이 들었다.

9) 대하소설 『토지(土地)』의 산실 치악산 자락

강원도 원주시 치악산(雉岳山, 1288m)자락에 있는 대하소설 『토지』의 작가 박경리朴景利 선생의 자택을 남편 따라 방문하게 되었다. 그 당시 그이는 Y대 원주 캠퍼스 부총장을 역임하고 있었다. 여사님께 문예창작 특강을 부탁하러 간다고 했다. 박경리 여사는 연세대 원주캠퍼스에 석좌교수로 있으면서 문학에 대한 강의를 하기도 했다. 언젠가 신문에 여사는 25년간 집필해 오는『토지』의 마무리 작업을 위하여 두문불출한다는 기사를 읽은 적이 있다. 특별한 연고가 없이는 쉽게 만날 수 없는 분이라, 절호의 기회라 믿고 필자는 따라나섰다.

박경리 여사는 소설가 김동리 선생의 추천으로 1955년에 등단하였다. 소설『김약국의 딸들』,『파시』,『시장과 전장』등을 발표하였다. 1969년부터 대하소설『토지』를 연재하기 시작하여 1994년 8월에 완성했다. 박경리 여사는 1980년 서울을 떠나 원주시 단구동에 정착하면서 대하소설을 완성했다. 25년간 원고지 3만장 분량을 썼다고 한다. 작품『토지』는 구한말(1897)에서 조국광복(1945)이 있기까지, 일제식민지 시대를 통해 우리나라의 역사와 농민생활, 일제의 잔학행위, 우리민족의 한限 등을 조명했다. 한국현대문학 역사상 가장 훌륭한 역사소설로 평가받는다.

박경리 여사와의 만남

1993년 5월 초순 원주시의 외곽풍경은 싱그러웠다. 치악산은 강원도 원주시, 횡성, 부곡리 등의 경계를 이루는, 1000m이상의 고봉들이 연달아 14km에 이르는 능선을 이룬다. 치악산은 단풍이 유난히 아름다워 '적악산赤岳山'이라 불리기도 한다. 푸른 논밭이나 개울가에 긴 목을 구부리고 고요히 서 있는 백로의 자태는 평화롭고 한적했다.

박경리 여사의 자택에 도착했을 때는 오후 5시 경이었다. 집 대문에서 정원으로 올라가는 언덕 빼기 길바닥엔 둥근 돌이 촘촘히 박혀있었다. 잔디 옷 입은 넓은 뜰에는 적막감이 감돌고, 큰 나무 몇 그루가 지주처럼 버티고 서 있었다. 처마 밑 현관 옆에는 세죽細竹이 5월의 푸른 바람에 사각이고, 그 옆 조그마한 연못은 수련으로 덮여있었다. 혹시나 하고 기웃해

보았더니 놀랍게도 작은 금빛 고기떼가 연잎 사이로 일렁이고 있었다.

환한 미소로 맞아주는 여사님은 오랜 친구의 어머니 같은 인자한 인상이었다. 햇볕에 익숙한 피부와 희끗한 머리카락, 반갑게 내미는 거친 손이 토지의 작가답게 흙냄새를 물씬 풍겼다. 마침 그 자리에 「나남출판사」 사장님이 새로 간행한 박경리 여사의 책들을 가지고 와 있었다. 필자의 첫 수필집 『깨인 새벽에』가 나남출판사에서 인쇄 중이라 반가운 상봉을 하였다.

여사의 건강 비법을 물었더니 아마 무공해 채소를 먹고, 밭일과 집안일을 손수하기 때문일 것이라며 미소를 지었다. 원주로 이사 온 첫 해에는 살충제를 구입하여 직접 마스크를 쓰고, 기구를 등에 메고 과일나무에 살포하였다고 했다. 그러나 무엇을 얼마나 먹겠다고 이 독한 농약을 뒤집어쓰며 살충제를 뿌리랴 싶어서 다음해부터는 하지 않았다고 했다. 처음 한 두 해는 병충으로 과일나무가 거의 빈사상태에 놓였으나 차츰 자생력이 생겨 다시 살아나더라는 경험담을 들려주었다.

정원 한편에 채마밭을 일구어 손수 가꾼 남새로 반찬을 만들며, 뜰에 야생으로 자라는 고들빼기로 김치를 담가먹기도 한다는 말을 들었을 때 신토불이身土不二란 말이 떠올랐다. 농부처럼 흙을 사랑하고, 자연의 섭리에 순응하며, 20여 년간 『토지』의 집필에 매달려온 여사의 삶과 문학의 일체성에 머리가 숙여졌다. 큰 목표를 향한 여사의 집념과 노력, 그리고 그 무엇보다도 무서운 고독을 이겨내는 인내력에 신비로움마저 느꼈다. 남의 도움을 받아 집안일을 하는 동안에는 정신집중을 할 수 없어 손수 하는데, 마음도 편하고, 시간과 경비도 절약된다며 밝은 표정이었다.

박경리 여사 저택

여사님과의 대화중에 필자의 고향이 어디냐고 묻기에 경상북도 월성군이라고 했더니 무척 반가워하시며 "그러면 그렇지! 아무리 보아도 시골사람 같은 어수룩한 데가 있어요. 멍한 눈빛하며" 했다. 초면에 나의 인상이 시골사람 같다니, 좋다는 말인지 아닌지를 분간할 수 없어서 나는 어리둥절하였다. 그러자 여사님은 "나는 꾸밈없고 순수한 시골사람을 무척 좋아합니다. 촌사람 같다는 말을 저는 최고의 찬사로 여깁니다." 라며 또 다시 활짝 웃으셨다.

청와대 만찬에 초대받았어도…

저녁대접을 하기 위해 우리 부부가 여사님을 모시고 시내에 나왔을 때, 여사님은 10여 년간 이곳 원주에 살고 있지만 아직 어디에 무엇이 있는지 모른다고 했다. 한 때 집필에 몰두했을 때는 텔레비전도 볼 겨를이 없어서, 어쩌다가 유명 인사들과 함께 한 자리에서 그들의 사회적 지위와 신분을 알아보지 못하여 실수한 적도 있다고 했다. 시장 같은

데서 누군가가 모 작가가 아니냐고 물으면 아니라고 대답하고 얼른 그 자리를 떠난다고 했다. "제가 사람들 오라는데 다 가고, 모이는데 다 갔다면 어떻게 『토지』를 쓸 수 있었겠어요. 『토지』를 쓴 25년의 세월은 완전히 제 스스로를 차단한 삶이었어요."라고 『토지』완간 10주년 TV 좌담회에서 박경리 여사가 한 말이다.

외국의 수상들이 내한했을 때 청와대 만찬에 초대를 받기도 했지만 가본 적이 없다고 했다. 특히 신문기자들의 내방을 거절한 후에는 이런 생각이 들 때도 있었다며 아련한 표정을 지었다. "사람이 물만 먹고 사는 것도 아닌데…, 책도 팔려야 할텐데…, 문전박대를 했으니 어떻게 살아갈까? 정 안되면 호구지책으로 집 앞에 구멍가게라도 열지…."하고. 여사님의 말을 듣는 순간, 명예는 이를 피하는 사람에게는 오고, 이를 구하는 사람은 피한다는 말을 새삼 절감했다.

그이가 특강을 부탁하자, 『토지』를 내년 여름 8월쯤에 일단락을 지을 예정이라며 그때까지 보류해달라고 하였다. 집필에 매여 있다가 연세대학교 매지 캠퍼스의 호수도 볼 겸 학생들을 가르치는 것은 기쁨이라고 말하며, 몇몇 학생은 앞으로 좋은 글을 쓸 수 있을 것이라며 흐뭇해하였다.

일본상품 애용을 개탄했다!

대화중에 박경리 여사는 우리 국민만큼 쓰라린 과거를 빨리 잊어버리고, 적을 쉽게 용서해주는 국민도 세계에서 드물 것이라며 안타까워하였다. 우리의 젊은이들이 일본을 어떤 시각에서 보고 있는지 걱정되며, 어른 아이 할 것 없이 일본상품을 애용하고 있는 것을 개탄했다. 여사는 지금 『토지』에서 1940년대를 쓰고 있다며, 우리 세대가 가고 나면 후손들에게 일본의 만행과 잔혹함을 말해줄 사람이 없기 때문에 혼신의 힘으로 글을 쓰고 있다고 했다. 특히 젊은이들이 자기의 글을 읽어주었으면 한다고 말하는 노작가의 충혈 된 눈시울엔 물기가 고였다.

우리의 역사를 바르게 인식하고, 깊이 있게 연구해보면 위대한 인물도 많고, 세계사에 재평가되어야 하고, 기록에 남을만한 사건과 업적도 많다고 강조하는 여사의 말 속에는 우리의 것을 소중히 여기고 사랑하는 마음이 짙게 배어 있었다. 이름 없는 작가지만, 앞으로 글을 쓴다면 필자도 우리 역사를 부분적으로라도 조명해 보고 싶었다. 손자손녀들에게 노변의 담화처럼 들려주기 위하여 국사공부를 해야겠다고 마음속으로 다짐했다.

여사의 구수한 담화 속에는 우리의 역사를 100여 년 단숨에 거슬러 올라가 갈피갈피 들추어내며, 동서고금을 자유자재로 넘나들면서 세계사 속에서 국사를 조명하고 비교분석하는 내용도 있었다. 그럴 때면 작가의 칼날 같은 예리한 비판력과 솜털처럼 부드러운 감성, 그리고 해박한 지식이 섬광처럼 번뜩였다. 우리 주변에 지식의 과다 보유자는 많아도 존경할만한 분을 찾기란 쉽지 않다. 그러기에 여사와의 만남은 신선한 충격이요, 나의 의식세계를 깨우는 기회가 되었다. 어느 듯 시간이 흘렀는지 밖에는 어둠이 짙었다. 사랑과 존경의 바탕위에 이룩된 대화의 공감대는 서로의 가슴을 투명하게 비추어주는 듯 했다.

『토지』책 전집 선물 한 박스

1995년 4월에 박경리 여사를 만난 것은 두 번 째 이었다. 여사께서 집필한 책들을 선물로 주겠다며 한 번 원주에 들리라는 전갈을 받았다. 감사의 표시로 필자는 인사동에서 죽절竹節이 촘촘한 합죽선合竹扇을 구입하여 갈대밭의 기러기를 두 마리 그리고, 굴비 한 두루미를 준비하였다. 4월, 날씨는 청명하였으나 치악산 자락으로 불어오는 바람은 차가웠다. 여사 댁 현관 옆의 가는 대나무만 바람에 사각일 뿐 정원수들은 아직 웅크리고 있었다.

여사는 『토지』전집을 책 마다 일일이 사인을 해두었고, 시집 『자유』,
산문집 『꿈꾸는 자가 창조한다』 등 큰 박스 하나 가득 책 선물을 받았
다. 25년이란 긴 세월을 원고지와 씨름한 열매를 보니 가슴이 벅차올랐
다. 우리와 동행한 Y대 교수 두 분과 함께 여사를 모시고 원주시내의 한
한식집으로 갔다. 점심을 먹는 동안 우리는 실로 많은 대화를 나누었다.

박경리 여사는 오늘날 문예창작의 영토에서 창작하는 사람은 줄어
들고, 문학평론가만이 무성하다고 토로했다. 대부분의 평론가들이 자
기의 주장이나 이론을 정립하지 않고, 외국의 이론이나 남의 말을 인용
함으로써 지식의 과시나 말의 정당성을 강조하려는 저의가 있는 것 같
다고 하였다. 한 때 문예창작 과목을 지도한 적이 있는 여사는 물질만
능 · 앞선 과학시대에 과연 문예창작과가 대학에 살아남을 수 있을지,
의문을 제기하기도 하였다.

요즘 학생들은 질문이 없다!

문학은 '왜?'라는 질문에서 출발하고, '왜?'라는 그 질문자체가 문학
을 지속적으로 지탱하게 하는 것이기도 한데, 요즘 학생들은 질문이 없
다고 하였다. 학생들은 배우는 과제에 대하여 생각하고, 따지며 알려고
하지 않고, 기계적으로 외워 시험 보는 것으로 끝난다는 점을 필자도
느꼈기 때문에 무한한 공감대를 이루었다. 지능이 우수한 데도 창의력
면에서는 뒤떨어지는 것은 암기식 공부와 주입식 지식전달에서 벗어
나지 못하는 점이 우리교육방법의 맹점이라고 지적하였다.

필자는 일본 국민의 정신이나 문학, 그리고 문화도 뿌리가 깊지 않
는데, 어찌하여 일본에서는 노벨문학상을 받는지 궁금하여 여사께 물
어보았다. 원체 일본인들은 로비활동에 약사 빠르고, 능수능란하다고
지적하였다. 어느 면에서 작품의 우수성에 따라서 작품을 평가하기 보

다는 그 나라의 외교 및 정치관계, 로비활동 등에 많이 좌우되기 때문이라는 것이다.

또한 우리문학을 번역하여 외국에 소개·전파하는 데에 우리나라는 아주 미약하고 미진한 상태라고 하였다. 우리 작품의 질이 일본보다 우수하여도 외국에 제대로 알려지지 않아서 인정받지 못하는 실정이라는 것이다. 국가적인 차원에서 좀 더 적극적으로 번역 사업을 추진해야 함을 알았다. 그리고 예로부터 일본에선 사람이 죽으면 화장하여 없애 버리고 땅에 묻는 법이 없었다. 일본에서 땅을 파도 유물 하나 나오지 않는다. 그래서 찬탈해 간 고려청자와 이조백자를 갈고 닦아서 자기나라의 국보인양 보존하고 있다고 했다.

한국은 예부터 선비정신을 숭상했다. 과거시험 제도를 두어 정신적인 이론체계를 중시했으며, 정신·문화적 유산을 중시해 왔다. 일본의 정신은 '사무라이' 정신이다. 즉 칼, 피, 죽임의 야만적인 문화이다. 일본의 종교는 신사(神社, Shrine)도와 융합되어 있어서 원래의 순수한 종교가 아닌 변형된 것이다. 그런 탓에 불교가 성하다고는 하나 진실한 불교신자나 고승이 없으며, 절이 없다. 마치 할머니가 손자 손녀를 앞 혀놓고 옛날이야기를 다정하게 들려주며, 이 말을 잊지 말고 친구들한테도 꼭 전해주라는 것 같이 들렸다.

일본인은 역사와 문화의 진실을 밝히기를 거부한다!

일본인들은 판도라상자와도 같이 뚜껑을 열면 머리가 백발이 되어 죽는다는 신화 같은 이야기를 믿고, 역사와 문화의 진실을 밝히기를 거부하고 있다. 오늘날 일본은 과거에 저들이 중국이나 한국, 필리핀 등에서 행한 비인간적인 역사적 사실을 덮어두고, 미국의 원자폭탄 피해만 강조하고 있다. 임진왜란 때 왜놈들은 많은 한국인을 납치해 나가사

키의 노예시장에다 팔았고, 그중에는 포르투갈 상인들에 의해 인도 고아의 국제노예시장에 전매되기도 했다.

필자가 미국에서 유학할 때 룸메이트가 필리핀 의사였는데, 그녀에게서 들은 이야기다. 왜놈들이 무고한 필리핀 사람들을 잡아 생매장 했는데, 부모들을 묻은 흙더미 위에서 그 자식들로 하여금 밟게 하였다고 했다. 그의 자식들은 부모의 배가 터지는 소리를 들으며 지신을 밟았다며, 치를 떨던 장면이 떠올랐다. 전쟁에서 총칼로 싸우는 것만이 애국하는 길은 아니다. 붓이 칼보다 강하다 함은 여사를 두고 하는 말 같았다. 아래의 글은 필자의 졸저『묵향이 있는 풍경』에서 박경리 여사에 대한 내용을 옮겨놓았다.

"우리세대가 가고 없더라도 후손들에게 역사를 바르게 인식시키는 일이 중요하다고 생각해요. 죽기 전에 해야 할 일이 한 가지 더 있는데 그것은 일본인과 일본의 역사, 그리고 저들의 과거를 바르게 파헤침으로써 우리의 사관을, 잊혀져가는 일본의 만행을 재인식하게끔 하는 것입니다. 그것이 나에게 맡겨진 책임같이 느껴져요. 죽기 전에 꼭 할 것입니다." 라며 여사는 손수건으로 눈시울을 닦았다. (생략)

대화중에 "사람들이 고독해서 어떻게 혼자 사느냐고 묻는데, 고독을 느끼지 못하고 글을 쓴다면 이상한일 아닙니까?"라고 자문자답하며 웃었다. 후진 양성에도 관심이 많았다. 지금 기거하고 있는 집의 2층을 손질하여 문인들이나 학생들의 모임장소로 활용했으면 한다고 덧붙였다. 우리는 차에 큼지막한 책 선물박스를 싣고, 대하소설『토지』는 완성되었지만 또 다른 계획을 이룰 수 있도록 여사님의 건강을 빌며 치악산 자락을 뒤로했다.

강원도 원주시 흥업면 매지리 회촌마을에 자리한 「토지문화관」은

1999년 개관했다. 부지 3천 평에 연건평 8백 평의 4층 건물 2동으로 되어있다. 이곳에는 대회의장, 도서실, 상영실, 저술집필숙소 등으로 구성되어 있다. 이는 원주시 단구동에 있던 박경리 여사의 옛집이 아파트 택지로 개발되었는데, 이때 받은 보상금과 토지개발공사 기부금으로 토지문화관이 건립되었다. 여사님은 1998년에 단구동에서 「토지문화관」으로 옮겨갔다.

소설의 무대배경 평사리 최참판댁

대하소설 『토지』의 무대배경은 경상남도 하동군 악양면 평사리이다. 소설과 드라마 방영 등으로 인하여 하동군 평사리를 찾는 여행객들이 많아지자, 1998년부터 국고와 도비 지원으로 평사리에 최참판댁을 짓기로 했다. 그리하여 사랑채, 안채, 뒤채, 별당, 행랑채 등이 차례로 세워졌다. 매년 평사리에서는 문학상 공모를 통해 소설, 수필, 시의 당선작가에게는 상금이 수여되며, 그 외에도 학술 심포지움, 소설 『토지』 토론회, 『토지』 백일장, 퀴즈 문학 아카데미 등 다양한 문학행사가 이곳에서 열리고 있다.

박경리 여사는 연세대 용재석좌교수를 지냈으며, 이화여대에서 명예문학박사 학위를 받았다. 현대문학 신인상, 한국여류문학상, 월탄문학상, 인촌상, 호암예술상 등을 수상했으며, 대한민국 정부에서는 금관문화훈장을 추서했다.

제2장

한반도의 중심지 서울·경기도

1) 한양도성과 고궁古宮

초기백제 위례성慰禮城

삼국시대부터 서울·경기지역은 서로 차지하기 위한 각축장이었다. 서울은 한반도 중서부에 위치한 분지지형의 도시이다. 초기 백제는 한 강유역을 중심으로 위례성慰禮城을 구축하고 백제(BC18)를 건국하였다. 고구려의 침략으로 웅진(공주)으로 천도할 때까지 473년간 한성백 제시대의 왕성터였던 송파구의 몽촌토성蒙村土城과 풍납토성風納土城이 유적지로 남아있다. 서울 송파구 방이동의 백제고분군(사적 제270호) 과 송파구 석촌동의 적석총(積石塚, 사적 제243호)이 보수·정비되었다. 적석총은 기단식 돌무지무덤으로 동서49.6m, 남북 43.7m, 높이 4m 의 규모이다. 그 옆에는 봉분 형식으로 축조된 무덤도 있다.

수도 서울은 별칭이 많다. 백제시대에는 위례성, 고구려가 위례성을 정복한 후 남평양南平壤이라 칭했다. 신라가 한강유역을 장악했을 때는 신주新州, 한산주漢山州, 고려 때는 서울을 남경南京, 조선의 태조 이성계 는 서울을 한양漢陽, 한성, 일제강점기에는 경성京城이라 불렀다. 해방 후 서울은 경기도에서 분리되었고, 1946년에는 서울특별시로 승격되었다.

조선의 태조 이성계가 개성에서 한양으로 천도(1394)한 후 종묘사직 건설과 더불어 경복궁景福宮을 창건하였다. 왕도에 석성을 축조하면서 도성으로 통하는 4대문과 그 중앙에 보신각普信閣을 세웠다. 조선왕조의 위패를 모신 종묘(宗廟, 사적 125호)건물은 정전正殿과 영녕전永寧殿으로 나뉘어 있는데, 정전에는 정식 왕위에 올랐던 선왕과 왕비의 신위를 모셨고, 영녕전에는 추존된 선왕의 부모나 복위된 왕들의 위패를 모셨다. 종묘제례宗廟祭禮는 1995년에 유네스코세계문화유산에 기록되었고, 제례악은 2001년에 유네스코 인류구전 문화유산 걸작으로 등재되었다.

조선시대 5대 고궁古宮

서울특별시에는 조선시대의 5대 고궁이 보전되고 있다. 조선왕조 500년 동안 26명이 왕위에 올랐다. 고궁은 경복궁景福宮, 창덕궁昌德宮, 창경궁昌慶宮, 경희궁慶熙宮, 덕수궁德壽宮이다. 고종의 잠저이며, 고종의 친부 흥선대원군의 집을 운현궁(雲峴宮, 사적 제257호)이라 불렀지만 궁궐은 아니었다. 현재 대통령의 관저 청와대靑瓦臺는 서울특별시 종로구 청와대로 1번지에 자리하고 있다. 광화문광장 코너에는 고종 즉위 40년(1902)을 기념하여 세운 화강암 칭경기념비稱慶記念碑가 있고, 광화문 광장중앙에는 세종대왕과 이순신 장군의 동상이 세워져있다. 이곳에서 걸어서 15분 거리에 숭례문(남대문, 국보 제1호)이 있다. 숭례문은 2008년 2월에 화재로 전소되었다가 2013년 4월에 복원되었다.

고려 말 조선초기의 문신·유학자인 삼봉 정도전三峰 鄭道傳은 태조 이성계를 도와 한양에 도읍을 세우는데 일등공신이었다. 그 아득한 옛날인 1300년대에 정도전의 민본사상民本思想을 읽을 수 있는 것이 피마 避馬골 조성이라며 남편은 필자에게 장황한 정치학 강의를 해주었다. 조선시대에 말을 타고 행차하는 양반들을 피하기 위해 서울시 종로1가에서 종로6가까지 서민들을 배려하여 뒷골목에 길을 만들었으며, 주막과 음식점들이 있었다. 그이는 민주주의의 시발점으로 보는, 시민의 권리를 보장하는 대헌장大憲章 마그나 카르타(Magna Carta, 라틴어)가 영국에서 1215년 6월 15일에 문서화 됐다. 영국의 존 왕(John. 재위 1199~1216)때 절대권력자라도 법적 절차를 존중하며, 왕의 권한도 법에 의해 제한될 수 있음을 문서화한 것이다. 그런데 아시아의 동쪽 끝한 조그만 나라 조선에서 서민들을 배려하여 피마골을 조성했다는 것은 역사적으로 크게 조명해야 할 일이라고 감탄하며 열을 올렸다.

한양에 신도읍지를 세운 후 정도전이 태조 이성계에게 「신도가(新都歌)」를 지어 찬양한 내용이다.

> 개국 성왕께서 성스러운 왕조를 이룩하셨도다.
> 도성답도다, 지금의 모습이여!
> 도성답도다, 도성답도다. 임금께서 만수무강하시어
> 온 백성들이 즐거움을 누리는구나.
> 아으 다롱다리 (뜻이 없는 여흥구)
> 앞에는 한강수요, 뒤에는 삼각산이라.
> 지덕이 가득한 이 강산에서 만세를 누리소서.
> ─ 『악장가사(樂章歌詞)』 우리말 이해와 감상 중에서 발췌

경복궁(景福宮 · 조선의 정궁)

경복궁은 태조 이성계가 개성에서 한양으로 천도(1394~1395)할 때 유교적 계획도시를 구상한 것으로서 정도전의 풍수지리설에 따라 경복궁 자리를 정했다. '경복慶福'의 뜻은 태평성대를 기원한다는 의미이다. 정문은 광화문이다. 경복궁과 창덕궁은 선조25년 임진왜란(1592)때 대부분 소실되었다.

고종의 친부 홍선대원군은 나이 어린 고종을 대신하여 10년간 국정을 이끌었는데, 고종2년(1865~1872)에 대원군의 주도로 경복궁은 중건되었고, 이로 인해 국민의 삶은 더욱 궁핍하게 되었다. 일제강압시절에 조선의 정궁인 경복궁과 광화문이 조선총독부 건물을 짓기 위해 왜적의 손에 헐릴 때 옛날 필자의 중고등학교시절 국어교과서에 실렸던 설의식薛義植의「헐려 짓는 광화문」의 구절이 생각난다.

> 헐린다 헐린다 하던 광화문은 마침내 헐리기 시작한다. …서로 보지도 못한지가 벌써 수년이나 된 경복궁 옛 대궐에는 장림(長霖)에 남은 굿은비가 오락가락한다. 광화문 지붕에서 뚝딱하는 망치소리 는 장안을 거쳐 북악에 부딪친다. 남산에도 부딪친다. 그리고 애달파하는 백의인(白衣人)의 가슴에 부딪친다.
>
> — 1926. 8. 2.『동아일보』

제2차 세계대전에서 일본이 패망하자, 조선총독부 청사와 관사는 미국 군정청에 인계되었다가, 1948년에 대한민국정부수립과 함께 대한민국 정부로 넘어왔다. 조선총독부 청사는 한 때 국립중앙박물관으로 사용되었다가, 김영삼 정부 때 일제청산 운동의 일환으로 철거되었다. 2010년 8월 15일 경복궁 1차 복원정비 사업이 완료되어 일반시민에 개방되었다.

창덕궁昌德宮과 비원秘苑

창덕궁은 세계문화유산에 지정된 조선 궁궐 중의 하나이다. 태종5년(1405)에 완공된 제2의 궁궐로서 동궐東闕이라고도 불렀는데 정문은 돈화문(敦化門, 보물 제383호)이다. 별궁을 지은 다음해(1406)에 후원後園을 조성하였고, 세조 9년(1463)에 후원을 확대하였다. 창덕궁 후원을 비원秘苑 또는 일반인이 드나들 수 없는 금원禁苑이라 부르기도 했다.

창덕궁은 임진왜란과 1917년 큰 화재로 대부분이 소실되었다. 1991
년에 각종복원공사를 시작하여 아름답게 중수하였다. 창덕궁과 비원
은 한국을 대표하는 궁궐로서 1997년에 유네스코 세계문화유산으로
등재되었다. 비원 관람은 문화해설사의 설명을 들으며 1시간 30분 걷
는 코스인데, 문화재보호를 위하여 미리 예약해야하며, 하루에 관람 인
원수와 관람회수가 제한되어 있다.

경복궁 경회루

창덕궁(비원 · 후원) 옛 규장각

창덕궁 후원은 숲이 무성한 비탈길을 내려가면 있는데, 자연적인 지형형태와 조화를 이루도록 정원을 조성했기 때문에 꽤나 높은 언덕도 있다. 언덕에서 멀리 바라보이는 자연경관이 뛰어나다. 연당에는 부용정芙蓉亭, 임금님이 낚시했다는 어수문魚水門, 독서실과 서고인 규장각 등이 자리하고 있다. 그리고 다양한 형태의 연못과, 정자, 오래된 수목 등이 어우러져 퍽 운치가 있다. 인조 때는 옥류천에 유상곡수流觴曲水를 만들어 술잔을 띄우고 시를 짓기도 했다고 한다.

창경궁 · 경희궁 · 덕수궁

서울 종로에 있는 창경궁(昌慶宮, 사적 제123호)은 본래 세종이 즉위(1418)하면서 상왕인 태종을 모시기 위하여 지은 수강궁壽康宮이었다. 조선 성종 때 3대비를 모시기 위해 크게 확장하였다. 창경궁이 임진왜란 때 모두 불타버린 것을 광해군7년(1616)에 재건하였다. 창경궁의 역사 속에는 숙종이 인현왕후를 저주한 장희빈에 사약을 내렸고, 영조가 사도세자를 뒤주에 가두어 굶겨 죽인 사건이 있었다. 1911년 일제 강점기에는 왜적이 창경궁을 많이 훼손하였고, 창경원으로 격하했으며, 동물원과 식물원이 있었다. 1983년에 현재의 상태로 복원하였다.

경희궁慶熙宮의 옛 이름은 경덕궁(慶德宮, 사적 제271호)으로 경복궁의 서쪽에 위치하고 있어서 서궐西闕이라 불렸다. 광해군10년(1623)에 건립, 조선3대 궁궐에 꼽힐 만큼 규모가 컸으며 100여동에 가까운 건물이 들어서 있었다. 조선왕조 10대에 걸쳐 정사를 보던 궁궐이었다. 경희궁에서 조선19대 숙종이 태어났고, 20대 경종, 22대 정조, 24대 헌종이 즉위했으며, 숙종, 영조, 순조가 승하했다. 순조 때(1829) 화재로 경희궁 대부분이 소실된 것을 1831년에 중건했다. 일제강압시절에 경성중학교를 짓기 위해 1922년에 경희궁을 허물었고, 한 때 이토 히로부미의 사당으로 쓰였다가, 1945년 광복 후 폐사되었다. 지금은 경희궁의 정문과 정전 그리고 활쏘기를 했던 후원의 황학정(黃鶴亭, 서울시 유형문화재 제25호)이 남아있다.

서울 중구 세종대로에 있는 덕수궁(德壽宮, 사적 제124호)은 세조 때 맏며느리 인수대비를 위해 건립한 궁으로 원래 이름은 경운궁慶運宮이다. 임진왜란 때 선조가 임시로 사용하였고, 선조가 승하한 후 광해군(1608)과 인조가 이곳에서 즉위(1623)하였다. 덕수궁의 정문은 대한문大漢門이다. 명성황후의 시해사건인 을미사변 후, 고종과 세자가 러시아공관으로 1년간 아관파천俄館播遷했다가 덕수궁으로 거처를 옮겼다. 고종은 덕수궁으로 돌아온 후 하늘에 제사지내는 환구단圜丘壇을 세워 제사를 지낸 후,「대한제국(大韓帝國, 1897~1907)」의 황제인 광무제光武宰로 즉위했다. 서울 소공동에 위치한 조선호텔 자리가 옛 환구단 터이다.

남산南山타워 · 팔각정

서울남산의 대표적인 상징물은 남산타워와 팔각정이다. 남산정상에 있는 팔각정은 조선의 태조 이성계가 한양에 도읍을 정한 후, 목멱신사木覓神祠를 지어 나라의 수호신사로 제사지냈다.

서울 남산에는 임진왜란 때 왜군의 본부가 있었고, 1907년에는 통감부인 왜성대倭城臺가 있었으며, 1910년에 한일합방이 되자 왜성대를 조선총독부청사로 사용했다가 1926년에 경복궁 내 신축한 조선총독청사로 옮겨갔다. 1925년에 남산에 일본의 메이지천황에 제사지내는 신사(神祠 · 조선신궁)를 세울 때 목멱신사를 헐었다. 제2차대전의 패전국이 되자 1945년 8월에 일본인은 스스로 신궁을 해체하였다.

우리민족의 애환과 상처가 서린 곳 남산을 가꾸어 1968년에 남산공원을 개원하고, 1975년에 남산서울타워(해발 479.7m)를 완공했다. 박정희 대통령 때 남산을 중심으로 「종합민족문화센터」를 건립하기로 계획했다. 남산국립극장, 안중근의사 역사기념관, 그리고 백범광장이 들어섰다.

인사동仁寺洞 · 문화거리

서울의 도심 종로에 위치한 인사동 문화거리는 1919년 「3·1 독립만세운동」 의거가 일어난 역사유적지이다. 인사동에 있는 승동교회(서울특별시 유형문화재 제130호)는 독립만세 운동 의거를 위해 전국에서 모인 학생단체 간부들이 태극기와 「기미독립선언문」을 나누며, 의거를 모의하였던 곳이다. 또한 현재 종로구 인사동의 태화빌딩 자리는 태화관泰和館이 있던 자리로, 원래 태화관은 이완용李完用의 별장으로서 일제강점기에 이토 히로부미와 정사를 논했던 곳이다. 여기서 민족대표 들은 「기미독립선언문」을 낭독했다. 이완용이 이사 간 후 요리점이 되었다.

현재 인사동에는 수많은 갤러리, 골동품상점, 공예품, 고서, 서예작품, 기념품, 도자기, 목제품, 미술자료 백화점, 각종 전통음식점, 전통찻집, 다기茶器, 선물가게 등이 밀집되어 있다. 영국 엘리자베스Elizabeth여왕2세가 1999년 4월에 대한민국을 방문했을 때 서울 인사동골목을 방문했을 정도로 서울의 명소가 되었다.

2) 건국역사의 산실 이화장梨花莊

'이화장'(사적 제497호)은 1920년대에 지은 건물로서 서울 종로구와 성북구에 걸쳐있는 화강암 돌산인 낙산(駱山, 125m)기슭에 자리하고 있다. 산 모양새가 낙타의 등처럼 볼록 솟아 있다고 하여 낙산이라 불렀다고 한다. 조선 중종 때 이 근처에 이화정梨花亭이란 정자가 있어서 이화정동이라 불렀다고도 하고, 또는 이화장 일대에 배꽃이 아름답게 피었다는데서 이름이 생겼다고도 한다.

이화장은 대한민국의 건국대통령 이승만 박사와 국모 프란체스카(Francesca Donner)여사가 성북구에 있는 돈암장敦岩莊에 2년간 머물렀다가 1947년 11월에 이사한 한옥이다. 이곳에는 대한민국 정부수립 초기에 내각을 조직했던 조각당組閣堂 건물이 있는 역사적인 곳이기도 하다. 정원으로 들어서자 우남 이승만(雩南 李承晩, 1875~1965)대통령의 동상이 서 있는 아래기단에 그의 정치적 슬로건인 "뭉치면 살고, 흩어지면 죽는다."가 새겨져 있었다. 먼저 동상에 예를 표했다.

이승만 대통령은 1948년 7월 17일 헌법을 제정 공포했으며, 1948년 7월 27일 민주주의 국가 대한민국 초대 대통령에 취임하였고, 1948년 8월 15일에 대한민국 정부수립 선포식을 가졌다. '배고픈 것도 참을 수 있고, 굴욕도 참을 수 있지만 나라 없는 설움은 못 참는다'라는 정신으로 일생을 사신 건국대통령이다.

우리나라 첫 내각을 구성했던 조각당

이승만 대통령은 황해도 평상출신으로 1897년에 배재학당 영어과를 졸업했다. 1896년에 계몽운동 단체인 협성회보協成會報기자로, 서재필 선생이 이끄는 독립협회 간부로 활동하다가 5년 7개월간(1898~1904)옥살이를 하였다. 출옥 후, 국권수호를 위한 밀사로 1904년에 미국으로 갔다. 1905년『워싱턴포스트지』와의 인터뷰에서 일본의 조선 주권침해를 규탄하고, 미국의 지지를 호소하기 위해 외교관으로 존 헤이 미美국무장관과 시오도 루즈벨트 대통령과 면담했다.

이승만 대통령은 조지 워싱턴대학에서 학사학위, 하버드대학 석사과정 수료, 프린스턴 대학에서「미국의 영향을 받은 중립주의」라는 논문으로 우드로 윌슨 총장으로부터 박사학위(1910. 6)를 받았다. 하와이를 근거로 한인기독학원과 한인기독교회를 설립(1918)하고, 3·1 독립만세운동 때 서재필과 함께 필라델피아 한인대표자대회에서 한국의 독립을 선언했다. 그리고 민족교육과 독립운동(1913~1939)을 하였다.

중국인 배의 시체실에 숨어서 상해까지 밀항했다!

1920년에 상해임시정부의 초대대통령에 취임했을 때의 일이다. 이때 일본은 이승만에 대하여 국제적으로 현상금을 걸어 놓고 있었다. 보스윅Borthwick씨는 하와이에서 유명한 장의사였으며, 하와이에서 노동자로 생활하다가 죽어간 중국인 시체를 수습해 중국으로 보내주는 사업에 성공했다. 이때 이승만 박사는 중국인 옷차림을 하고, 중국인들의 배속 시체실은 곳에 숨어서 상해까지 밀항(1920. 11)하는데 성공했다. (『이승만 대통령의 건강』, 프란체스카 도너 리 지음, 조혜자 옮김, 발췌)

1933년 제네바 국제연맹에 한국의 독립을 호소하는 '대한독립청원서'를 제출하고자 1월부터 5월 중순까지 제네바에 머물렀다. 한국인으로서 국제연맹을 상대로 외교활동을 벌인 것은 처음이었다. 제네바에서 격주로 발간되는 「라 뜨리뷴 도리앙(La Tribune D'Orient)」에 이승만의 기사가 실리기도 했으며, 제네바에서 미국 총영사 길버트와 점심을 같이 하며, 한국의 정세를 알릴 수 있었다. 이 시기에 이승만 박사는 하와이 「대한인동지회」에서 여비를 지원받았다고 한다.

이승만 박사와 프란체스카여사와의 만남

1933년 2월 21일, 이승만 박사(58세)와 프란체스카 여사(33세)가 처음 만난 곳은 스위스 제네바의 레만 호숫가에 위치한 한 호텔에서였다. 이승만 박사는 제네바 국제연맹 회의참석차 호텔 식당에서 점심을 먹게 되었는데, 호텔식당이 붐벼 이승만 박사는 지배인의 안내로 프란체스카 도너 여사와 그녀의 어머니가 앉은 4인용 테이블에 동석하게 되었다. 당시 프란체스카와 그녀의 어머니는 프랑스 여행에서 비엔나로 돌아가는 길에 제네바에 들렀다. 당시를 회상하는 프란체스카 여사의 책에 이렇게 적고 있다.

> 지배인의 안내를 받으며 우리가 앉은 식탁으로 온 이 박사의 첫 인상은 기품 있고, 고귀한 동양신사로 느껴졌다. …프랑스어로 '좌석을 허락해 주셔서 감사합니다' 하고 정중하게 인사를 한 뒤에 앞자리에 앉았다. …높은 신분으로 보였던 이 동양신사가 주문한 식단을 보고 나는 무척 놀랐다. 사워 크라후트라는 시큼하게 절인 배추와 조그만 소시지 하나, 그리고 감자 두 개가 전부였다. …웨이터가 음식을 가져오자 식사를 하기 전에 불어로 '본 아뻬띠(맛있게 드세요)'하고 우리에게 예의를 갖춘 후 조용히 식사만 하고 있는 이 동양 신사에게 사람을 끄는 어떤 신비한 힘이 있는 것 같이 느껴졌다.
>
> — 『이승만 대통령의 건강』, pp. 175~6

프란체스카 여사는 비엔나상업전문학교 졸업 후, 영국 스코틀랜드에

유학하여 영어연수를 받았으며, 영어 통역사 자격과 속기와 타자에 능숙했다. 프란체스카 여사의 부친은 오스트리아에서 철물무역과 소다수 공장을 운영하였는데, 대를 이을 아들이 없자 막내딸인 프란체스카 여사에게 물려주기로 하고, 강인하게 훈련시키며, 상업전문학교에 보냈다. 이승만 박사와 프란체스카 여사는 1934년 뉴욕에서 결혼식을 올린 후, 1935년에 하와이 호놀루루에 정착했다. 1939년 독립운동 근거지를 워싱턴 D.C.로 옮기고, 영문저서 『일본 내막기(Japan Inside Out)』를 발간하였다. 이 책은 일본의 진주만 기습으로 베스트셀러가 되었다.

대한민국의 건국대통령

이승만 박사는 1945년 5월에 샌프란시스코에서 열린 국제연합창립 총회에서 한국의 독립을 호소했다. 1945년 해방으로 귀국하여 독립촉성중앙협의회를 결성하고, 신탁통치 반대운동을 펼쳤다. 1946년에 대한독립촉성국민회 총재, 남조선 민주의원 의장, 민족통일 총본부를 설치했다. 1947년에 좌우합작을 강요하는 하지중장과 결별을 선언하고 민족자결주의를 표명했다. 1948년 5·10 총선거로 국회의원에 선출되었고, 국회에서 이승만은 초대 대통령에 당선되었다. 1948년 8월 15일 대한민국정부수립 선포식을 가졌다.

대한제국은 을사조약으로 외교권이 일본에 박탈당했다. 40여 년간 일제 식민지정책의 착취와 노역, 지하자원과 지상자원은 송두리째 빼앗겨 고갈되었다. 세계 제2차전쟁의 종결로 해방을 맞게 되었으나, 백성들은 가난과 무지에서 벗어날 시간적 여유가 없었다. 그리고 1950년 6·25전쟁이 일어났다. 3년간 참혹한 전쟁 끝에 휴전협정(1953. 7. 27)을 맺었으나 남은 것은 전화로 인한 가난과 빈곤, 질병과 파괴뿐이었다. 세계 양대 세력의 구도 속에 우리나라는 운명적으로 38선으로 허리

잘린 냉전冷戰의 희생물이 되었다. 이때 73세 고령의 이승만 건국대통령은 이 땅에 자유민주주의란 나무를 심기 위해 노력하였다. 12년간 대통령 직책을 맡았지만, 그 때는 우리민족이 보릿고개의 능선을 울며 넘어야 할 시기였다.

이승만 대통령은 일본에 대마도 반환과 배상을 요구(1949)했고, 농지개혁을 시작했다. 한국을 방문한 덜레스 미 국무부 고문에게 한국을 미국의 극동방위계획에 포함시킬 것을 요청했다. 일본어선의 침범을 막기 위해 평화선(Peace Line, 1952. 1. 18)을 선포했다. 이 경계선은 독도를 대한민국의 영토에 포함시켰다. 일본을 방문하여 독도영유 재확인(1953), 반공포로 석방, 한·미 상호방위조약을 체결했다.

박정희 대통령의 이승만 박사 서거 추도사

1960년 3월 15일 부정선거로 「4·19」혁명이 일어났다. 이승만 대통령은 1960년 4월 26일 하야성명을 발표하고 프란체스카 여사와 함께 하와이로 망명했다가 하와이에서 1965년 7월 19일에 서거하였다. 고 이승만 대통령의 유해는 미군용기로 김포공항에 도착, 이화장에 안치했다가 동작동 국립묘지에 안장되었다. 프란체스카 여사는 1992년에 향연 92세로 이화장에서 영면하였고, 동작동 국립묘지 이승만 박사 옆에 안장되었다. 여기 박정희 대통령의 이승만 박사 서거 추도사 중에서 일부를 발췌해본다.

> …일제의 침략에 쫓겨 해외의 망명생활 30여 성상에 문자 그대로 혹은 바람을 씹고 이슬 위에 잠자면서 동분서주로 쉴 날이 없었고, 또 혹은 섶 위에 누워 쓸개를 씹으면서 조국광복을 맹서하고, 원하던 것도 그 또한 혁명아만이 맛볼 수 있는 명예로운 향연이었던 것입니다.

그러나 마침내 70노구로 광복된 조국에 돌아와 그나마 분단된 국토 위에서 안으로는 사상의 혼란과 밖으로는 국제의 알력 속에서도 만난을 헤치고, 새 나라를 세워 민족과 국가의 방향을 제시하여 민주한국 독립사의 제1장을 장식한 것이야 말로 오직 건국아만이 기록할 수 있는 불후의 금문자였던 것입니다. <생략>

                                        ― 1965년 7월 27일 대통령 박정희

이승만 대통령의 동상 사진

해방 40주년을 기념하여 하와이에 이승만 박사의 동상이 세워졌다. 1988년 8월 15일, 대한민국 건국40주년기념 때 이승만 대통령의 동상이 이화장에 세워졌으며, 사저는「대한민국 건국대통령 우남 이승만 박사 기념관」으로 지정되었다. 조국 근대의 상징적 존재요 애국자였던 이승만 대통령의 사저 이화장을 둘러보고 돌아서는 가슴은 뭔가 개운치 않았다. 초라한 조각당과 구석구석 묻어나는 가난한 역사적 유적지 이화장! 자유민주주의 나라의 기초를 세운 국부로서 이제는 우리 국민의 따뜻한 마음과 존경심을 담아 국회의사당이 있는 여의도 어디쯤에 동상이라도 건립했으면 좋겠다고 생각했다.

3) 도산 안창호島山 安昌浩선생 기념관

1998년 11월에 완공된 「도산 안창호(1878~1938) 기념관」은 서울시 강남구 도산대로에 위치한 도산공원(사적 제119호)내에 있다. 기념관 정원에는 코너마다 독립을 위하여 학생과 청년, 그리고 동포에게 남긴 명언들이 돌에 새겨져 있다. 기념관 내에는 안창호 선생의 유품, 학술연구 활동, 교육보급 활동, 좌상동상 등을 볼 수 있다.

안창호 선생은 평안남도 대동강 하류 도롱섬에서 농부의 셋째아들로 태어났다. 어릴 때 가정에서 한문을 배웠고, 14세까지 한학을 공부했으며, 개신교도였다. 15세 때 평양에서 청일전쟁의 참상을 보고 나라와 겨레를 위하여 살기로 마음을 다짐한 동시에 국민의 힘을 길러야함을 깨달았다고 한다. 안창호 선생은 1894년 미국 장로교 선교사 언더우드Underwood가 세운 구세학당救世學堂에 입학했으며, 졸업 후 고향으로 돌아가 학교와 교회를 세우고 계몽운동을 하였다.

도산 안창호 선생 동상

로스 엔젤레스에서 공립협회共立協會 창립

안창호 선생은 결혼 후 1902년에 미국으로 유학 가서 로스 엔젤레스에서 교포노동자와 함께 권익옹호를 위해 공립협회를 창립하고, 한인 사회를 5년간 이끌었다. 1905년에 을사조약이 체결되자, 1907년에 귀국하여 단재 신채호丹齋 申采浩 선생 등과 신민회新民會를 창설했다. 안창호선생의 기념사업회는 1947년 3월에 창립되었고, 그해 춘원 이광수春園 李光洙가 쓴 『도산 안창호』전기가 발간되었다. 1962년 3월 1일에 도산 안창호선생에게 건국공로훈장이 추서되었다.

도산공원에 1973년 11월에 도산선생의 동상을 건립했고, 청담동에서 논현동에 이르는 신설가로를 도산대로로 명명했다. 이곳에 안창호선생의 유해와 미국 로스 엔젤레스에서 부인 이혜련 여사의 유해를 이장·합장(1972. 8)하였다. 1988년 5월에는 도산공원에 어록비를 세웠다.

안창호 선생의 「민족개조론(民族改造論)」

독립운동 방법에서 무력투쟁론, 민족개조론, 외교독립론으로 대별해 볼 수 있다면, 안창호 선생은 교육을 통한 「민족개조론」을 강조하였다. 안창호 선생은 교육을 통하여 인재를 양성하고, 실력을 키우는 것이 독립의 기초발판이라고 확신했다. 그리하여 실천에 옮기려고 초지일관하였다. 도산 안창호 선생과 단재 신채호 선생은 동시대 인물이요, 함께 독립운동을 펼쳤지만, 독립운동을 전개하는 방식에는 차이를 보였다.

신채호 선생은 항일투쟁으로 민중에 의한 직접적인 폭력혁명을 강조한 독립운동가요, 사학자였으며, 언론인 계몽 운동가였다. 신채호 선생의 역사와 애국심에 대한 관계를 피력한 『독사신론(讀史新論)』에는 국민의 애국심을 불러일으키게 하는 데는 오직 역사를 교육해야한다고 강조했다. 책의 내용은 1907년 『대한매일신보』에 연재되었다. 단재 선생의 사당과 기념관은 충청북도 청원군 낭성면에 있다.

안창호 선생은 평양에 대성학교를 세우고, 항일비밀결사「청년학우회」를 결성했다. 신민회는 국권회복운동을 하기 위해 기독교 이념을 바탕으로 1907년 2월에 국내에서 결성된 전국규모의 항일비밀 결사조직이다. 안창호 선생은 계몽강연 및 서적, 그리고 잡지 등 출판물을 통해 민족문화와 국사학에 관심을 쏟았다. 『대한매일신보』와 최남선 중심의 『소년』지도도 이에 속했다. 산업진흥을 도모하며, 신흥무관학교 新興武官學校를 설립하여 현대적 군사교육을 실시했다. 독립군 기지를 만들어 독립군을 양성하고, 의병운동을 지원하였다. 1911년에 조직이 탄로되어 일제의 감시대상이 되었다. 이 때 105인이 실형선고를 받았고, 신민회 조직은 무너졌다. 안창호선생이 1910년에 미국으로 망명길에 오르며 남긴 「거국가(去國歌)」이다.

간다 간다 나는 간다. 너를 두고 나는 간다
지금 이별할 때는 빈주먹을 들고 가나
추일 상봉할 때에는 기(태극기)를 들고 올터이니
훗날 다시 만나보자 나의사랑 한반도야.

안창호선생은 1913년에 미국 샌프란시스코에서 독립운동 인재양성을 위해 흥사단을 결성했다. 1919년 4월에 상해 임시정부가 출범하였고, 안창호 선생은 내무총장 겸 국무총리 서리로 취임했다. 1929년 11월에 광주학생운동이 일어난 후, 독립운동 단체들을 결집하여 1930년 한국최초의 정당조직체인 「한국독립당」을 만들었다. 1932년 4월에 상해 홍커우 공원에서 윤봉길의사의 의거 후 안창호 선생은 일본경찰에 체포되어 국내로 이송되어 서대문형무소에서 2년 6개월 옥고를 치렀다. 국내 흥사단조직인 수양동우회(1937. 6) 사건으로 일제에 총검거 당했다. 안창호 선생은 경성제국대학 부속병원에 입원하였으나 소화불량, 폐질환과 간경화 등 합병증으로 출옥직후 조국의 독립을 보지 못하고 타계하였다.
　안창호선생이 청년들에게 남긴 어록이다.

> 죽더라도 거짓이 없으라. 우리를 명령할 수 있는 것은 오직 각자의 양심과 이성뿐이다. 그대는 나라를 사랑하는가. 그러면 먼저 그대가 건전한 인격이 되라. 그대가 백성의 질고(疾苦)를 어여삐 여기거든 그대가 먼저 의사가 되라. 낙망은 청년의 죽음이요, 청년이 죽으면 민족이 죽는다.

　안창호선생은 잃었던 나라를 되찾기 위하여, 독립운동의 열기를 북돋우고, 독립운동 단체를 결집하여 힘을 모으기 위하여 참으로 여러 나라를 발바닥이 닳도록 순회하며 일편단심으로 독립을 갈구했다. 특히 기념관 입구 바닥에는 독립운동을 위하여 여러 나라를 오갔던 발자취를 표시해놓은 지도가 놓여 있어서 숙연함마저 들었다. 기념관 밖에는 8월의 햇살이 따갑게 피부에 꽂힌다. 도산공원 정원을 다시 둘러보며 어록비문語錄碑文들을 읽어보았다. 선현의 큰기침 소리가 한여름 무더위 속에서도 등골을 서늘하게 해주는 것 같았다.

4) 임시정부청사 경교장京橋莊

　경교장(사적 제465호)은 광복 후 중국 상해에서 돌아온 백범 김구白凡 金九선생과 대한민국 임시정부요원들의 숙소 및 정치활동을 하던 임시정부청사이다. 경고장은 서울시 서대문구 강북삼성병원 내에 있다.

서울시에서는 우리 근현대사의 역사적 교육공관으로 보존하기 위하여 경교장을 2001년 4월에 서울특별시 유형문화재 제129호로 지정하였고, 2005년 6월에는 국가사적 제465호로 승격하였다. 경고장은 2013년에 원형대로 복원·개장하였다. 그러나 중요한 사적이 단독명찰을 달 수 있는 독립된 건물이 있었으면 좋겠다고 생각했다.

경교장에 들어서면 영상실이 있어서 실내배치도와 대한민국 임시정부의 역사와 유물에 대한 설명을 들을 수 있다. 지하 제1전시실에는 경교장의 역사, 제2전시실에는 임시정부가 걸어온 길, 제3전시실에는 임시정부요인에 대한 검색을 할 수 있다. 경교장 2층 집무실에는 백범 김구선생의 동銅흉상이 세워져있다. 그리고 김구선생이 경고장 집무실에서 안두희安斗熙의 저격(1949. 6. 26)을 당했을 때 깨진 유리창을 역사적 현장으로 그대로 보전해 오고 있다. 안두희는 평북 용천군 출신으로 1947년에 월남하여 서북청년단에 가입하였고, 육군사관학교를 졸업했으며, 김구선생을 저격했을 때는 포병사령부 연락장교인 소위였다.

상해 임시정부 수립과 독립투쟁론

김구선생은 1876년 황해도 해주에서 태어나 과거를 위한 서당공부를 시작했다. 1894년에는 황해도 동학농민군의 선봉장이었으며, 한 때 교육 사업을 하기도 했다. 1907년 국권회복을 위한 신민회新民會에 가입했다. 1919년 3·1운동 후 상하이로 망명하여 대한민국 임시정부에서 경무국장, 내무총장, 국무총리 대리, 내무총장 겸 노동국 총판을 역임했다.

상해임시정부는 1919년 3월 1일 국호를 '대한민국'으로 정하고, 독립국임을 선포하였으며, 같은 해 4월에 중국 내외, 만주, 미국, 국내에서 활동하는 여러 독립운동세력이 합쳐 임시정부를 수립하였다. 김구

선생은 1924년 친일파 암살 및 주요공관파괴, 군자금모집을 논의했다. 1931년 '한인 애국단'을 조직하여 이봉창李奉昌 의사의 도쿄에서 일본 천황 암살기도(1932. 1. 8)와 윤봉길 열사의 상하이 홍커우 공원에서 승전축하식 때 폭탄투척(1932. 4. 29) 사건을 지휘했다. 중국 내에서 일본의 감시와 공세가 강해지자 임시정부는 피난길에 올랐다. 이 과정에서 중국정부의 도움을 받았다. 대한민국 임시정부는 난징, 광저우, 류저우 등을 거쳐 충칭에 정착하였고, 1940년에는 한국광복군을 창설했다. 그야말로 위험 속에 계속 옮겨 다니는 험난한 여정이었다.

카이로 선언(1943. 11. 2), 얄타회담(1945. 2), 포츠담선언(1945. 7)이 있었고, 모스크바 3상회의(1945. 12)가 있었다. 이때 국제사회에서는 한국의 독립문제가 논의되었다. 그러나 결과가 알려지자 김구와 이승만은 신탁통치 반대운동을 하였다. 결국 1947년 10월에 62차에 걸친 미·소공동위원회는 결렬되었다. 1948년 4월에 남북통일정부 수립을 위한 협상에 '평양남북연석회의'에 참석하기 위해 김구선생은 4월 19일에 38선을 넘었다. 김구선생은 "나는 통일된 조국을 건설하려다가 38선을 베고 쓰러질지언정 일신의 구차한 안일을 위해 단독정부를 세우는데 협력하지 아니하겠다."고 했다. 김구선생의 「나의 소원」이란 글(1947) 중에서 발췌한다.

> 철학도변하고 정치경제의 학설도 일시적이 어니와 민족의 혈통은 영구적이다. 일찍이 어느 민족 안에서나 종교로, 혹은 학설로, 혹은 경제적 정치적 이해의 충돌로 두 파, 세 파로 갈려서 피로써 싸운 일이 없는 민족이 없거니와, 지내놓고 보면 그것은 바람과 같이 지나가는 일시적인 것이요, 민족은 필경 바람 잔 뒤의 초목 모양으로 뿌리와 가지를 서로 걸고 한 수풀을 이루어 살고 있다. 오늘날 소위 좌우익이란 것은 결국 영원한 혈통의 바다에 일어나는 일시적인 풍파에 불과하다는 것을 잊어서는 아니 된다.

잃었던 나라를 되찾기 위해 치열하게 투쟁했던 김구선생의 집무실을 둘러보고 돌아서니 분단 70년, '오늘을 살아가는 우리 후손들은 나라와 민족의 공동번영을 위하여 어떤 노력을 하고 있는 것일까?'하는 생각에 고개가 숙여졌다.

국립효창독립공원「백범 김구 기념관」

국립효창독립공원(사적 330호)은 서울특별시 용산구 효창동에 있는 공원이다. 이곳에 2002년 10월에 개관한「백범 김구 기념관」이 있다. 원래 효창공원은 효창원孝昌園으로 불렀다. 효창원엔 조선 22대왕 정조임금의 장자인 문효세자文孝世子와 몇 명의 왕실 묘가 안장되었었다. 일제강압시절(1924)에 효창원의 일부를 공원으로 지정하였고, 1944년에는 문효세자 묘를 경기도 고양시 서삼릉西三陵으로 이장시켰다.

김구선생이 1945년 11월에 중국 상해에서 귀국한 후, 일본에서 이봉창의사, 윤봉길의사, 백정기의사의 유해를 1946년 7월에 서울 효창공원에 국민장으로 안장했다. 안중근의사의 유해를 찾는 날엔 이곳에 안장하기 위하여 삼의사 묘 옆에 가묘假墓 1기를 만들었다. 이곳에는 김구주석의 묘를 위시하여 임시정부에서 주요직책을 수행했던 이동녕, 조성환, 차리석 선생의 묘도 있다. 1988년 11월에 정부주도 하에 의열사義烈祠와 창열문彰烈門이 건립되었다.

「백범김구 기념관」1층 홀 중앙에는 대형태극기 앞에 김구선생의 좌상동상이 자리하고 있다. 1층 기념품점에서는 기념품, 백범일지, 휘호, 전시도록을 구입할 수 있다. 김구선생이 말한「내가 원하는 아름다운 나라」란 말이 벽에 장식되어 있다. "나는 우리나라가 세계에서 가장 아름다운 나라가 되기를 원한다. 가장 부강한 나라를 원하는 것은 아니다. …

오직 한 없이 가지고 싶은 것은 높은 문화의 힘이다. 문화의 힘은 우리 자신을 행복하게 하고, 나아가서 남에게도 행복을 주기 때문이다."

김구선생이 애송했다는 시詩「눈길(踏雪)」, 휘호「민족정기(民族正氣)」「지난행이(知難行易)」가 눈에 띄었다. 지난행이의 직역은 '지식은 구하기 어렵고 행하기는 쉽다'란 말이 언뜻 생각하기에는 반대일 것 같은데, 어떻게 생각하느냐고 기념관을 지키는 젊은 안내인에게 물어보았다. 대답 왈, "확실한 진짜 학문은 습득하기 어렵고, 진정으로 알고 있다면眞知 실천에 옮기기는 쉽다"란 말이라고 하였다. 순간 곡학아세曲學阿世란 말이 떠올랐다. 바르지 못한 학문으로 세속의 인기나 권력에 영합하려는 사이비 학자 말이다. 그리고 '전통적인 관념'에 젖어 자연과학적 지식이나 혁명적 사고思考나 새로운 지식 등을 배척하는 경우가 있지 않은가 라는 생각이 들었다. 필자는 젊은이의 해석이 옳고 또 설득력이 있어서 고개를 꺼덕이며 함께 웃었다.

2층 전시실에는 백범선생의 일대기와 역사적 사건, 유년기, 동학 의병활동, 대한민국임시정부 활동, 한국광복군, 그리고 자주통일국가 수립을 위하여 활동하였던 장면들이 전시되어 있다. 백범김구기념관에는 주차장, 화장실, 엘리베이터도 설치되어있어서 가족의 역사탐방 코스로 적격이겠다고 생각했다. 한여름, 뜨거운 지열에 초목조차도 팔을 떨어뜨리고 느린 호흡을 하고 있는데, 왠지 김구 선생이 애송했다는 서산대사의 「눈길(踏雪)」시가 떠오른다.

백범 김구 기념관

답설야중거(踏雪野中去) 눈 내린 들판 걸어갈 때에는
불수호난행(不須胡亂行) 모름지기 발걸음 어지러이 하지마라
금일아행적(今日我行跡) 오늘 걷는 나의 발자국은
수작후인정(遂作後人程) 반드시 뒷사람의 이정표 되리니.
　　　　　　　　　　　　　　 － 서산대사의 「답설야중거(踏雪野中去)」

　풍전등화와 같은 국가 존망의 시기에 생명을 담보로 하여 구국활동을 한 겨레의 스승, 김구선생을 직접 뵙고 가는 듯, 가슴속에는 애국애민의 정신으로 가득 차오르는 기분이었다.

5) 서대문 독립공원

　서울특별시 서대문구에 있는 독립공원에는 「독립문(獨立門)」(사적 제32호), 독립투쟁을 부조로 형상화한 순국선열 추념기념탑, 3·1독립

선언 기념탑, 송재 서재필松齋 徐載弼선생의 동상, 순국선열 2835명의 위
패를 모신 현충사, 그리고 「서대문형무소 역사관」이 있다.

독립문(높이 14.28m)은 독립협회 주도 아래 전 국민적 모금운동으로
세워졌다. 청나라 사신을 맞이하던 영은문(迎恩門, 사적 제33호)을 헐
고 그 자리에 프랑스 파리의 개선문을 본떠 화강암으로 1898년에 건립
했다. 독립문의 상단중앙에는 '독립문'이라 한글로 쓰였고, 양쪽에는
태극기가 새겨져 있다. 독립문 앞에는 옛 영은문의 주초柱礎 기둥 2개가
남아있다. 3·1독립선언 기념탑에는 독립선언문과 민족대표 33인의
이름이 새겨져 있다.

독립문

서재필 선생은 전남 보성 출신이나 아버지의 본가가 충남이라 충남인
으로 간주한다. 김옥균, 홍영식, 윤치호, 박영효 등과 갑신정변(1884)을
일으켰다가 실패하여 일본 경유, 미국으로 망명하였다. 갑신정변의 주동

자로서 그의 가족들은 희생되었다. 서재필박사는 한국최초의 미국시민 권자로 한국독립운동을 했으며, 의학박사가 되었다. 일제강압시절에 미 국에서 이승만 안창호 등과 함께 재미 한국인 지도자로 활약하였다.

서재필 박사는 1895년에 귀국하여 한국 최초의 한글민간신문인『독 립신문(獨立新聞)』창간호(1896. 4. 7)를 발간하였고, 독립협회를 결성 하여 을사조약으로 국권을 상실한 좌절감에서 다시 용기를 얻어 일어 설 것을 전 국민에게 호소하였다. 독립신문은 한글과 영문으로 쓰였는 데, 한글은 서재필 선생이 맡았고, 영문은 미국의 감리교 선교사 호머 헐버트Homer B. Hulbert 박사가 맡았다.

민족자결주의 원칙과 「3·1 독립만세운동」

파리강화회의(1919. 1. 8)는 세계 제1차 대전의 승전국인 연합국과 독일 중심의 패배한 동맹국간의 평화조약이다. 이때 미국의 윌슨 Woodrow Wilson대통령은 전후처리 문제 중, "각 민족의 운명은 그 민족이 스스로 결정하게 하자"란 민족자결주의 원칙을 발표했다. 이에 영향을 받아 일본에 있던 도쿄의 조선유학생 '학우회'는 1919년 2월 8일 독립 을 선언했으며, 국내에선 「3·1 독립만세운동」이 일어났다. 이때 고종 이 서거(1919. 1. 21)하자 일제의 사주로 독살되었다는 소문이 퍼지면 서 독립운동의 불길에 기름을 부은 격이었다.

인도의 시인 타고르는 3·1운동의 실패로 실의에 젖은 우리국민에게 「동방의 등불」이란 시로 위로하였다. 타고르가 1929년에 일본에 들렸을 때『동아일보』이태로李太魯 도쿄지국장에게 전한 시라고 알려져 있다.

일찍이 아시아의 황금시기에 (In the golden age of Asia)
빛나던 등촉의 하나인 코리아 (Korea was one of its lamp-bearers)

그 등불 한번 다시켜지는 날에 (And that lamp is waiting to be lighted once again)
너는 동방의 밝은 빛이 되리라 (For the illumination in the East)
          – 타고르의 시「동방의 등불」,『동아일보』(1929. 4. 2)

그 전에 시인 타고르가 1916년에 일본에 들렀을 때 일본에 있던 한국유학생들은 타고르에게 조선학생들을 위한 시 한편을 써 달라고 간곡히 부탁했다고 한다. 타고르는「패자(敗者)의 노래」란 제목의 시를 써 주었는데, 이 시는 당시 최남선 시인이 발간하던 잡지『청춘』(1917. 11월호)에 실렸다. 상징적 기법의 시를 번역했기에 난해하여 본문에 싣지 않았다.

서대문 형무소 역사관

서대문 형무소 역사관은 1908년에 경성京城감옥소로 문을 연 후, 애국지사들을 투옥하였다. 서대문 감옥소, 서대문형무소, 서울형무소 등으로 개칭해가면서 손병희와 유관순 열사를 비롯하여 수많은 애국투사들이 수감되어 갖은 고문을 당했다. 또한 4·19혁명과 5·16군사혁명, 1980년대 민주화운동 때도 많은 시국사범들이 감금되었던 곳이기도 하다. 1987년 말, 서울구치소는 경기도 의왕시로 옮겨갔고, 그 자리는 국가사적지(제324호)로 지정되었다. 1998년에「서대문형무소 역사박물관」을 개관하였다. 필자의 손자손녀가 중학생일 때 단체로 서대문형무소 역사관에 전시된 각종 고문형틀을 관람하고 온 후, 일제만행에 대하여 울분하며, 말을 제대로 잇지 못했다. 서대문 독립공원은 국권회복을 위하여 투쟁하다 숨진 애국지사와 순국열사들의 숨결이 살아있는 곳이다.

6) 항일독립투사 윤동주의 시비詩碑

윤동주(尹東柱, 1917~1945)는 중국 길림성吉林省 연변 용정龍井에서 태어난 한국의 독립운동가요 시인이다. 윤동주는 용정중학교를 졸업하고, 서울 연희전문학교(현 연세대학교) 문과를 졸업했다. 그리고 1942년 3월에 일본으로 유학 가서 릿교立敎대학 문학과에 입학했다가, 정지용 시인이 다녔던 도쿄의 도시샤同志社대학에 편입했다. 재학 중 항일운동을 했다는 이유로 1943년 7월에 일본경찰에 체포되었다.

교토지방재판소(1944. 3. 31)에서 2년 형을 선고 받고, 후쿠오카 형무소로 이송되었다. 윤동주는 조국의 광복을 맞이하기 6개월 전(1945. 2. 16), 27세의 꽃다운 나이로 일본 후쿠오카 형무소에서 타계했다. 그의 사망원인을 두고는 감옥소의 조선인들을 생체실험의 대상으로 삼았다는 설도 있다. 당시 독립투사 조선유학생들이 일본 감옥소에서 간수들이 투여하는 이상한 주사를 맞고, 몇 달 만에 피골상접이 되어 죽어갔다.

연세대는 서울시 서대문구 무악산母岳山자락에 자리하고 있다. 연세대 교정에는 1968년에 세워진 윤동주 시비가 있다. 윤동주는 100여 편의 시를 남겼는데, 『하늘과 바람과 별과 시』란 유고집으로 발간되었다. 윤동주 시비 앞에만 서면 슬픈 역사의 편린들이 밀려와 감성을 촉촉이 적신다. 필자는 윤동주의 시 「별 헤는 밤」과 「서시(序詩)」를 좋아하여 가을이면 자주 애송한다. 시비에는 그의 대표작 「서시」가 새겨져 있다.

죽는 날까지 하늘을 우러러
한 점 부끄럼이 없기를
잎새에 이는 바람에도 나는 괴로워했다.
별을 노래하는 마음으로
모든 죽어가는 것을 사랑해야지
그리고 나한테 주어진 길을 걸어가야겠다.

오늘 밤에도 별이 바람에 스치운다.

　'간도閒島'란 압록강과 두만강의 북쪽지역을 가리켰다. 북간도는 옛 고구려와 발해의 영토로서, 함경도 주민들이 이주하여 미개지를 개간하여 농사를 짓고 살았던 지역이다. 기록에 의하면 19세기 말에 함경도와 평안도 일대에 기근이 심하여 조선인들은 간도와 연해주로 많이 이주하였다고 한다.

　1995년 1월에 과천 국립현대미술관에서 「아! 고구려…」란 고구려 고분벽화 사진전시회가 열렸다. 고구려의 두 번째 수도 집안시集安市에서 '고구려 문화 국제학술회의'가 열렸을 때 참석한 『조선일보』사 특별 취재반이 직접 고구려고분 안에 들어가서 찍은 사진전이었다. 전시회를 보고 너무나 감동을 받았다. 필자는 졸저 『묵향이 있는 풍경』(문이당 1997)에 옛 고구려의 땅, 우리조상들의 역사와 문화제, 그리고 고구려 고분들이 밀집된 「만주벌판의 일부를 살 수는 없을까?」란 제목의 글을 쓴 적이 있다.

윤동주 시비

1980년대 학생민주화운동의 아지트

연세대교정 정문을 들어서면 백양로 오른 쪽에 100주년 기념관이 있고, 그 옆에 1980년대 학생민주화 운동 때 군부독재에 대항하여 투쟁하다가 최루탄에 희생된 연세대 경영학과 학생 이한열李韓烈 열사의 기념비가 세워져 있다.

전남 광주에서 1980년 3월부터 전남대학과 조선대학 학생들을 중심으로 일어난 민주화운동은 뜨겁게 달아올라 결국 「5·18 광주민주화운동」으로 이어졌다. 그 후 민주화운동은 전국 대학으로 빠르게 확산되었다. 서울 신촌의 연세대학교는 교통이 편리한 서울의 중심에 위치해 있고, 담이 없어서 서울에서 연합집회를 하기에 용이하다. 그래서 서울에서 대학생 연합데모를 할 때는 물론, 전국 대학생 연합집회를 할 때면 대부분 연세대학에서 행해졌다.

최루탄 때문에 담 하나를 사이에 두고 있는 세브란스병원 환자들이 호흡곤란을 호소하고, 시민들이 신촌일대를 코를 막고 에둘러 다녔다. 학교교정에는 어디고 차를 세워둘 수 없을 정도로 보도 불럭과 돌멩이들이 날아다녔고, 대학가 상점들은 언제나 철문을 내리고 있었으며, 영세가게들은 생계유지를 위해 절규했다.

1987년 1월 14일 서울대 언어학과 학생회장 박종철 군이 혹독한 폭행과 물고문으로 숨졌고, 1987년 전두환 대통령의 「4·13 호헌조치」발표는 국민의 민주화운동 불길에 기름을 부었으며, 박종철 학생의 고문치사사건의 은폐·조작 사실이 뒤늦게 밝혀져 학생민주화운동은 폭발하였다. 1987년 6월 9일 연세대 백양로에서 울려 퍼지던 함성은 신촌거리로 '호헌철폐' '독재타도'를 외치며 교문을 나가려던 순간에 연세대 학생 이한열군이 직격최루탄 난발에 머리를 맞고 쓰러졌다. 뇌사상태에서 27일간 투병하다가 1987년 7월 5일 숨졌다.

전국에서 치솟던 대학생들의 민주화운동은 5천만 대한민국 국민의 민주화투쟁으로 내전(內戰)형태로 변모했다. 국가존망의 위기에서 「6 · 29선언」이 나왔다. 민주화를 갈급하던 땅에 거대한 민주화의 거목을 심었다. 그리하여 연세대 교정에는 우리민족의 항일독립투쟁의 대표시인 윤동주의 시비와 1980년대 학생민주화 운동의 상징인 이한열 열사의 기념비가 백양로를 사이에 두고 양쪽에 세워져있다.

이한열 열사 기념비

필자의 남편은 학생민주화운동의 한 가운데 서서 1984년부터 1988년까지 연세대 학생처장 4년과 전국학생처장 협의회 회장을 2년여 간 겸임했다. 그이는 무심히 백양로에 들어서면 아직도 교정 가득히 어깨동무를 한 「386학생들」이 "태양은 묘지 위에 붉게 타오르고"란 노래를 목청껏 합창하던 모습들이 떠오른다고 한다. 여기 그의 저서 『Y대 학생처장이 본 1980년대 학생민주화운동』(연세대학교 대학출판문화원)에서 몇 줄 옮겨본다.

애석하게도 연세대는 1987년 「6월 민주항쟁」때 제자 이한열 군을 잃었다. 1987년 7월 9일 서울 시청 앞 광장에서 100만 인파가 운집한 가운데 이한열군의 운구행렬을 선두에서 지켜본 필자는 속으로 흐느꼈다. 이한열 군의 어머니가 필자의 손을 잡고 "「6·29 선언」이 한 달만 더 빨리 나왔더라도 우리 한열이는 죽지 않았을 텐데…"하며 오열하던 모습이 뇌리에 생생하다.

「6월 민주항쟁!」4반세기전의 일이건만, 6월이 오면 백양로에 펄럭이는 걸개그림 '이한열이를 살려내라!'는 구호와 함께 아직도 「6월 민주항쟁」의 함성과 구급차의 사이렌소리가 들려오는 듯하다.

7) 용산 국립중앙박물관

국립중앙박물관은 서울특별시 용산구 서빙고로에 위치하고 있다. 일제강압시절에 경복궁을 허물고 조선총독부 건물이 들어섰다. 광복 후 그 건물들은 국립중앙박물관으로 사용되었다. 김영삼 정부 때 역사바로세우기 운동의 일환으로 조선총독부가 사용했던 건물들은 1995년에 철거되었다. 일제시대와 6·25전쟁 등을 겪으며 여러 곳을 옮겨 다니며 수난을 겪었던 국보와 보물들은 새로 건립된 국립중앙박물관으로 옮겨졌다. 15만점 이상의 소장유물 중, 1만1천여 점은 광복 60주년인 2005년 10월 28일에 국립중앙박물관 개관과 동시에 전시되고 있다.

신축한 국립중앙박물관은 부지면적 9만3천 평, 연면적 4만6백 평, 그리고 건물길이가 405m나 되는 3층 건물이다. 홍수가 나도 수해를 입지 않게 박물관 평균지반을 3.5m 돋우었다. 그리하여 입구의 아름다운 연못을 지나 널찍한 계단을 상당히 높게 올라가기 때문에 거리를 두고 건축물을 바라보면 웅장하고 품위가 있어 보인다. 박물관은 40여개의 상설전시실과 기획전시실, 편의시설, 음식점, 도서관, 어린이 박물관, 그리고 교육시설 등을 갖추었다.

혜초의 『왕오천축국전』 특별기획전

2011년 2월 25일, 해맑은 햇살이 밝게 웃어도 아직 봄이 오고 있는 길목이라 제법 쌀쌀한 바람이 옷깃을 파고든다. 시부모님의 기일을 기하여 지방에서 올라온 동생들과 6형제의 맏이인 그이는 용산 국립중앙박물관에서 열리는 혜초(慧超, 704~787)에 대한 기획전시회(2011. 1. 1~4. 3)를 관람했다. 신라의 고승 혜초가 떠나간 지 1283년 만에 고국에 돌아왔다면서 연일 혜초의 『왕오천축국전(往五天竺國傳)』에 대하여 신문에 크게 보도되었다.

신라의 불교는 법흥왕 때(527)에 이차돈의 순교로 불교를 공인하였고, 528년에 국교로 정했으며, 거국적으로 불교를 숭상했다. 신라의 진평왕 때는 승려 원광법사가 세속오계世俗五戒를 화랑도의 윤리지침과 실천이념으로 지도했다. 통일신라시대의 도반이었던 원효대사와 의상대사에 얽힌 이야기는 중고등학교 시절에 익히 배웠다. 그러나 고승 혜초에 대해서 알려진 바는 별로 없다.

통일신라시대 승려 혜초는 16세 때 당나라로 건너가 인도의 밀교승密教僧 금강지金剛智 아래서 불도를 닦았다. 19세 때(723년) 바닷길로 인도에 들어가 여러 불교 유적지와 천축국들을 순례하고 727년에 육로인 실크로드를 따라 당나라 장안長安으로 돌아왔다. 그 후 혜초는 서역순례기행문 『왕오천축국전』3권을 지었다고 하나 그 당시는 세상에 알려지지 않았다. 혜초는 장안의 천복사에서 밀교경전연구에 몰두하며, 제자를 가르치다가 787년에 중국의 오대산五臺山 건원보리사에서 입적했다고 한다.

『왕오천축국전』· 세계의 4대 여행기

혜초의 서역순례기행문 『왕오천축국전』은 1908년 프랑스의 동양학자 폴 펠리오Paul Pelliot가 중국 둔황의 막고굴 장경동에서 발견했다. 둔황은 중국의 실크로드의 길목으로 동서양의 문물이 만나는 곳이었다. 펠리오는 당시 장경동을 지키던 관리인에게서 『왕오천축국전』을 구매하였고, 이는 프랑스 파리의 국립도서관에 보관되어 있었다. 『왕오천축국전』의 저자가 혜초이며, 승려의 모국이 신라였다는 것을 알게 된 것은 1915년 일본의 종교학자에 의해 밝혀졌다고 한다. 그러나 아직도 혜초가 언제 어디서 태어났으며, 언제 출가했는지 등의 정확한 기록은 알려지지 않았다. 이런 상황에서 2010년 12월 18일부터 서울 용산의 국립중앙박물관에서 『왕오천축국전』이 최초로 전시된 것이다.

『왕오천축국전』은 세계4대 여행기 중에서도 가장 오래된 두루마리 형태의 기록인데, 기원 723년에서 727년까지 4년간 바닷길로 인도에 들어가, 성지인 오천축국五天竺國을 두루 돌아다녔고, 서쪽으로 아프가니스탄, 우즈베키스탄, 중앙아시아로 갔다. 동쪽으로 '세계의 지붕'이라 일컬어지는 파미르고원Pamir Mountains을 넘어 둔황을 거쳐 당나라의 수도 장안에 이르렀다. '천축국'은 인도의 옛 이름이다. 혜초가 이러한 경로를 거치며 체험한 서역의 문화, 역사, 풍토, 신앙, 전설을 기록한 것이다.

국립중앙박물관 혜초의 기획전시실 외벽의 한 면 전체가 대형 화면이 되어 아이맥스 영화처럼 혜초의 기행문이 발견된 둔황과 비단길 들을 볼 수 있어서 정말 실감이 들었다. 혜초스님, 그는 수천만 리 이국 땅 나그네 길에서 진리를 찾아 길 위에서 길을 물었으리라. 그리고 그가 걸어가는 실크로드 메마른 사막 길과 험준한 고산 길, 파미르고원이 바로 그가 찾아 나선 구도의 길임을 그는 매 순간 느꼈으리라 상상해 보았다. 여기 혜초스님이 『왕오천축국전』에 남긴 시詩이다.

달 밝은 밤 고향 길 바라보니
뜬구름 바람 따라 떠가는 구나
구름에 편지를 부치려하나

바람이 급하여 내말 들으려 돌아보지 않네
내 고향은 하늘 끝 북쪽에 있고
타향은 땅 끝 서쪽
남쪽에는 기러기가 없으니
누가 계림으로 이 소식 전해주리.

아득한 그 옛날, 교통수단이 원시적인 8세기에 아무리 구도자라고 하지만, 어디에 그런 엄청난 도전정신과 개척정신을 지녔었을까, 나름대로 생각을 해보았다. 아무리 '뜻이 있는 곳에 길이 있다' 지재유경志在有逕 · Where there is a will, there is a way. 란 동서양의 진리를 적용한다 하더라도 불가사의 그 자체였다.

경천사지敬天寺址 10층 대리석 석탑

우리는 국립중앙박물관의 조선시대의 풍물전시관을 관람했다. 그리고 실내 홀에 세워진 경천사지 10층 석탑도 관람했다. 경기도 개성시(開城市, 개풍군, 광덕면) 부소산에 있던 경천사에 세운 탑이었다. 경천사지 10층 석탑은 고려 충목왕 때(1348)에 원元나라의 영향을 받아 회백색 대리석(높이 13.5m)으로 만든 탑이다. 이때 원나라 공장元工匠이 직접 가담했기에, 원나라 기법이 혼입되었다고 한다. 이 탑의 1층 기단에서 3층까지는 아亞자형이고, 4층부터 꼭대기까지는 정4각형 평면으로 쌓아올려졌다. 건축물은 섬세하고 부드러운 미를 지닌 독특한 탑이었다.

경천사지 10층 석탑은 1907년에 불법해체되어 일본으로 무단 반출되었다. 이때 미국 감리교 선교사로 1886년에 한국에 온 호머 헐버트 Homer B. Hulbert 박사는 1907년에 일본 궁내부대신이 약탈해 간 「경천사지 10층 석탑(국보 제86호)」의 반환을 세계 언론에 호소해준 우리민족의 은인이다. 이탑을 1960년에 일본으로부터 되돌려 받아 경복궁에

세웠다가, 다시 이곳 국립중앙박물관에 옮겨왔다. 헐버트 박사는 1896
년 서재필 박사를 도와 함께 한국 최초의 한글신문인 『독립신문』을 창
간했을 때, 영문판 주필을 맡기도 했으며, 그는 또한 우리민족의 대표
노래 '아리랑'을 최초로 서양식 악보로 적어 세상에 알린 인물이기도
하다. (필자의 「양화진 외국선교사 묘원」 참조바람)

우리는 국립중앙박물관을 관람한 후 경내에 있는 한국음식점에서
동생들과 점심을 먹으며 혜초스님의 불가사의한 여행에 대하여 대화
를 나누었다. 그 옛날, 어떻게 그런 용단을 내었는지, 혜초스님의 불가
사의한 여행에 대하여 실로 감탄하였다.

8) 용산 전쟁기념관(The War Memorial of Korea)

서울특별시 용산구 이태원로에 있는 전쟁기념관은 후손들에게 잊혀
져가는 한국전쟁(6·25)을 알리게 하는 역사학습장이기도 하다. 1994
년 6월에 개관한 전쟁기념관에는 450만 명의 사상자를 낸 6·25한국
전쟁의 관련 전시물과 전쟁무기 3만3천여 점을 소장하고 있는데, 이 중
에서 1만여 점을 전시하고 있다. 옥내 전시실에는 호국추모 실, 전쟁역
사 실, 6·25전쟁 실, 해외파병실, 국군발전실 등이 있으며, 건물 양측
회랑에는 국군전사자와 UN군 전사자 20여만 명의 이름이 새겨져 있
다. 전쟁기념관 옥외에는 6·25전쟁 상징조형물과 세계 각국의 무기가
전시되어 있다. 특별기획전을 제외하면 입장료가 없으며, 매주 월요일
이 휴관일이다.

전쟁기념관 정문으로 들어가면 '청동검과 생명나무'의 이미지를 형

상화한 거대한 조형물을 만난다. 청동검은 유구한 역사와 상무정신을 표현하였고, 생명수는 한민족의 화평과 번영을 상징한다고 한다. 전쟁기념관 광장 가운데는 군인들의 전투하는 군상을 조형물로 만들어 세운 것을 보게 된다. 호국군상의 조형물을 받치고 있는 그릇모양의 기단은 겨레의 정신과 민족통일의 염원을 담은 그릇을 의미한다고 한다.

지금은 조형예술작품을 감상하고 있지만 6·25를 직접 경험한 필자의 세대는 호국군상들의 모습이 처절했던 6·25의 참상을 떠올리기에 충분하다. 불빛에 섞인 포성이 등 뒤에서 울리는데, 피난 보따리와 가방을 각자 둘러메고 자갈길 신작로로 끝없이 이어진 피난행렬이 떠올랐다. 그 당시에는 밤마다 사이렌 소리에 집안의 모든 불을 끄고 방공연습을 하였다. 방문 앞에 담요를 드리우고, 불빛이 밖으로 새어나지 않게 철두철미하게 등화관제 훈련을 받았다. 전기가 나가면 마을 전체가 암흑천지로 변했다. 그래서 집집마다 성냥과 양초를 구비해 두는 것은 필수였다.

전쟁기념관으로 들어가는 입구 양 옆으로 연못과 분수대가 있고, 원형모양의 평화의 광장이 펼쳐져 있다. 중앙건물 양 옆 깃대에는 UN참전국들의 국기가 펄럭인다. 그 뒤로 멀리 남산서울타워가 보인다. 광장에서 왼쪽으로 돌아가면 가슴 아픈 조형물을 만난다.

가슴 아픈 형제상兄弟像!

우리민족의 아픔과 통일의 염원이 더욱 간절해지는 청동 조형물! 반구형의 갈라진 받침대 위에 국군과 인민군(남한과 북한의 두 군인)이 서로 부둥켜안고 있는 '형제의 상'(지름 18m, 높이 11m)은 눈시울을 젖게 한다. 내용인즉 치열한 격전장 원주치악산고개전투에서 총부리를 서로 겨누다가 발견한 형제! 한국군 장교 형 박규철과 인민군 병사복장의 동생 박용철이 극적으로 만나 얼싸안고 있는, 실화를 형상화 한 조형물이다. 동족상잔의 아픔과 비극을 알고 쳐다보면 눈물이 앞을 가린다.

1989년 전쟁기념 사업회 주최 한국전쟁 참전수기 공모에 당시 극적인 상면 장면을 목격했던 안만옥 씨가 입상되었고, 이를 조형물로 제작한 사람은 건축가 최영집 씨, 조각가 윤성진 씨, 화가 정혜용 씨가 맡았다고 한다. 2013년 7월 27일, 정전 60주년 큰 행사가 전쟁기념관에서 열렸다. 아직도 우리나라는 휴전 중일뿐, 6 · 25 전쟁이 계속되고 있는 셈이다. 언제 쯤 38선의 철조망을 걷을 수 있을까? 우리는 언제 쯤 서로 겨누고 있는 총부리를 거둘 수 있을까? 겨레의 염원인 한반도통일은 얼마나 먼 거리에 있는 것일까? 아직도 북녘은 캄캄하기만 하다.

가슴 아픈 형제상

필자는 6 · 25때 고향 경주에서 전쟁을 피해 남쪽으로 피난을 갔었다. 그때는 유사시에 식구 수대로 각자 미숫가루를 만들어 봉지에 나누어 담고, 비상금 얼마와, 노상에서나 잔디위에서나 덮고 잘 수 있게끔 작은 담요 한 개, 기본 속옷 한두 가지, 그리고 윗도리 한 개 정도를 각자 등에 걸머지고 뛰어갈 수 있게 준비하여 머리맡에 두고, 매일 밤 잠자리에 들었다.

드디어 어느 날, 포성이 고막을 울리고, 하늘 한쪽이 포성과 불바다로 번쩍이며, 밤하늘에 불길이 치솟았다. 신작로에는 인산인해로 피난행렬이 이어졌다. 그 때는 가족이 뿔뿔이 헤어질 수도 있다는 것을, 마음준비를 단단히 해야 했다. 그리고 전화가 휩쓸고 간 가난과 질병 속에서 "아아. 잊으랴, 어찌 우리 이 날을…"하며 매년 6·25가 돌아오면 학교 운동장 땡볕에서 길고긴 기념식을 가지곤 했었다.

전쟁기념관 양 옆 넓은 뜰에는 대형 전쟁장비들이 전시되어 있다. 그 때 당시의 각종 탱크, 철갑선, 대포, 폭격기, 비행기, 헬리콥터, 해군의 배, 육해공군의 무기들, 조형물 '비상飛上' 등 많은 것이 전시되어 있다. 임진왜란 때 이순신의 '거북선'은 1980년대에 복제한 것이다. 또한 5세기 고구려의 광개토대왕릉비廣開土大王陵碑가 실물크기의 조형물로 세워져 있다. 광개토대왕은 고구려 역사상 영토를 가장 확장한 왕이었다. 서기 413년, 광개토대왕이 타계한 후 아들인 장수왕長壽王이 고구려의 건국과정과 업적 등을 1775자를 예서隸書체로 화강암에 새겼다. 광개토대왕릉비를 보는 순간 1995년 1월에 서울과천 국립현대미술관에서 열린 「아! 고구려……」란 제목의 고분벽화 사진전시회를 감명 깊게 보았던 기억이 생생히 떠올랐다.

가족이 함께 전쟁기념관을 탐방한다면 자식들에게 호국정신과 바른 역사관을 심어줄 수 있으리라. 아이들이 고학년이라면, 한일관계와 한중관계를 논할 수 있을 것이고, 역사왜곡에 대해서도 심도 있는 대화를 할 수 있으리라 생각되었다.

9) 38선 · 판문점板門店「자유의 집」

판문점은 경기도 파주시 진서면 비무장지대(DMZ)에 있다. 북한의 행정구역은 황해북도 개성특급시 판문군에 위치하고 있다. 한국전쟁 때 정전협상을 한 곳이며, 남과 북의 유일한 대화 장소이다. 비무장지대는 1953년 정전협정 때 UN군과 인민군의 공동경비구역을 만들었다. 그러나 1976년 8월에 비무장지대 공동경비 구역 내에서 도끼만행 사건이 일어났다. 판문점 가까이 공동경비구역 내에 있는 미루나무가 무성하여 북한 초소를 관찰 할 수 없어서 미루나무 가지치기를 하였다. 이 때 나뭇가지치기를 주관했던 주한미군 아서 보니파스Arthur Bonifas 대위와 마크 배럿Mark Barret 중위 등이 조선인민군에게 참변을 당했다. 그 사건 후 분할하여 경비하고 있다.

「자유의 집」은 1998년 7월에 판문점 공동경비구역 내, 우리 측인 남쪽에 건립한 4층 건물로서 UN군과 한국군이 공동으로 경비한다.「자유의 집」은 여권소지 외국관광객은 견학할 수 있다. 이곳에는 남북연락사무소, 남북적십자 연락사무소가 설치되어 있으며, 남북회담 시에 만남의 장소로 활용 된다. 필자는 Y대학 특수과정을 밟고 있는 여성그룹과 함께「자유의 집」을 답사했다.「자유의 집」전망대 팔각정! 이름은 아름답지만 우리민족의 한限이 스런 뼈아픈 곳이다. 전망대에서 무엇을 바라본단 말인가? 현재 불붙는 전쟁터가 아닌 이상, 동경과 그리움의 눈길을 보내는 곳이 아닐까. 지척에 있는 고려의 옛 수도 개성, 그 위로 줄 곳 달리면 옛 고구려의 수도인 평양에 닿을 것이다. 비록 타의他意에 의하여 분단되었지만, 우리민족 스스로가 사랑과 화해로 형제의 손을 잡을 수는 없을까? 갈라선 지 70년, 언제나 저 땅을 마음 놓고 오 갈 수 있단 말인가? 이곳 비무장지대의 대표적인 관광지에는 제3땅굴도 포함되어 있다. 생각할수록 불행한 민족이란 생각이 든다.

필자는 답답한 정치적 이슈만 생기면 남편에게 설명해 달라고 한다. 2006년 2월에 필자는 남편의 대학직장동료들이 부부동반으로 일본의 남부지역을 여행하면서 가고시마에 위치한 활화산 사쿠라지마 섬을 여행한 적이 있다. 활화산 정상에는 하얀 연기가 치솟는다. 필자는 '지난 한 해만해도 사쿠라지마 섬에 17번의 작은 지진이 일어났었는데, 섬 분화구 반대편 자락에 저렇게 큰 마을이 있다니, 참으로 이해하기 어렵다'고 하였다. 그때 그이는 "세계에서 가장 중무장한 화약고 「38선」을 지척에 두고 서울에 빌딩의 숲을 쌓아올리는 남한 사람들과 무엇이 다르단 말인가!"하였다. 듣고 보니 수긍이 갔다.

1960년대 후반에 남편이 미국에서 공부를 끝내고 10년간 대학에서 가르치다가 우리가족은 귀국했다. 그 당시에 매달 15일이면 고막을 찢는 사이렌소리에 반공연습으로 길거리엔 사람과 차가 얼씬할 수 없었고, 밤에는 등화관제 훈련으로 집안에 모든 불을 꺼야했었다. 그런데 그 때의 불안감이 살다보니 타성에 젖어 신경이 무디어진 것을 알았다. 우리와 비슷한 처지로 갈라선 독일은 우여곡절 끝에 통일을 이루었다. 언제 우리 민족에 백마 탄 초인이 나타나 찢어진 국토를 말끔히 봉합해 줄 것인가? 우리는 대망의 그날을 위해 과연 무엇을 준비하고 있는 것일까?

'철마는 달리고 싶다'란 말이 가슴을 때린다. 강원도 철원 백마고지역에서 경원선 남측구간 복원을 위한 기공식(2015. 8. 5)이 있었다. 광복 및 남북분단 70주년인 2015년, 「통일 나눔 펀드」기부에 동참하는 물결이 전국에서 일어나고 있다. 2015년 광복절을 맞아 「6 · 25」로 끊어진 경원선의 복원소식은 가슴에 또 하나의 희망의 등불을 밝히는 기초 작업이라고 생각한다.

10) 경기도 수원화성 水原華城

경기도 중남부에 위치하고 있는 수원시는 교통의 요지이다. 예부터 수원시 서남쪽에 있는 화성시 남양만南陽灣은 백제와 신라가 중국과 해상무역을 했던 해상거점이었으며, 왜구의 침입이 잦았던 지역이었다. 수원은 삼국시대부터 수군방어 기지가 설치된 요충지였다. 조선22대 정조(正祖, 재위:1776~1800)대왕은 이곳에 국방요새로 수원화성(사적 제3호)을 축조했다.

수원화성은 일제강점기와 6·25전쟁, 그리고 홍수 등 오랜 세월 동안 크게 훼손된 채 방치되어왔다. 박정희대통령 때 문화유적 정비 사업으로 「화성성역의궤」 기록을 통한 고증을 거쳐, 1974년부터 복원사업을 시작하여 1979년에 완공하였다. 수원화성은 1997년에 세계문화유산으로 등재되었다.

계획도시인 수성화성을 건립하게 된 동기는 정조대왕의 생부인 장헌세자莊獻世子 일명 사도세자思悼世子가 생후 1년 만에 세자로 책봉되었으나 노론·소론의 당파싸움에 휘말려 왕위에 오르지 못하고, 영조英祖의 왕명으로, 노론의 출신에 의해 사도세자는 뒤주 속에 갇혀 8일 만에 27세의 나이로 아사했다.

영조는 숙종肅宗의 차남으로 배다른 형인 장희빈의 아들 경종景宗의 급서로 왕위에 올랐다. 영조의 생모 숙빈최씨는 궁중에서 물을 긷는 최하위급의 무수리였다. 그래서 영조는 재위기간이 52년간이나 되지만 심한 콤플렉스에서 벗어나지 못했다. 사도세자는 영조와 극심한 불화 속에 자랐다.

효성이 지극한 정조대왕은 양주 배봉산拜峰山에 안장된 사도세자의 능을 명당자리인 수원 화산으로 이장하고 묘호를 현륭원顯隆園이라 했다. 정조는 이때부터 수원화성을 짓기 시작했다. 정조대왕의 유언대로 1800년에 정조가 승하하자 그의 친부인 사도세자 장조莊祖의 능 옆에 나란히 묻혔다. 순조21년(1821)에 정조의 비 효의왕후가 타계하자 정조의 무덤을 경기도 화성시 안녕동에 세워 융건릉(隆健陵, 사적 제206호)이라 명했다. 이곳에는 사도세자와 그의 비 혜경궁 홍씨를 합장한 융릉과 정조와 효의왕후를 합장한 건릉이 함께 있다.

필자는 화창한 가을날, 여의도에서 지하철을 이용하여 수원화성을 답사했다. 수원 지하철역 맞은편에서 장안공원 쪽으로 가는 시내버스를 타고 장안공원에서 하차했다. 정문인 장안문(長安門, 북문)은 앞쪽에 옹성甕城을 쌓았으며, 우진각지붕의 2층 건물로서 규모가 웅장하다. 수원화성 내에는 수원천水原川이 화성의 중심부를 남북으로 흐른다. 장안문 동쪽에 화홍문華虹門과 방화수류정訪花隋柳亭이 자리하고 있다. 화홍문은 7개의 수문을 가졌는데, 비가 온 후 7개 홍예석교를 통해 흘러내리는 물줄기는 장관을 이루었다고 한다. 이곳에서 매년 10월이면 등불축제가 열린다고 한다.

화성의 서쪽엔 화서문(華西門, 보물 403호)이 있고, 화서문 성벽 따라 서북공심돈(보물 제 1710호)이 있다. 성벽 언덕비탈에 억새밭이 펼쳐져 있는데 가을바람에 군무를 펼치는 경치는 아름다웠다. 그 넘어 높은 서북각루에는 깃발이 아련히 날린다. 수원화성은 현재 큰 도로가 화성성곽을 동서남북으로 관통하고 있으며, 성내에 마을이 있다. 수원행궁水原行宮은 이곳에서 걸어서 10분 거리에 복원되어 있다.

수원화성 팔달문

수원화성의 탁월한 군사시설물

수원화성은 성문4개, 비밀통로인 암문(5개), 성문을 지키기 위하여 성문 밖에 쌓은 옹성甕城, 장대將臺, 쇠뇌(여러 개의 화살이 잇달아 나가게 만든 활)를 쏠 수 있도록 높이 지은 노대弩臺, 포대砲臺, 그리고 수원화성에 처음 설치했다는 공심돈空心墩이 있다. 공심돈이란 속이 빈 망루를 말하는데, 이곳에는 내부가 비어 있어 적이나 바깥 동정을 살필 수 있는 공안空眼을 많이 뚫어놓았다. 여기서 활을 쏘면 어디서 화살이나 총탄이 날아오는지 적은 알지 못하게 설계되었다고 한다.

팔달산 정상에 있는 군사지휘본부인 서장대西將臺, 조금 높은 평지인 돈대墩臺, 봉홧불을 올렸던 봉돈烽墩, 무기를 갖춘 수문水門 등 수원화성은 한국성곽기술을 집대성한 성곽으로 평가된다. 수원화성 축조(1794~1796년) 당시 문신이요 실학자이며 공학자였던 다산 정약용(茶山 丁若鏞)은 도르래와 거중기擧重機를 고안하여 무거운 석재로 성곽을 축성하는데 크게 기여했다고 한다.

정조18년(1794)에 축조한 화성행궁의 일원에는 정조의 위패와 어진을 모신 화령전華寧殿이 있다. 행궁 앞 광장에는 '백성과 함께 한다'는 뜻의 여민각與民閣이 세워져 있다. 이 광장에는 매년 10월에「수원화성 문화제」가 열리는데, 각종 공연 및 수원천변 등불축제가 동시에 펼쳐진다. 행궁의 정문인 신풍루新豊樓 앞에는 국내외 여행객들로 북적였다. 단체로 관람하는 어린이들도 보였다. 신풍루를 들어가면 행궁 유수부留守府가 있고, 행궁의 정전과 궁인들이 사용했던 여러 건물들이 들어서 있다.

행궁에서 10분쯤 걸어가면 화성의 남쪽 문인 팔달문(八達門, 보물 제402호)이 나온다. 팔달문은 정면5칸 측면2칸의 2층 건물로 우진각 지붕으로 웅장하고 견고해 보인다. 팔달문 앞에는 반월성 형태의 옹성을 쌓았고, 옹성 위부분에는 총안銃眼을 뚫었다. 현재 팔달문 성벽 양쪽으로는 길이 나 있으며, 주변에는 번화가가 조성되어 있다. 수원화성에는 세종대왕과 더불어 조선의 2대 성군聖君으로 꼽히는 정조대왕과 사도세자, 그리고 정약용 등의 역사적 인물과 연관된 유적지이다. 웅장하고 멋있게 복원되어 있다. 방학 때 손자손녀들을 데리고 와서 설명해 주고싶은 역사교육의 훌륭한 학습장이라고 생각했다.

11) 서울 남한산성南漢山城

남한산성(사적 제57호)은 경기도 광주시, 성남시, 하남시에 걸쳐있으며, 청량산과 남한산 등 몇 개의 봉우리를 연결하여 축조되었다. 남한산성은 한강 남쪽에 위치하고 있는 군사방어체제의 주요한 거점이었다. 성의 바깥쪽은 경사가 심하고 험하여 적의 접근이 어렵고, 남한산성 내의 지형은 해발 400m 정도의 평탄한 면이 중앙에 펼쳐져 있어서 밭농사가 가능했다. 한 때 4천 명가량의 주민이 산성 내에 거주했으며, 성내시장이 열리기도 했었다. 성 내에는 연못과 샘이 많아서 마을이 조성될 수 있었다고 한다.

남한산성 축조 때는 사찰과 승려들이 대대적으로 동원되어 무기를 관리하고 운영하였다. 기록에 의하면 조선 인조 때 남한산성과 행궁을 축조할 때 남한산성 내에 9개의 사찰을 지어 승군僧軍에게 숙식을 제공했으며, 산성축조도 승군들이 맡았다. 당시 사찰에는 무기와 탄약, 병기고와 화약고가 설치되었고, 군량미와 창고의 물품을 관리하는 일도 승군들이 주관하였으며, 경기지방의 의병활동의 본거지였다. 조선 정조 때는 남한산성의 수어청守禦廳 군사가 2만여 명에 달했다고 한다.

남한산성은 다양한 군사시설을 갖추었으며, 병자호란 때는 임시왕궁 역할을 했다. 병자호란(1637. 1)때 청태종이 10만 대군을 이끌고 조선을 침공했을 때 미처 강화도로 난을 피하지 못했던 인조와 대신들은 이곳 남한산성에서 항전하다가 군량미가 바닥났고, 혹독한 추위에 더는 버틸 수가 없었다. 항전45일만에 항복하고 말았다. 게다가 강화도로 피신한 왕비와 왕자들이 납치되었기 때문에 삼전도로 내려가 삼배구고두례三拜九叩頭禮로 굴욕적인 강화를 맺게 되었다.

남한산성 행궁복원

일제의 만행으로 1907년에 남한산성행궁(사적 제480호)을 비롯하여 다수의 건물이 소실되었고, 한국전쟁으로 많이 훼손되었다. 남한산성행궁에는 종묘와 사직단을 갖춘 유일한 곳이었다. 1997년에 남한산성 보존협의회가 결성되어 남한산성 종합정비계획을 세웠다. 2000년에 토지박물관의 주도아래 남한선성 행궁지 발굴조사에 착수 했다. 남한산성 행궁 터에서 발굴 된 대형건물 터(길이 50m)와 주춧돌, 그리고

2007년에는 신라시대의 초대형기왓장 몇 백 장이 무더기로 발견되었다. 초대형 기와(길이 64cm, 두께 4~5cm, 무게 19kg)는 통일신라시대 남한산 주장성의 자리라고 관계전문가는 추정한다. 출토된 초대형 기왓장은 행궁 담 밖, 유리건물 안에 진열되어 있다.

신라시대 초대형 기왓장

남한산성 행궁 정문「한남루」

필자는 지하철과 시내버스를 이용하여 남한산성 종점에서 하차했다. 남한산성 행궁 앞 4거리 일대에는 마을이 형성되어 있고, 기념품점과 음식점 등이 있다. 이곳에서 둘러보면, 먼저 눈에 들어오는 것이 '남한산성 종각의 천흥사 동종(天興寺 銅鐘, 국보 제280호)'이다. 옛날 남한산성에서 시간을 알렸다는, 고려 현종 때(1010)에 주조된 천흥사 동종을 남한산성 행궁이 건립되면서 2011년에 복원하였다고 한다.

남한산성 행궁으로 들어가기 전 오른쪽 언덕에 침괘정(枕戈亭, 경기도 유형문화재 제5호)이란 건물이 숲 속에 위치하고 있는데, 퍽 운치가 있어보였다. 가파른 언덕을 올라가서 카메라에 담아보았다. 침괘정은 정면7칸, 측면 4칸, 팔작지붕 겹처마로 퍽 아름다운 정각이다. 이 정각은 인조2년(1624)년에 남한산성을 수축할 때 발견했다고 한다. 현재 건물은 1751년 영조 때 광주유수가 중수하였다고 하는데 이 건물의 용도는 확실하게 알려지지 않았다.

남한산성 행궁의 정문인 한남루漢南樓가 시원하게 솟아있다. 2002년에 남한산성행궁 공사를 착수하여 2010년 10월 24일에 준공식을 가졌다. 김문수 경기도지사의 남한산성 행궁복원 축사메시지에서 "우리나라 역사상 가장 찬란했던 통일신라시대의 건물터와 세계에서 가장 큰 기와장이 남한산성 행궁터에서 발견되었다. 이것은 삼국을 통일한 신라가 당 나라와 싸울 때 전초기지였던 주장성임을 입증한 것이다." 남한산성은 2014년 6월, 군사방어술의 집대성과 지금까지 주민이 거주하고 있는 살아있는 유산으로 한국의 11번째로 유네스코 세계문화유산에 등재되었다.

통일신라의 전초기지 남한산성

신라는 진흥왕16년(眞興王, 555년)에 신라의 영토가 확장된 곳을 돌아보면서 북한산 비봉에 진흥왕 순수비(巡狩碑, 국보 제3호)를 세웠다.

신라30대 문무왕文武王 때(671)에 라 · 당 연합군은 백제의 사비성을 함락하였다. 그런데 당나라 군대가 본국으로 돌아가지 않고, 신라를 침략하기 위한 준비를 하는 동안, 문무왕은 한신주에 주장성(남한산성 673년)을 쌓았다. 신라는 결국 당을 물리치고 삼국을 통일(676)하였다.

역사의 뒤안길을 돌아보면 굽이마다 가슴이 먹먹해지는 상흔이 남아있다. 당시에 명나라의 국운이 기울고 청나라가 득세하고 있었다. 임진왜란 때 우리나라를 도와준 명나라에 보답하고, 의리를 지키기 위하여 청나라를 적대시했다. 19세기 영국의 역사가요 사회학자인 액턴경(Lord Acton)은 "국제관계에 있어서 영원한 적도 없고, 영원한 우방도 없다. 오로지 영원한 것은 국가이익 뿐이다"라고 했다. 청나라에 아부하지는 않더라도, 적대시 하지 않고, 친선관계를 유지하는 중용의 외교정책을 폈더라면, 그러한 국치는 당하지 않았을 것이다. 급변하는 국제정세를 제대로 읽지 못하고, 한 노선만 고집한다면, 특히 한반도처럼 해양세력과 대륙세력이 첨예하게 맞대고 있는 지정학적 틈바구니에서는 살아남기 어려울 것이다.

12) 굴욕의 삼전도비三田渡碑

남한산성에서 돌아오는 길에 서울 송파구 석촌동 석촌 호수공원 입구에 세워진 삼전도비(사적 101호)를 둘러보았다. 필자의 뒤를 따라 마침 언덕에 보수공사를 하려고 거대한 기계를 실은 트럭 한대가 지층을 울리며 들어왔다. 필자가 트럭운전사에게 잠시 한 두 컷 사진만 찍겠다고 했더니 "천천히 찍으세요." 라며 친절하게 기다려 주었다.

'삼전도비'는 병자호란이 끝난 후, 청 태종이 자신의 승전비를 세워

달라는 강압에 의해 인조 17년(1639)에 세운 청나라 전승비이다. 삼전도비의 원래이름은 대청황제공덕비大淸皇帝 功德碑이다. 비의 전체 높이 5.7m, 비신碑身의 높이 3.95m, 폭은 1.4m, 무게 32t이다.

삼전도비의 앞뒤 면에는 몽골글자와 만주글자 그리고 한자로 썼다. 비문에는 조선왕이 청나라 황제의 신하가 될 것을 맹세했고, 조선이 청나라 황제의 공덕을 영원히 잊지 않겠으며, 청나라에 화친을 무너뜨린 어리석은 죄를 반성하기 위해 비석을 만든다는 내용이었다.

삼전도비

병자호란丙子胡亂을 돌아보며

정묘호란丁卯胡亂과 병자호란을 돌아보면 조선15대 임금 광해군은 명 · 청 교체기에 중립외교를 펼쳤으나, 인조반정(1623)으로 광해군이 물러나면서 조선은 친명배금親明排金정책으로 더욱 기울어졌다. 인조5년 정묘호란(1627)때 조선은 후금(청나라)과 형제지국兄弟之國의 강화를 맺었다. 그러나 조선의 외교는 친명정책을 고수했다.

임진왜란 때 명나라는 43000여 명의 군사를 조선에 보내왔고, 정유재란 때는 약 10만 명의 병력이 조선에 투입되었다. 기록에 의하면 병력도 주력이고, 작전권도 쥐고 있었으며, 군수품의 보급과 군량도 한때는 공급해 주었다. 조선은 국가 존망의 위기에 조선을 도와준 은혜를 잊지 않았다.

정묘호란으로부터 10년 뒤, 청(후금)나라 태종 홍타이지가 10만 대군을 이끌고 조선에 2차로 침범해온 것이 병자호란(1636. 12~1637. 2)이다. 병자호란 전(1636. 4)에 후금의 사신이 전하는 국서에 청淸 황제라는 칭호를 썼으나, 조선의 조정대신들은 척화배금斥和排金을 주장하며, 오히려 군사를 일으켜 청을 치자는 상소를 올렸다. 그리고 황제즉위식에서 청 태종에게 신하 국으로서의 예를 거부했다. 결국 삼전도에 나아가 청태종 홍타이지 앞에서 굴욕적인 항복의례를 하였다.

노론의 영수이며 주자학의 대가인 송시열宋時烈이 쓴『삼학사전(三學士傳)』에는 당시 간관이었던 홍익한洪翼漢, 윤 집尹 集, 오달제吳達濟는 척화배금을 강하게 주장했다. 병자호란 때 화의를 맺은 후, 청 태종은 세자 둘과 척화대신 김상현, 그리고 3학사를 볼모로 잡아갔다. 3학사 3명은 모두 절개를 굽히지 않자 심양에서 처형되었다. 다음이 청나라와의 강화내용이다.

조선은 청淸에 신하의 예禮를 행할 것, 조선의 왕자長子와 제2자와 대신의 자녀를 인질로 보낼 것, 내외 여러 신하와 혼인하고, 사호私好를 굳게 할 것, 청이 원할 때 원군을 파견할 것, 성곽城郭의 증축과 수리를 사전에 허락 받을 것, 황금과 백은, 물품20여종을 세폐歲幣로 바칠 것 등을 요구했다. 그리하여 두 왕자(소현 세자와 봉림대군) 부부는 청나라 심양으로 끌려갔다. 당시 척화를 주장한 예조판서 김상현金尙鉉은 포로가 되어 잡혀가며 한탄한 시가 「가노라 삼각산(三角山)아」였다. "가노라 삼각산아 다시보자 한강수漢江水야, 고국산천을 떠나고자 하랴마는, 시절이 하 수상하니 올동말동하여라."

환향녀還鄉女와 호로자식胡虜子息

병자호란 때 청나라로 끌려간 조선의 여인들 중에는 단식으로 굶어 죽기도 하고, 오랑캐에 몸을 허락할 수 없어 스스로 목숨을 끊은 여인도 있었다. 기록에 의하면 수십만 명이 포로로 끌려갔다. 때로는 노예로 팔려가기도 했다. 이 여인들이 구사일생으로 조국에 돌아 왔을 때 한국의 남편과 가족들은 몸을 더럽히고 왔다며 받아들이기를 꺼려했고, 심지어 환향녀還鄉女라고 손가락질을 했다. 환향녀가 변하여 '화냥년'이란 욕이 되었다. 정절을 잃게 된 것이 무능한 국가 탓이지, 어디 연약한 부녀자의 죄인가? 도대체 어디로 가란 말인가? 나라가 망하여 끌려간 조선의 여인들을 두 번 죽이는 처사였다.

납치되어간 부녀자숫자가 너무 많았기 때문에 가정의 파탄과 사회적인 혼란을 초래했다. 인조는 사회적 여론이 들끓어 오르자, 각 도道마다 강江을 정하여 목욕 재개하고 몸과 마음을 씻으면 행적을 없는 걸로 하였다. 그러나 조선 사대부 양반가에서는 받아들이지 않았다. 이 글을 쓰다 보니 한 20년 전일까? 서울 장충동 국립극장에서 「환향녀」란 가무를 본 기억이 난다. 수양버들 늘어진 강가에서 머리감고, 몸을 씻으며, 차마 죽지(자결) 못하고 천대 받는 자신의 신세를 흐느끼는 부녀자들의 장면이 선하게 떠오른다.

'호로자식胡虜子息'이란 욕도 맥락을 같이 한다. '호로 새끼'란 말은 버릇없고 행동이 바르지 못한 사내아이에게 하는 욕이다. 오랑캐에 빗대어서 하는 욕으로, 화냥년과도 연관이 있다. 삼전도비 앞에서니 수치스런 지난날의 역사가 흐느끼는 것 같다.

삼전도비는 처음에 인조가 항복의식을 치렀던 삼전도 한강변에 세워졌다가, 고종 32년(1895) 청·일 전쟁에서 청나라가 패하자 비를 강물에 던져버렸다. 일제시대에 다시 비를 꺼내어 세운 것을, 1945년 8월 광복 후 주민들이 땅에 묻어버렸다. 1963년 대홍수 때 삼전도비가 모습을 다시 드러냈다. 1983년 치욕스러운 역사를 교훈으로 삼는다는 인식에서 송파구 석촌동에 옮겨 세웠다. 그런데 2007년 2월에 30대 남성이 삼전도비의 철거를 원한다며, 빨간 페인트로 칠한 사건이 있었다. 특별 약제로 본래의 색깔을 되찾았다. 2010년 4월에 원래 비석이 있던 위치인, 현재 송파구 잠실 석촌호수 언덕, 보호 각(유리로 된 집)속에 세워져 있다. 오랜 세월 속에 그림과 글씨도 해독하기 어려울 정도로 마모되었다. 비록 여기 새긴 글씨가 빛바래졌어도 우리 국민의 마음속에는 그때의 수치심이 희미해지지 않기를 바라는 마음이었다.

13) 호국유적지 강화도江華島

강화도는 한반도의 서해에 있는 섬으로 행정구역은 인천광역시 강화군에 속해 있다. 연육교인 강화대교와 강화 초지대교로 서울에서 자동차로 1시간 거리이다. 지리적으로 강화도는 한강을 통해 한양과 개성으로 들어오는 길목이어서 삼국시대부터 치열한 접전장이었고, 외적의 침략이 끊이질 않았으며, 또한 외래문물이 이곳을 통하여 본토로 들어왔다. 그래서 강화도는 국토방어의 요충지로서 해안 돌출부에 진鎭·보堡·돈대墩臺를 집중적으로 축성하였다. 병인양요(1866), 신미양요(1871), 운요호 사건(1875), 삼별초의 난이 이곳에서 일어났고, 강화도조약(한일수호조약, 1876)도 이곳에서 체결되었다.

고려는 몽골의 무리한 내정간섭을 피해 수도 개경(개성)을 떠나 강화도(1232~1270)로 천도했다. 그러나 몽골의 요구대로 개경 환도를 결정했을 때, 정부에 반기를 들고 일어난 무신들의 봉기가 삼별초항쟁(三別抄抗爭, 1270~73)이었다.

강화도에는 고려궁지(高麗宮址, 사적 제133호) 외에도 다양한 시대의 유적과 유물이 남아있다. 선사시대의 유적 고인돌에서부터 단군왕검이 하늘에 제사를 지내기 위해 돌로 제단을 쌓았다는 참성단塹星壇, 강화성, 고려 팔만대장경을 조판했던 선원사지禪源寺址, 철종의 잠저였던 용흥궁龍興宮, 한국에서 가장 오래된 성공회강화성당이 있다. 강화고려궁지는 1964년에 사적지로 지정되었고, 1970년대에 호국국방유적지로서 복원되었다.

고려궁지高麗宮址

필자는 2013년 10월에 인천 시티투어를 통해 강화도 유적지를 답사했다. 우리일행은 강화읍 관청리에 있는 고려궁지 주차장에 도착했다. 고려궁지 표지판에는 다음과 같은 내용이 적혀있었다. 고려산 서쪽기슭에 무인 최우가 2천여 명의 군사를 동원하여 궁궐과 관아를 세우고, 궁궐과 관아의 명칭을 개경궁궐처럼 명했으며, 뒤 북산도 송악松岳이라 불렀다. 당시에는 14개의 크고 작은 건물이 들어섰으나, 고려와 몽골과의 강화조약 조건으로 1270년에 강화에 있던 궁궐과 군용시설물을 파괴하고, 다시 개경으로 환도했다.

고려궁지의 정문인 승평문昇平門이 높은 언덕 위에 가파르게 솟아있다. 정문으로 들어가면 먼저 만나는 건물이 명위헌明威軒, 강화 유수부 동헌留守府東軒, 이방청以房廳 등이다. 2003년에 복원한 외규장각은 조선 정조임금 때(1776) 창덕궁 후원에 규장각을 세우고, 역대 왕들의 시문,

저작물, 글씨, 보감 등을 보관하고 수집했으며, 임금이 직접 열람했던 왕실도서관이었다. 정조6년(1782)에 왕실 의궤儀軌와 왕실 관련서적을 보관하기 위해 강화도에 외규장각을 설립했다.

1866년 병인양요 때 프랑스 군대가 강화도를 침범해 조선왕조의 역사자료 책을 비롯하여 340여 권의 책과 은궤 수 천량을 약탈해 갔다. 그리고 이곳에 보관되었던 자료들이 많이 소실되었다. 1945년 8월 광복 후 남아 있던 일부 도서는 서울대학교 규장각에 이관되었다.

고려의 『초조 고려대장경(初雕 高麗大藏經)』

고려는 북방 이민족의 침략을 국민이 불심佛心으로 단합하여 거란족의 침입을 막아내기 위해 『초조 고려대장경(初雕 高麗大藏經)』을 조판했다. 고려현종2년(1011~1029)에 시작하여 18년간 대장경을 판각하였다. 『초조대장경』은 대구시 팔공산 부인사符仁寺에 봉안되었다가 1232년 몽골의 제2차 침략 때 불타버렸다. 합천해인사 8만대장경은 고려 고종24년(高宗 1236)에 판각하기 시작했다. 강화선원사에 대장도감을 두고, 남해에 분사를 두어 16년 만인, 고종39년(1251)에 8만대장경을 조판하였다. 기록에 의하면 강화도 대장경판장에 보존하였다가 조선 태조7년(1398)에 군사 2천 명을 동원하여 경남 합천해인사에 옮겨졌다고 한다.

현존하는 가장 오래된 금속활자본인 『직지심체요절(直指心體要節)』은 고려 공민왕21년(1372)에 전라도 고부출신 백운화상白雲和尙이 불교조사들의 글을 모아 펴낸 책이다. 이 책은 1377년 7월에 청주 흥덕사에서 금속활자로 인쇄했는데, 세계최초의 금속활자 본이다. 내용은 '사람이 마음을 바로 가졌을 때 그 심성이 곧 부처님의 마음임을 깨닫게 된다는 뜻이다.' 세계 최초의 금속활자 본으로 알려진, 독일의 요하네스 구텐베르크

Johannes Gutenberg의 라틴어성서 인쇄보다 73년 앞선 금속활자 본이다.

박병선朴炳善박사는 서울 태생으로 서울대 사범대 역사교육학과를 졸업하고, 1955년에 프랑스로 유학 갔다. 프랑스 파리 소르본대학에서 종교사를 전공하고, 파리국립도서관에서 근무했다. 1967년 세계최초의 고려 금속활자본인 『직지심경』을 발견하여 1972년 세계도서박람회 「책의 역사 종합전람회」에 공개하였다. 박병선 박사는 『직지심체요절』을 2001년 유네스코 세계기록유산에 등제시킨 일등공신이다.

강화고려궁지 마당에서 한 단계 낮은 지대로 내려가면 강화부종각江華府鐘閣 속에 강화 동종이 걸려있다. 이 종은 숙종14년(1688)에 1차 주조했고, 전등사로 옮긴 후(1705~7) 더 크게 주조했다. 1977년 강화유적 복원사업 때 균열이 생긴 진품은 현재 강화역사박물관에 있고, 현재 강화부종각에 있는 종은 1999년에 복제한 것이다.

철종의 잠저 용흥궁龍興宮

고려궁지를 둘러본 후 지척에 있는 조선 제25대 임금 철종哲宗의 잠저潛邸로 갔다. 철종은 전주 이 씨로 초명은 원범, 별칭은 나무하고 농사짓던 '강화도령'이었다. 헌종이 23세의 나이로 후사 없이 승하(1849)하자 순조의 왕비 순원純元왕후의 명으로 철종이 순조의 양자로 덕완군德完君에 봉해져 입적한 후 19세 때 하루아침에 용상에 올랐다. 그리고 김문근金汶根의 딸(철인왕후)을 철종비로 맞았다. 순원왕후는 헌종 때도 수렴청정을 했고, 철종 때도 수렴청정을 했는데, 이때 안동김씨의 세력은 대단했다.

철종은 정조의 이복동생 은언군恩彦君의 손자이며, 은언군은 사도세자思悼世子의 서자였다. 그래서 철종은 서자출신과 나무꾼이라는 콤플렉스를 평생 지니고 살았다고 한다. 철종 4년에 강화유수가 옛 초가를 헐고, 경내에 기와집 몇 채를 지어 용흥궁이라 하였다. 우리일행이 답사했을 때

융흥궁 내부를 수리하는 중이어서 내부를 둘러볼 수 없었다. 용흥궁 입구 골목길에서 가이드는 철종에 얽힌 재미있는 일화를 들려주었다.

철종은 강화에서 사랑했던 봉이라는 처녀를 잊지 못해 그리움에 젖곤 하였다고 한다. 나무꾼이었던 시골총각이 어느 날 갑자기 구중궁궐에 유폐(?)된 기분이었을까? 얼마나 자연인으로 돌아가고 싶었으랴. 철종은 학문을 익히려고 노력하였고, 백성들의 어려움을 알고 선정을 베풀고 싶었으나, 그의 뜻은 국정에 반영되기 어려웠다. 이때부터 세도정치는 심해졌고, 매관매직, 조세수탈, 탐관오리의 횡포 등으로 민란이 일어났다.

철종에 대하여 이야기를 듣는 순간 필자의 뇌리에는 관리로 얽매인 생활이 싫어서 뿌리치고 고향으로 돌아가며 귀거래사를 읊었던, 중국의 시인 도연명陶淵明의 「귀전원거(歸田園居)」가 떠올랐다. 부유하게 살든, 가난하게 살든, 자유의지대로 살다가는 것이 행복이 아닐까? 필자가 좋아하는 「귀전원거」의 몇 구절만 뽑았다.

> 젊었을 때부터 속세와는 맞지 않았고
> 날 때부터 산이나 언덕 같은 자연이 좋았다.
> 길 잘못 들어 관리생활에 들어가
> 어느덧 삼십 년이 지나고 말았다.
> 조롱의 새는 옛 둥지 숲을 그리워하고
> 못 속의 물고기는 옛 살던 연못을 그리워한다. <생략>

성공회강화성당聖公會江華聖堂

우리일행이 점심시간을 가졌을 때 뜻이 있는 일행 두 명과 함께 잠간 성공회강화성당을 찾아보기로 했다. 단체여행이라 개인시간이 허락되지 않았기 때문이다. 성공회강화성당은 인천광역시 강화군 강화읍 관청길 22이다. 길 하나를 두고 천주성전(사적 제424호)과 철종의 잠저가 자리하고 있다. 강화도는 각종 문물이 한반도에 도래한 길목이기도 하다. 성공회강화성당은 1896년(고종33년)에 강화에서 처음으로 한국인이 세례를 받은, 한국 최초의 대한성공회성당이며, 현존하는 한옥건물로서 가장 오래된 건축물 중의 하나이다.

1900년 11월에 한국성공회 초대주교 존 코르페(Bishop Charles Jone Corfe, 한국명 고요한)에 의해 창건되었다. 성당건물 외관은 목조구조와 팔작지붕 등 한국전통양식이며, 내부는 로마 바실리카 양식이라고 하는데, 필자는 성당 내부는 관람하지 못했다. 천주성전이란 현판도 한문으로 써져 있고, 성전 기둥마다 한문으로 써진 글씨 등 한국의 불교사찰의 법당이나 전각의 기둥에 써 붙인 주련의 계율글귀 같았다. 차분히 답사하지 못하고 돌아섬에 아쉬움이 컸다. 수년전에 필자의 남편은 강화성당을 안팎으로 차분히 둘러보았는데, 그 옛날에 어떻게 그런 웅장하고 멋있는 건축물이 지어졌는지, 가족들에게 설명하며 감탄한 것을 기억하고 있다.

서울특별시 중구 정동 소재 대한성공회 서울주교좌대성당(서울특별시 유형문화제 제35호)은 영국건축가의 설계에 따라 로마네스크 건축양식으로 지어졌다. 서울주교좌대성당은 1922에 착공하여 1926년에 완성되었고, 1996년 5월에 증축·완공되었다. 1999년 영국여왕 엘리자베스 2세가 한국을 방문 때 이곳을 찾았다. 대한성공회는 2006년부터 필자가 다니는 한국기독교 장로회 소속「경동교회」와 교환 감사성찬례를 집전해 오고 있다. 그래서 더욱 관심을 가지게 되었다.

강화 제적봉制赤峰 평화전망대

강화 제적봉 평화전망대는 강화지역 최북단인, 강화군 북성리에 위치하고 있다. '제적制赤'은 적을 제압한다는 뜻이다. 2006년부터 48억여원을 투자하여 건립된 평화전망대는 지하 1층, 지상 4층 규모이다. 이곳에는 강화도의 전쟁역사 자료를 영상물로 볼 수 있다. 3층 전망대에 오르면 예성강과 한강 그리고 임진강이 합류하는 지점에 위치하고 있는 남쪽 민간인 통제구역임을 알 수 있다. 북한과 가장 가까운 곳은 1.8km밖에 안 되는 지호지간指呼之間이다. 전망대에는 고성능 망원경이 설치되어 있었다.

강화제적봉 평화전망대

전망대 뜰에는 수륙水陸 양용兩用 장갑차가 전시되어 있고, 야외 좀 높은 곳에는 망배단望拜壇과 「그리운 금강산 노래비」가 세워져 있었다. 노래비 가까이 가면 그리운 금강산의 가요곡이 확성기로 흘러나온다. 이곳에 온 여행객이 이산가족이라면 무척 감상에 젖을 것 같았다. 함경도 출신인 김동환金東煥 시인의 「송화강(松花江) 뱃노래」가 떠오른다. 송화강은 중국의 길림성과 흑룡강성을 관류한다. 그의 시 「산넘어 남촌에는」와 「북청(北靑)물장수」는 필자의 중고등학교 시절에 국어교과서에도 소개되었다.

…구름만 날리나 내 맘도 날린다 / 돌아다보면 고국이 천리런가
에잇에잇 어서 노 저어라, 이 배야 가자

온 길이 천리나 갈 길은 만리다 / 산을 버렸지 정이야 버렸나.
에잇에잇 어서 노 저어라, 이 배야 가자.
몸은 흘러도 넋이야 가겠지 / 여기는 송화강 강물이 운다.
― 「송화강 뱃노래」 중에서

고인돌 공원과 강화 역사박물관

강화역사박물관 앞뜰이 바로 고인돌 공원이다. 강화지석묘(江華支石墓, 사적 137호)는 남한에서 가장 큰 고인돌로서 탁자모양으로 세워져 있다. 2000년 12월에 전북 고창과 전남·화순 고인돌 유적과 함께 강화 고인돌 군락이 유네스코 세계유산으로 등재되었다. 강화지석묘는 높이 2.6m, 두 개의 고임돌 위의 타원형 덮개돌은 길이 7.1m, 너비 5.5m, 무게 약 50여 톤이며, 석질은 흑운모黑雲母 편마암片麻巖이다. 강화 고려산 부근에 100여기의 고인돌이 집중되어 있다고 한다.

고인돌은 지상이나 지하의 무덤방 위에 거대한 돌을 덮은 선사시대의 무덤이다. 고인돌은 아시아, 유럽 북아프리카에 6만기 정도가 있는데, 한반도 남북한에 약 4만기가 집중되어 있다. 남한에서는 주로 전남 화순과 전북 고창 등의 호남지방에 2만기가 있다. 북한에는 평양시 인근에 1만4천여 기가 집중되어 있고, 평안남도 용강군 석천산 일원에는 고인돌로 덮여있다고 한다.

고창은 동북아시아에서 가장 밀집된 고인돌 분포지역으로 탁자형, 바둑판형, 지상석곽형, 개석식 등 다양한 형태의 고인돌이 있으며, 2008년에 개관한 국내 유일의 고인돌박물관이 있다. 화순지역에는 바둑판 모양의 고인돌 1320여 기가 분포되어 있다.

강화도 고인돌(야외 역사박물관)

　강화역사박물관은 2010년 10월에 개관했다. 강화역사박물관 1층 입구에 고려궁지의 강화동종 진품과 '水帥'자의 기旗가 가지런히 전시되어 있었다. '수'자가 써진 기는 신미양요 때 전사한 어재연魚在淵 장군의 기로서 강화성벽에 매달았던 것이다. 기는 가로세로 4.5m 크기인데, 기의 바탕 재질은 광목 같아 보였다. 기의 색깔이 누렇게 변색되었는데 오랜 세월의 흐름을 말하고 있었다. '수' 기는 신미양요 때 미군이 전리품으로 약탈해가서 미국 메릴랜드 주 아나폴리스Annapolis 해군사관학교 박물관에 소장된 것을 2007년 10월에 10년간 대여하는 형식으로 들여왔다고 한다.

　강화역사 박물관에는 강화도 마니산(469m)에 있는 고조선 때 단군왕검이 하늘에 제사를 지내기 위해 돌로 쌓았다는 참성단塹星壇 축소판, 고려 8만대장경을 판각하는 광경, 금빛 빗살무늬 토기, 옛 장수들이 사용했던 투구와 갑옷 등도 전시되어 있다.

　우리일행은 오늘 투어프로그램의 끝으로 농협 강화인삼센터에 들렀다. 고려 때 개성에서 강화도로 천도했을 때 개성사람들이 강화도로 피난 왔다. 그때부터 강화도에 인삼재배가 시작되었다고 한다. 경내에는 상점마다 수삼을 크게 쌓아놓았는데 온통 인삼냄새로 진동했다. 냄새가 퍽 좋았다. 남편이 반길 인삼 편과 엑기스를 조금 구입한 후 서둘러 버스에 올랐다. 강화도는 고대와 현대가 공존하는 역사적 · 문화적인 현장이다. 특히 한반도의 전쟁역사와 분단의 아픔, 그리고 수많은 국난을 극복했던 우리민족의 호국성지임을 깊이 깨달았다.

14) 행주산성 행주대첩幸州大捷

경기도 고양시에 자리한 덕양산(德陽山, 124m)은 한강에 돌출해있다. 그 산자락에 있는 행주산성(사적 제56호)은 임진왜란 4대 대첩지 중의 한 곳이다. 이순신장군의 한산대첩(閑山大捷, 1592. 7), 권율장군의 행주대첩(1593. 3), 진주목사 김시민의 진주대첩(晋州大捷, 1592. 11), 이충무공의 명량대첩(鳴梁大捷, 1597. 9)을 말한다. 그리고 함경도의 의병대장 정문부鄭文孚의 북관대첩(北關大捷, 1592~1593)을 들 수 있다. 임진왜란 대표해전은 한산도해전, 명량해전, 노량해전을 꼽는다.

1970년대에서 1980년대 사이에 역사유적지 정화사업 때 행주산성 유적지가 새롭게 단장되었다. 남편의 동료 지기부부와 함께 2007년 5월 말에 권율權慄장군의 행주대첩지인 행주산성을 답사했다. 행주산성은 덕양산 능선에 축조된 토성으로 성의 둘레는 약 1km, 축조연대는 정확하게 알 수 없으나 이 부근에서 백제시대의 토기와 기와가 출토된 것으로 미루어 백제시대에 축조된 성으로 추정한다. 행주산성의 남서쪽으로는 한강이 흐르고, 그 위에 방화대교가 시원스레 뻗어있으며, 동남쪽으로 창릉천이 흐른다. 서북쪽을 제외하고는 절벽과 강이 흐르기 때문에 천혜의 요새이다. 산성으로 오르는 완만한 비탈길에는 수목이 울창하고, 주차장시설도 잘 정비되어 있었다.

임진왜란 때 한양이 함락되었고, 선조는 북쪽으로 피난길에 올랐을 때, 전라도 순찰사 권율장군은 의병장義兵將 김천일과 승병장僧兵將 처영의 병사 등 군사 2800명을 거느리고 한강을 건너 행주산성에 주둔하여 성을 쌓고 목책을 만들며 전투준비를 하였다. 행주산성 전투에서 관군과 의병, 승병, 그리고 시민 1만여 명으로 일본군 3만 명을 대적해야 했다. 이 때 왜군은 평양전투에서 조·명 연합군에게 패배한 것을 설욕하기 위하여 3만 대군을 이끌고 1593년 3월 14일에 행주산성을 침공해 왔다.

행주산성 대첩문

행주산성 대첩문을 들어서면 1986년에 세워진 권율장군의 동상(높이 5m, 기단 3.5m)과 동상 뒷면에 병풍처럼 세워져 있는 4면 부조를 만난다. 부조는 관군, 의병, 승군, 부녀자 등의 전투장면을 4부문으로 나누어 묘사했는데 퍽 사실적이다. 그리고 어떻게 싸웠다고 하는 간략한 설명이 각 부조마다 새겨져 있다. 권율 장군이 큰 칼을 빼어들고 직접 진두지휘했기 때문에 전군의 사기는 더욱 높아졌다라고 기록되어 있다.

행주산성 대첩문 「권율장군 동상」

　장군이 말을 타고 지휘하는 모습, 화차火車, 수차석포水車石砲, 승자총통, 화살과 창, 장검, 삼발과 쇠스랑 등을 들고 싸우는 모습, 화살과 화포가 떨어졌을 때 부녀자들은 치마에 돌을 담아 나르고 돌을 던지는 모습들의 부조는 생동감이 넘친다. 부녀자들은 불덩이, 끓는 물, 심지어 남자들은 재灰를 주머니에 넣어 허리춤에 달고 있다가 재 가루를 뿌렸다고 한다. 명나라 군대는 벽제관 전투에서 크게 패하여 평양으로 돌아가 버렸기 때문에 도움을 받지 못했다.

　이 전투에서 권율장군은 패잔병을 추격하여 130여 명의 목을 베었다.(세계 백과 대사전) 적의 대장 우키타 히데이에(宇喜多秀家) 및 다른 지휘관들도 중상을 입었고, 5천 여 명의 사상자를 내었다. 왜군은 퇴각할 때 시체를 모아 태웠다고 한다. 우리 군은 적군의 갑옷, 투구, 무기, 군 깃발 등 많은 장비를 노획했다. 부조 옆에 「여성」이란 제목으로 새겨진 글의 내용이다.

우리군은 산성 위에서 창궁을 쏘고 큰 돌을 굴리면서 올라오는 적을 막았다. 싸움이 오랫동안 계속됨에 따라 포탄과 화살이 다하고, 돌마저 떨어지게 되자, 성안의 부녀자들이 치마로 돌을 날라주어 돌로 싸움을 계속할 수 있었다고 한다. 부녀자들의 호국에의 의지가 싸움을 승리로 이끌었다며, 그 후부터는 '행주치마'라는 말이 더욱 유명해졌다.

우리는 권율장군의 사당인 충장사忠莊祠를 찾았다. 원래 충장사는 행주나루터에 있었으나 6·25 전쟁 때 소실되었다. 아늑한 숲길에 홍살문을 지나고, 충장사 입구의 삼문 내에는 정면3칸 측면 3칸의 충장사가 자리하고 있다. '충장사' 현판은 고 박정희 대통령의 친필이며, 실내에 모셔져 있는 권율장군의 영정은 장우성화백이 그렸다고 한다.(출처 고양시청)

숲이 욱어져 아늑한 길을 따라 덕양산 정상으로 향하면 왼쪽으로 토성土城으로 가는 길의 이정표가 있고, 길목에는 잔디공원에 벤치도 설치되어 있다. 오르막길을 500m 정도 올라가면 산 정상에 이른다. 정상에는 덕양정과 승전기념탑 그리고 대첩비각이 한눈에 들어온다. 대첩비는 선조35년(1602)에 세워졌다. 덕양정의 위치는 행주산성을 보듬고 흐르는 강과 방화대교, 그리고 강 건너 마을을 조망할 수 있는 아름다운 곳에 세워져 있다.

임진왜란을 돌아보며

선조25년에 일어난 임진왜란(1592. 4~1598. 11)은 일본의 조선 침략으로 한반도에서 일어난 조선·일본·명나라와의 사이에 벌어진 동아시아 3국의 전쟁이다. 임진왜란 초기 때 43,000명, 정유재란 때는 10만 이상의 명군이 조선에 투입되었다. 명군은 단련된 보병과 기병, 각종 무기를 갖추고 있어서 일본도 접전을 두려워했다. 명군의 도움으로 조선군은 재정비 할 수 있었다. 조선에 대군을 파송한 명나라는 국력의

막대한 소모로 국가재정에 어려움을 초래했다. 결국 명·청 교체기를 불러오는 극동정국의 큰 전환기를 낳게 되었다.

일본의 도요토미 히데요시豊臣秀吉는 1585년에 일본의 패권을 장악한 후 해외정복에 야욕을 품었다. 1591년에 대마도주(對馬島主, 쓰시마섬) 소 요시토시宗義智를 통해 '수호통교修好通交와 명나라를 정복하려고 하니 조선에 길을 내어달라는 정명가도征明假道'를 요청해 왔을 때 조선 정부는 무례하다며 거듭 거부했다. 도요토미는 허락해 주지 않으면 조선을 침략하겠다는 뜻을 재차 전달했으나 조선은 일본의 선전포고와 침략야욕을 정확히 읽지 못했다.

1590년 3월에 선조는 일본에 정세파악과 정탐을 위해 사절단으로 조선통신정사 황윤길(黃允吉, 서인)과 부사 김성일(金誠一, 동인)을 소 요시토시와 함께 일본으로 보냈다. 돌아온 통신사 황윤길은 도요토미 히데요시는 눈빛이 반짝이고, 담과 지략이 있어 보이며, 곧 조선을 쳐들어 올 것이라고 보고했고, 김성일은 도요토미 히데요시는 눈빛이 쥐새끼 같았으며 생김새는 원숭이 같으니 마땅히 두려워할 인물이 못되고, 조선을 침략할만한 인물이 아니며, 행동은 과장과 허세로 꾸며졌으며, 침략할 기미가 보이지 않는다고 했다.(위키백과) 두 사람은 상반되는 보고를 했다. 황윤길의 보고는 정확했다. 일 년 후에 임진왜란이 일어났으나, 그 당시 조정에서는 황윤길을 국정에 대립과 불안을 조성한다고 탄핵했다.

1592년 4월에 병선 약 7백 여척과 왜군 15만 대군이 부산진으로 쳐들어와 부산성이 함락되었다. 고시니 유키나가少西行長가 이끄는 제1군이 부산에 상륙하고, 가토 교오마사加藤淸正가 지휘하는 후속부대가 상륙했다. 경상우수사 원균은 이를 막아내지 못했다. 제1군은 부산과 대구를 거쳐 충주에 도달했고, 제2군은 울산과 영천을 거쳐 충주에서 합류하여 한양을 침공했다. 구로다 나가마사黑田長政가 이끈 제3부대는 김해와 추풍령을 지나 북상했다. 소총을 지닌 왜군에 활과 화살로 대적할 수 없었다. 왜군은 다시 두 갈래로 나누어 가토 교오마사 군은 함경도로, 고시니 유키나가 군은 평안도로 북진했다. 왜군이 부산에 상륙한지 20일 만에 한양이 함락되었고, 임진왜란 발발 2개월 만에 전라도를 제외한 한반도 전역이 거의 점령당했다.

선조는 대신들과 개성·평양·의주 방면으로 피난했고, 두 왕자 임해군臨海君과 순화군順和君은 함경도와 강원도에서 병사를 모집하게 했으며, 동시에 선조는 명나라에 원병을 청하였다. 왕자들은 왜군에게 잡혔다. 한편 나라와 백성을 이토록 궁지에 몰아넣은 악정惡政과 탐관오리貪官汚吏에 시달린 백성들의 분노는 관아를 불 지르고, 노비문서를 불태웠으며, 비축한 군량미를 약탈하기도 했다.

일본군이 평양성을 점령한지 6개월 후에 이여송李如松이 이끄는 조·명 연합군에 의하여 평양성을 수복(1593. 1)했다. 또한 명나라는 심유경沈惟敬을 평양에 파견하여 화의를 하게하였다. 행주대첩으로 일본군의 기세가 한풀 꺾였고, 이순신 장군의 해전 연승으로 일본군의 군수물자 보급로는 막힌 상황이었다. 1593년 3월에 명나라와 일본은 화의교섭을 하기로 합의하였다. 조선은 처음부터 화의교섭을 반대했다.

승병僧兵 의병義兵

전라좌수사全羅左水使 이순신은 이 때 해상에서 백전백승했다. 남해해상의 조선수군은 거북선을 앞세워 옥포·사천·당포·한산도·부산 앞바다 등지에서 적선을 섬멸하고, 왜군의 전선보급로를 봉쇄했다. 또한 전국 각지에서 승려와 유생들이 일어나 승병과 의병을 조직하여 구국에의 충혼을 불러일으켰다.

함경도의 의병장 정문부, 경상도의 곽재우, 진주의 김시민, 최경회, 전라도의 고경명, 나주의 김천일, 충청도에서 조헌과 영규, 그리고 평안도에서 승병장 휴정 서산대사休靜 西山大師는 제자인 유정 사명대사惟政 泗溟大師와 함께 의병과 승병을 모집하여 왜군의 보급로를 차단하고, 명나라 원군과 합세하여 한양을 수복하였으며, 잃었던 국토를 회복하는데 큰 공을 세웠다.

1593년 1월에 명나라로부터 4만 3천명의 원병이 왔다. 명나라가 조선에 원병을 보내준 데는 일차적으로 자기나라의 안보를 위한 목적도 있었다. 국제관계에 있어서 자국의 이익이 언제나 최우선이기 때문이리라. 조선이 일본에 빼앗기면 다음차례는 명나라, 즉 입술이 없으면 이가 시리다는 식으로, '순망치한脣亡齒寒'의 경우가 될까 두려워했다. 왕재진王在晉의 『해방찬요(海防纂要)』중에 있는 내용이다.

> 조선은 동쪽 변방에 끼어 있어 명의 왼쪽 겨드랑이에 가깝다. 평양은 서쪽으로 압록강과 인접하고, 진주는 직접 등주와 내주를 맞대고 있다. 만일 일본이 조선을 빼앗아 차지한 뒤, 랴오둥을 엿본다면 1년도 안되어 베이징이 위험해 질 것이다. 따라서 조선을 지켜야만 랴오둥을 지킬 수 있다.
>
> — 왕재진의 『해방찬요』중에서

임진왜란이 일어나기 10년 전(1582)에 병조판서 율곡선생이 10만 양병을 선조에게 간곡히 상소를 올렸지만 무시당했다. 일본의 도요토미 히데요시가 1590년에 전국시대戰國時代를 마감하고 강력한 군사력을 재정비하며 영토 확장을 꾀할 때 조선에서는 훈구파勳舊派세력과 신진사림파士林派 세력 간에 피바람을 불러일으켰다. 무오사화(1498) · 갑자사화(1504) · 기묘사화(1519) · 을사사화(1545) 등 4차례를 16세기 중

엽까지 정치 · 경제 · 사회의 각 방면에 큰 혼란을 빚었다.

임진왜란 이전에 일본은 이미 조총을 대량생산하였고, 전국시대를 거쳐 온 정식군인이었으며, 왜군의 전투력은 놀라운 수준이었고, 특히 백병전에 강했다. 임진왜란 전 조선과 일본의 군사력을 비교한 기록을 보면 도저히 믿어지지 않을 정도로 조선의 군사력은 미미했으며, 당파 싸움에 열중하느라 국방에 대한 개념조차 제대로 없었던 것 같다. 당시 조선의 군은 양인개병제良人皆兵制를 원칙으로 군역에 충당되었는데 유사시에만 소집되었고, 군역을 할 수 없을 때는 평상시에 군포(軍布: 삼 베나 무명)을 바치는 것으로 대신했다고 한다. 그러니 군대란 문자상으로 존재한 셈이다. 호국성지에서 우리의 역사를 돌아보면 돌아볼수록 당시 국왕에 대한 원망을 감출 수 없다. 호국영령들께 감사한 마음으로 가슴에 손을 모았다.

15) 아고라「AGORA 정치 · 우표 박물관」
(Museum of Politics & Stamps)

「아고라」는 경기도 파주시 헤이리 예술마을에 있는 한국 최초의 정치 · 우표박물관이다. 100여 평 부지에 세워진 3층 건물이며, 2005년 5월 5일에 개관하였다. 「아고라 정치 · 우표 박물관」에는 연세대학교 교학부총장을 역임한, 정치외교학과 신명순 교수가 1975년부터 30년간 수집해온 한국 및 세계 50여 개국의 정치관련 자료 천여 점과 우표3천 여 점이 전시되어 있다.

세계 여러 나라의 선거, 정당, 의회에 관련된 정치 포스터, 당원증, 투표함, 유명 정치인이 쓴 서한書翰 사본 등이 수집되어 있다. 세계정치지도자들의 자료가 전시된 세계정치관과 전 현직 대통령 및 국무총리, 정치지도자들에 관련된 자료와 선거자료, 여러 정당들의 깃발과 홍보물 등 정당관련 자료들이 한국정치전시관에 전시되어 있다.

파주 헤이리 「아고라 정치박물관·우표박물관」

「아고라 박물관」의 '아고라Agora'라는 이름은 고대그리스 아테네에 있던 광장이름에서 따왔다. 아테네는 그리스의 수도이자 3400년의 역사를 지닌 세계적으로 오래된 도시이다. 이곳 「아고라」 시민광장에서 정치와 철학을 논할 수 있는 토론문화가 발달했으며, 시민들의 교류장소로서 회의장소 역할을 한 곳이다.

필자의 남편은 「아고라」 정치박물관장과 같은 대학 동료이다. 「아고라」를 방문했던 2006년 8월은 짙은 녹색이 가로수마다 흘러내리는 것 같았다. 시원히 뻗은 자유로를 타고 북쪽으로 달리다보면 파주 출판단지가 나오고, 좀 더 올라가면 헤이리 예술마을이 나온다. 「아고라」 정치박물관은 헤이리 마을 입구에 위치하고 있다. 자유로 끝에는 임진각 평화누리공원이 있다.

「아고라」개관식 후, 2005년 6월 1일자 동아일보 매거진『新東亞』인물
초대석에 게재된 박물관장 신명순교수와의 인터뷰에서 말한 내용이다.

> 개인이 이색박물관을 도시 곳곳에 건립해 지역의 명소로 자리 잡게
> 하는 문화가 정착되어야 합니다. 그러기 위해서 '관람은 공짜'라는 인
> 식이 바뀌어야 합니다. 1000~2000원 입장료를 내고 기꺼이 소규모
> 박물관을 찾아가 감상하는 관람객이 많아졌으면 합니다.
> 200여 명의 전직 국회의원들에게 선거벽보, 의원시절 명함, 공천장,
> 당선증 등 정치활동과 관련된, 아무리 사소한 것이라도 기부해 달라
> 고 요청했다.(글 허만섭기자)

「아고라 정치박물관」실내 전경

박물관을 들어서니 등신상等身像의 미국 링컨, 케네디, 부시대통령이
웃으며 맞아준다. 1층 세계정치관에는 아시아, 유럽, 남북미, 아프리카,
중동의 50여 개국의 정치지도자, 선거, 정당 등에 관련된 포스터, 메달,
흉상, 선거홍보물에서부터 역사적 정치인들과 근래의 세계 정치지도
자들을 한 자리에서 만날 수 있는 학습공간이다.

링컨대통령을 보면 미국의 남북전쟁 역사가 떠오르고, 케네디 대통령을 보면 1961년 1월, 백악관 취임식 때 한 연설문을 짧은 영어실력으로 적어서 줄줄이 외웠던 젊은 날의 기억이 불현듯 떠오른다. 또한 미국유학 시절에 젊은 케네디 대통령이 텍사스 달라스에서 암살되던 날, 뉴스특보는 지구촌 사람들을 충격 속에 빠뜨렸던 기억이 아직도 생생하다. 「아고라」에는 2000년 미국 대선 때 플로리다 주에서 사용한 문제의 컴퓨터카드와 투표기계, 히틀러, 루스벨트, 만델라 등 그 당시에 투표한 투표용지, 중국문화혁명 때 홍위병들이 차고 다녔던 완장, 그리고 케네디, 레이건 등 미국대통령 취임 기념메달 등도 전시되어 있다. 「아고라」박물관에는 세계역사 속에 큰 획을 그었던 인물들이 살아 숨 쉬는 것 같은 착각을 일게 한다.

전시관을 둘러보며 감탄하였다. 어떻게 희귀한 자료를 이토록 많이 수집할 수 있었을까? 어떠한 테마를 두고 세계적으로 광범위하게 수집하기 위하여 세계 여러 나라를 탐색하고, 또 자료 수집을 하기위하여 얼마나 많은 어려움이 뒤따랐을까를 상상해 보았다. 생각할수록 궁금하고 신기하게 여겨졌다. 이층, 삼층으로 오르는 계단 벽에는 월트디즈니Walt Disney의 캐릭터 '미키 마우스'와 '도널드 덕'을 비롯한 대형 사진들이 걸려있었다. 어린이들이 이곳을 방문하면 아마도 탄성을 올릴 것 같았다.

2층 한국정치관에는 이승만, 박정희대통령에서부터 역대대통령들과 신익희, 장면, 김종필 등 많은 한국정치지도자들의 숨결을 만날 수 있다. 1948년 제헌국회의원선거 때 사용된 선거홍보물, 1948년에 사용된 국회방청권, 하나밖에 없는 제3대 대통령 선거 때(1956년) 대통령과 부통령이 러닝메이트로 함께 출마하는 정부통령 선출방식이었다. 이

때 사용된 이승만, 이기붕의 컬러 선거포스터, 1956년 '못 살겠다 갈아
보자'로 유명한 민주당 신익희 · 장면 선거포스터도 있다. 그 포스터를
보면서 그 당시의 대응 문구인 '갈아봤자 별수 없다. 구관이 명관이다'
또는 '갈아봤자 더 못 산다'란 문구가 떠올라서 혼자 속으로 웃었다.

1961년 5 · 16 군부쿠데타 새벽 박정희 소장이 장도영 참모총장에게
보낸 친필 서신이 있다. 실로 「아고라」박물관에는 흘러간 역사적 정치
적 사건의 모멘트를 정지 · 재현시켜 놓은 것이다. 그리하여 그 당시의
생생한 현장을 볼 수 있게 한다. 그런 면에서 한국정치역사의 현장정보
수집의 장소로써 독보적인 가치를 지닌 곳이라고 생각되었다.

우표전시관

3층은 우표전시관이며, 압화壓花작품들도 전시되어 있다. 우표전시
관에는 세계 각국의 대통령, 여성지도자, 총리 등 정치지도자들과 정치
관련 우표들이 전시되어 있다. 그 외에도 월트 디즈니 애니메이션, 세
계 각국의 만화우표, 크리스마스, 산타클로스, 미술, 음악, 문학, 장미,
열대어, 꽃, 스키 등 테마별로 수집되어 있다.

야생화 압화壓花전시실

압화란 야생화를 압축하여 말린꽃과 잎, 단풍잎 등 다양한 자료로 장
식한 식탁床, 화초장, 문갑, 서랍장, 약장, 그림, 램프, 양초, 소형액자,
거울, 벽시계, 액세서리, 주방용품 장식 등을 만든 예술작품들이 전시
되어 있다. 야생화를 영원히 간직하는 압화전시실 작품은 「아고라 박
물관」관장의 사모님 김연진 선생님이 직접 만든 작품들이다. 압화 체
험공간에는 압화액자, 압화양초, 목걸이, 열쇠고리에서부터 다양한 체
험학습도 실시하고 있는데, 김연진 선생님이 직접 지도한다.

박물관 뒤편 주택 응접실에도 압화로 장식한 탁자와 여러 종류의 낙엽으로 장식된 대형 식탁도 놓여있다. 신선한 디자인이요, 예쁜 식탁과 장식용 가구들이다. 압화작품이 풍기는 신선한 충격과 향기에 매료되어 눈을 돌릴 수 없다. 지난 크리스마스 때 필자는 졸저 『시화詩畵에서 꿈꾸기』시집을 보냈고, 김선생님은 손수 만든 장식용 '꽃 벽시계'를 보내주었다. 김연진 선생은 압화작품을 통하여 자신의 내면세계를 아름답게 조형화한다고 여겨졌다.

앞뜰에 작은 산 하나를 불러들인 산간 주인!

박물관을 둘러 본 후 주거공간으로 들어가니 툭 터인 응접실 앞에는 야트막한 산 하나가 손 닿을자리에 병풍처럼 펼쳐져 있었다. 앞뜰에 아담한 산 하나를 통차로 두고 즐기는 산간의 주인이었다. 물론 평수로 구획이야 정해져 있겠지만 그야말로 말없는 청산과 값없는 청풍, 그리고 임자 없는 명월의 주인이었다. 이 모든 것을 개인소유로 하고 있었다. 얼마나 부자인가! 비록 서울에서 차로 1시간 거리에 있는 인접마을이지만 이 응접실에서 청포도나 수박을 먹으며 「청산별곡(靑山別曲)」을 읊어도 좋겠고, 율곡의 「고산구곡가(高山九曲歌)」를 읊어도 좋으리라. 아니면 정극인의 「상춘곡(賞春曲)」을 읊어도 어울릴 것 같았다. 상춘곡에 '홍진에 묻힌 분네 이내 생애 어떠한가? 옛 사람 풍류를 따를까, 못 따를까? …갓 괴어 익은 술을 갈건葛巾으로 걸러놓고, 꽃나무 가지 꺾어 수를 세며 먹으리라'라고 한 멋을 떠올리게 하는 경치였다. 첫눈에 흠뻑 시정에 젖게 하는 곳이었다.

자연과 삶이 문화예술과 만나는 곳, '헤이리'기획단지에는 수백 명의 예술인들이 꿈을 펼쳐가고 있다. 그리하여 다양한 장르가 한 공간에서 소통·융화된 건축·문화예술마을이기도 하다. 예를 들면, 박물관, 갤러리, 스튜디오, 기념홀, 감상실, 문화원, 아트센터, 조각공방, 미술관, 촬영소 등의 명찰을 건물마다 달고 있다. 다양한 당호堂號만큼 건축물이 각양각색이다. 집 구조 하나 하나가 건축예술이다. 이곳에서는 획일적인 건축물을 허용 않기로 묵언의 서약을 한 것 같았다.

「아고라」박물관 주변에는 경기영어마을 파주캠프와 한립 토이뮤지엄Toy Museum을 비롯하여, 파주에는 오두산 통일전망대, 제3땅굴, 도라산 통일전망대, DMZ안보관광, 임진각, 평화누리공원 등이 자리하고 있다.

16) 세계 민속악기 박물관

2012년 5월 셋째 주, 경기도 파주시 헤이리 예술마을 「아고라 정치·우표 박물관」에서 한국국제정치학회 전임 회장단의 부부 친선 모임을 가졌다. 날씨는 더없이 맑고 신록은 녹색향연을 펼치고 있었다. 헤이리에 있는 퓨전한정식 레스토랑에서 점심을 함께한 후, 「아고라」박물관장의 인도로 우리일행은 「세계 민속악기 박물관」을 관람했다.

2003년 9월에 개관한 이 민속악기 박물관은 국내 최초로 세계의 민속악기를 수집·전시·연구 활동을 하는 악기전문박물관이다. 지구촌 100여 개국, 2000여 점의 악기를 소장하고 있으며, 여러 민족의 민속품, 음반, 영상물, 도서, 전통인형들을 소장하고 있다. 지역으로는 아시아, 인도·서남아시아, 중동·중앙아시아, 아프리카, 아메리카, 유럽, 해양·대양주 등 문화별로 분류하여 악기를 전시해 두었다.

「세계 민속악기 박물관」은 음악인류학의 보고인 지구촌 악기들을 전시하고, 문화다양성에 대한 박물관교육과 음악적 경험을 느낄 수 있는 다문화 체험 공간이다. 도서출간으로는『악기박물관으로의 여행』(현암사),『인류의 문화유산-악기로의 여행』(음악세계), 세계민속악기 탄생설화(음악세계)가 있다. (출처, 세계민속악기 박물관)

세계 민속악기 박물관을 들어서니 이영진 박물관장이 반가이 맞아주며, 민속 악기에 대하여 오리엔테이션을 해주었다. 박물관은 크지 않았으나 실내는 관람객의 눈길을 사로잡는 이색적인 악기들로 가득했다. 악기의 재로는 나무, 박, 조롱박, 대나무, 돌, 유리, 흙, 도자기, 각종 동물의 가죽, 짐승의 뿔과 뼈, 조개껍데기 등 별별 희한한 재료를 이용한 악기들을 봤을 때는 인간의 무한한 창의성에 새삼 감탄했다. 악기의 외형도 동물모양, 새모양, 원시적인 인간의 상이 악기와 붙어 있는 모양, 회골모양, 대형 동물의 아래턱과 이빨을 이용한 악기 등 실로 다양했다.

어떤 악기 옆에는 그 민족의 전통의상을 입은 인형이 있어서 관람자로 하여금 이해의 폭을 넓혀줌과 동시에 보는 재미를 더해주었다. 필자가 특별히 느낀 점은 역시 역사와 전통이 오래된 한국, 중국, 일본 인형의 전통의상이 제일 섬세하고 정교하며, 여성의 몸맵시가 애교스럽다고 생각되었다.

헤이리 「세계 민속악기 박물관」

민속악기 전시실 전경

민속 악기야말로 인간의 문명과 함께 변천 발전해온 산물이다. 인류의 문화유산 중 가장 아름답고 창의적인 산물이라고 생각되었다. 악기에 대하여 타악기打樂器, 관악기管樂器, 현악기絃樂器로 구분할 정도밖에 아는 것이 없는 필자에게는 참으로 신기하고 흥미로운 관람이었다. 그래서 민속 악기들을 보며 지구촌의 특수민족과 그들의 생활상을 유추하고 상상해 보면서 상상의 날개를 나름대로 펴보았다.

원시사회에 있어서 언어보다도 먼저 발달한 것이 인간이 성대로 소리를 전파하는 것이었거나 아니면 간단한 악기로 소리를 전파하는 것이었으리라 생각되었다. 인간의 목청을 울려 소리 내는 인간관악기, 원시사회 집단생활에 위협이 닥쳤을 때 공동대처하기 위하여 어떤 형태로던 부족사회에 알리는 신호로 악기를 사용했으리라. 영화를 통해서 본, 동물의 긴 뿔이나 조개껍데기 같은 것을 입으로 불어서 멀리까지 신호를 보내던 영화장면을 떠올려 보기도 했다. 그리고 영화나 뉴스를 통해 아프리카인들의 원시종교와 제천의식祭天儀式 같은 집단행사에 민속 악기를 곁들인 노래와 춤을 추는 장면은 보아왔다.

악기를 두들기거나 스틱으로 쳐서 울림소리를 내는 타악기는 어쩌면 심장의 고동소리 같은 울림을 떠올리게 한다. 가장 간단하면서도 효과적인 방법이 아니었을까? 입으로 불어서 관을 진동하여 소리 내는 관악기는 인간의 감정과 더욱 밀접하리라 여겨졌다. 악기의 현(줄)을 울려 소리 내는 악기는 가장 정교한 테크닉을 요구하는 것일까? 우리는 고전문학에서 가끔 현이 없는 악기를 뜯고, 소리 없는 소리를 듣는다는, 정신세계를 묘사하는 문학작품들도 더러 읽었다. 그런 고차원적인 경지를 잘 이해할 수는 없지만….

아득한 예날, 현대문명과 멀리 떨어진 절해고도의 섬나라나 사람들이나 어느 식인종들이 집산할 때는 어떤 민속 악기를 사용했을까? 광활한 몽골초원을 내리달리던 유목민들은 어떤 악기로 그 넓은 지역에 신호(?)를 울려 퍼뜨렸을까? 미국대륙의 아메리칸 인디언들은? 하는 의문을 떠올리며 전시실을 둘러보았다.

　악기에 대하여 아는 것이 없는 필자는 한국의 민속악기라면 '풍물놀이'를 떠올리게 된다. 꽹과리, 장구, 북, 징 등으로 흥을 돋우며, 옛날 시골 고향마을에 정초에 지신밟기나 추석 때쯤이면 풍작축제를 펼쳤다. 그리고 차전놀이, 대동놀이, 줄당기기 놀이를 할 때도 흥을 돋우는데 민속 악기를 사용하였다. 쇠로 만든 악기 꽹과리는 천둥, 징은 바람, 북은 구름, 장구는 비를 의미한다고 한다.

　필자는 좀 둔탁하면서도 부드럽게 울리는 관악기소리, 관악기 중에서도 금관악기 보다는 목관악기 소리를 좋아한다. 죽제품의 악기 퉁소洞簫의 울림이 가을밤 멀리 강마을에서 들려온다면 강철 같은 독재자라도 마음이 풀어질 것이라고 상상해 본다. 음색이 구성지고 처량한 것이 특색일까? 소리예술만큼 인간의 감성을 순간적으로 압도하는 예술이 또 있을까?

　이곳 민속악기박물관에서는 악기를 직접 두들겨 볼 수도 있는 체험학습공간도 마련되어 있다. 이곳에서 마련한 민속음악강좌 프로그램에 참여하여 좋아하는 악기 기법을 배워보는 것도 재미있을 것 같았다. 민속악기박물관을 둘러보고 나올 때 일행 중에 한 한분이 조심스럽게 나무막대로 악기를 가볍게 쳐 보고는 그 울리는 소리에 깜짝 놀라 일행을 쳐다봤을 때 함께 웃었다. 「세계 민속악기 박물관」 관람은 기억 속에 오래 남을 것 같았다.

17) 포천 산정호수山井湖水

20여 년 전 여름에 그이의 동향의 지기 부부5쌍은 경기도 포천시의 산정호수 한화콘도에서 1박 2일간 친교모임을 가졌다. 포천시의 서쪽은 동두천과 연천군이고, 북쪽은 철원군이다. 산정호수는 1925년에 농업용수로 축조되었다. 명성산과 더불어 산속에 우물과 같은 산정호수를 품고 있는 이 일대는 자연경관이 뛰어나다. 높지 않는 산들이 이중 삼중으로 둘러있어서 산색도 원근에 따라 다르다. 6·25전쟁 전에는 산정호수 제방 끝 지점에 북한의 김일성(金日成, 1912~1994) 주석의 별장이 있었다고 한다. 1978년에 이 주변이 국민관광지로 개발되었다.

한화콘도의 창문을 열기만 하면 산과 계곡이 창문 앞에 다가와 있다. 첩첩 산중에서 느낄 수 있는 깊은 계곡, 청류, 호수, 천변산책로, 시인들이 말하는 수·석·송·죽·월水石松竹月은 이미 문밖에 있으니 신선이 된 기분이다. 여기다가 오래간만에 친한 벗들이 한자리에 모였으니 이보다 더 즐거운 시간은 있을 수 없으리라. 오랜만에 모임을 자축하는 의미에서 어느 벗이 조그만 케이크를 사와서 오색촛불을 밝혔다. 이구동성으로 "우리 이런 기회를 좀 더 자주 만들기로 하자"고 하였다. 종이컵에 사이다와 콜라로 축배를 들었다. 여성 친구 중에 꾀꼬리보다 더 아름다운 음색의 소유자가 있어서 분위기를 살리라며 한 곡조를 청하니, 청아한 멜로디가 계곡으로 번져갔다.

산마을에는 산그늘로 저녁을 재촉한다. 우리는 버섯 요리로 알려진 맛집에서 저녁을 먹었다. 음식자체의 맛도 중요하지만 분위기가 요리의 맛을 부추기는 것 같았다. 밤에는 남성 여성 따로 모여서 이야기보따리를 풀었다. 자식들을 출가시켜야 할 나이이니, 우리들의 이야기는 끝이 없었다.

다음날 우리는 산정호숫가를 거닐었다. 산정호수 둘레길 산책은 백운계곡과 맑은 물줄기, 폭포, 용이 몸을 비틀고 승천하는 것 같은 노송, 야생화군락지, 조각공원 등 산책로로는 잘 가꾸어져 있다. 가을에는 명성산 억새꽃 축제와 등반대회, 그리고 억새밭 작은 음악회도 열린다니 낭만이 출렁일 것 같았다. 하지만 호반의 경치는 아무래도 여름이 제격이다. 안개 낀 아침호수, 호수에 아련히 비치는 건너편 마을, 호수에 조그만 목선이 떠 있고, 흰 물꼬리를 달고 질주하는 수상스키 등을 보며 둘레 길 걷기는 가족단위 여행지로도 이상적일 것이란 생각이 들었다.

백운계곡 청류에 발을 담그고…

백운계곡, 백옥 같은 넓은 바위들이 천변에 지천으로 누워있는데, 청류는 무엇이 즐거운지 매미소리에 화음을 이룬다. 우리일행은 이 일대에 흩어져 백운계곡 청솔 푸른 그늘 넓은 바위에 비스듬히 몸을 누이고 시냇물에 발을 담그다. 예부터 여름놀이로 맑은 시냇물에 발을 담그는 '청류탁족淸流濯足'은 있어왔다. 조선시대, 일 년 열두 달 행사와 그 풍속을 기록으로 남긴 『동국세시기(東國歲時記)』에는 한여름 계곡물에 발을 담그고, 시 한 수를 읊는다'란 내용이 있는 것으로 미루어 보면, 청류탁족은 피서의 한 좋은 방법이기도 한 것 같다. '계류탁렬도溪流濯熱圖'엔 선비들이 버선을 벗고 계곡에 발을 담그고, 한 손에는 사군자를 그린 부채를 들고 있음을 볼 수 있다. 또는 정각 옆 연못에 발을 담그고 거문고를 타기도 하고, 바둑을 두는가 하면, 표주박 술잔을 들고 있는 그림을 볼 수 있다.

조선후기 실학자 다산 정약용茶山 丁若鏞은 18년간의 유배생활에서 풀려나 고향에서 생활할 때 여름의 찜통더위를 이기는 8가지 피서방법인 '소서팔사消暑八事' 중에는 달밤에 발 씻기 '월야탁족月夜濯足'도 들어있다. 이런저런 이야기 끝에 그이는 "두레박에 수박이나 참외를 담아 우물에 드리웠다가 여름밤에 개울물에 목욕을 한 후, 가족이 둘러 앉아 시원해진 수박이나 참외를 먹었다"고 하여 웃었다.

산정호수 둘레 길은 무척 아름답다. 자연산책길, 놀이공원, 허브정원 등이 있고, 편의점, 음식점, 민물고기 매운탕, 버섯요리, 더덕구이, 산채 백반과 도토리묵 등 이름난 맛집도 많다. 수도권과 가까워 간단한 휴가나 가족여행지로서 추천할만한 곳이란 생각이 들었다.

18) 용인 한국 민속촌 (Korean Folk Village)

경기도 용인에 있는 민속촌은 1974년 10월에 개장했다. 민속 문화자료를 수집 · 보전하여 후세들 교육의 학습장이 되고 있다. 30여만 평에 조성된 조선시대의 전통가옥을 비롯하여 전통 민속기념관, 세계민속관, 사극 영상관, 어린이 놀이시설 등도 갖추어져 있다. 패키지 입장권을 구매하면 편리하게 관람할 수 있다. 넓은 민속촌의 코너를 둘러보기 전에 야외공연장에서 펼쳐지는 농악무, 줄타기, 말을 타는 마상무예 공연馬上武藝公演 시간을 미리 알아두면, 손자손녀들과 경내를 관람하다가도 여유 있게 공연장소로 돌아와 관람할 수 있어서 편리하다.

민속타악기 공연 사물四物놀이와 달리는 말 위에서 곡예를 펼치는 마상 무예공연은 관람객 모두의 정신을 흡수하는 것 같았다. 말 4필에 타고 있는 나이 어린 기수들은 달리는 말 위에서 옆으로 걸터앉아 타고, 반듯이 누워 손을 놓고 타고, 뒤로 돌아앉아 타고, 양팔을 짚고 물구나무서서 타고, 말 등에 꼿꼿이 서서 양팔을 들고 타고, 심지어는 달리는 말 위에서 양 기수의 어깨 위에서서 팔을 들고 서있는 묘기 등은 관객의 가슴을 졸이게 하였다.

민속촌을 거닐다보면 눈에 잡히는 장면마다 유년의 고향집에 온 것 같은 기분을 안겨준다. 초가지붕 아래 기둥에 써 붙인 「입춘대길」이며, 바람벽 처마 밑에 대나무장대를 가로로 매달아놓고, 말린 쑥, 강냉이 자루를 주렁주렁 매단 것이며, 수숫단을 묶어 매단 것들, 쟁기와 흙벽에 걸어둔 지개, 각종 농기구, 흙돌담, 대나무울타리, 싸리로 엮은 울타리 등이 정겹다. 옛날 마을 어귀에 세워놓은 천하대장군과 지하대장군, 갯가 마을 앞에 우람하게 가지를 뻗고 선 당수나무, 산비탈 큰 바위 옆에 세워두었던 서낭당, 서낭당에 너풀거렸던 색색헝겊들, 입석바위에 금줄을 둘러놓고 소원을 적어 새끼줄에 끼워두었던 민속신앙 대상물들, 솟대 위에 새(오리) 형태의 나무나 돌을 올려놓았던 풍경, 돌탑 등 민속신앙 대상물은 많다. 그러한 전형적인 옛 시골마을의 모습들을 볼 수 있는 곳이 바로 민속촌이다.

유년의 우물터와 장독간을 떠올리게 하는 민속촌의 장독대, 반지르르한 옹기들과 간장 된장을 담그던 큰 단지들, 약탕관, 된장찌개용 질그릇들이 질서정연하게 진열되어 있다. 장독대 옆으로 우물, 현무암 물통, 화분용 현무암, 맷돌, 절구통, 야릇한 미소를 띠고 있는 제주 돌하르방 등을 볼 수 있다. 그리고 장독대 옆에 심어둔 봉선화, 맨드라미, 꽈리, 오월 단오에 머리감는 물에 띄웠던 창포잎 등을 동시에 볼 수 있다.

물레방아 · 디딜방아 · 연자방아

손자손녀들과 민속촌을 관람 할 때면 할아버지 할머니들은 한국민속 문화예술의 해설자가 된다. 매미소리를 들으며, 개울가 오솔길을 따라 걷다보면 만나는 물레방아, 소나 말을 이용하여 곡식을 도정했던 연자방아(연자매), 시골 방앗간에서 사용했던 디딜방아, 절구, 맷돌 등을 설명하면 손자손녀들은 눈망울을 반짝인다.

연자방아

필자의 부모님세대는 서당에서 공부를 했으며, 전기불이 없었던 시절, 등잔불을 사용했다. 필자는 지금 70중반인데도 등잔불 · 호롱불 · 남포등 · 전기 등의 순서에 익숙하다. 필자는 시골태생이라 주경야독晝耕夜讀이란 말도 귀에 익숙하다. 등잔불을 밝힐 기름으로 석유가 들어오기 전, 들기름, 콩기름, 아주까리기름, 동백기름 등을 사용했다. 호롱불을 켜 놓고 책을 읽던 시절에 여성은 공부할 기회도 갖기 어려웠다. 호롱의 그을린 호야를 닦는 일은 가사의 하나였다. 그 때 양반 부유층은 촛불을 사용했을까?

전기불이 자주 나가기도 했다. 해서 각 가정마다 성냥과 초는 상비약처럼 소중히 챙기는 물품이었다. 뿐만 아니라 각 가정마다 질화로에 불씨를 살려두는 것도 중요했다. 요즘처럼 도시가스나 전기오븐이 없었던 시절 불씨는 아주 중요한 살림살이의 한 방도였다. 우리나라에 산업화 물결이 일기 시작한 1960년대에 산골시골에 전기불이 들어왔으며, 정미소(精米所, 방앗간)에 삯을 받고 곡식을 빻아주는 도정기가 들어왔다. 전등은 밤의 세계를 딴 세상으로 천지개벽했다. 우리나라에서는 값 싼 에너지로 대체하기 위해서 2014년부터 백열등 생산과 수입을 금지 하기로 했다고 하니 필자의 세대는 고대와 현대를 함께 산 셈이다.

민속공예품과 각종 전시관

민속공예품을 전시해 놓은 전시관은 관객들의 눈과 발목을 잡는다. 도자기에서부터 목공예, 버들가지나 대나무를 이용한 편리하고도 귀 여운 공예품들, 나전칠기螺鈿漆器 공예품들은 아무리 아름다움을 예찬 해도 지나침이 없다. 한지(종이)공예로 만든 고전인형, 자수공예와 매 듭공예도 한국인의 손재주가 탁월하여 정교하기 이를 데 없다. 농악무 農樂舞, 승무僧舞, 강강술래 등의 전통놀이를 작은 인형형태로 축소하여 진열하여 두었고, 모심기와 추수광경도 모형으로 볼 수 있으며, 면화 솜에서 무명실을 뽑아내는 물레와 베틀도 볼 수 있다. 용인 민속촌은 조상들의 생활모습을 보여주는 살아있는 역사·교육·문화의 전시장 이다. 가족끼리 관람한다면 장터에서 옛날 고향에서 먹든 음식을 사먹 을 수도 있어서 즐거운 나들이가 된다. 고향이나 유년의 들녘이 그리울 때는 민속촌을 관람하는 것도 좋으리라 생각해 보았다.

19) 양화진楊花津 외국선교사 묘원墓園

양화나루(양화진, 사적 제399호) 외국선교사 묘원과 절두산切頭山 천 주교순교자 성지는 한강의 동북쪽 강변, 서울특별시 마포구 합정동에 자리하고 있다. 양화진 외국선교사 묘원은 조선 고종 때(1890)에 지정 되었다. '잠두봉蠶頭峯' 누에가 머리를 치켜든 것 같은 산봉우리 절벽 아래로 한강이 흐르는 양화진 일원은 퍽 아름답다. 두 성지는 잘 다듬어진 공원길로 연결되어 있다.

잠두봉 아래의 양화진에는 옛날 한강을 통해 지방의 조세곡물 수송선이 드나들었다. 영조 때(1754)에는 인천 강화도를 통해 한강수로로 침입하는 왜적을 막기 위해 군진軍陣이 설치되었는데, 지금도 장대석長臺石이란 표지석이 남아있다.

2014년 7월 27일, 서울의 기온이 32도를 오르내리는 무더운 날이었다. 필자는 양화진 외국인선교사 묘원과 절두산 천주교성지를 답사했다. 바로 61년 전 오늘, 1953년 7월 27일이 6·25전쟁 정전협정일이다. 우리국민이 유엔 참전국가와 용사들의 희생을 기억해야 하듯이, 외국인 선교사 묘원에 잠든 분들도 우리나라를 사랑했고, 우리 국민을 위하여 헌신했다. 외국 선교사 중에는 일일이 열거할 수 없을 정도로 우리나라를 우리국민보다 더 사랑했던 분들도 많다. 특히 무지와 가난뿐이었던 오지의 땅에 두려움 보다는 강인한 개척정신과 도전정신으로, 신앙의 힘으로, 우리나라의 교육발전과 의료사업에 많은 공헌을 한 분들도 많았다.

외국선교사묘원 입구에는 묘역안내 위치도가 세워져 있고, 수많은 깃발들이 미풍에 흔들리고 있었다. 묘역 곳곳에 '정숙'이란 푯말이 서 있는데, 탐방객도 보이지 않았다. 묘역은 A·B·C·D·E·F, 6구역으로 나누어져 있었다.

미국 감리교 선교사 호머 헐버트 박사Homer B. Hulbert는 1886년 7월에 육영공원(育英公院, Royal English College)교사로 한국에 왔다. 1890년에 우리나라 최초의 한글교과서 『사민필지(士民必知)』를 저술했으며, 한글의 우수성을 알리는데 공로가 컸다. 헐버트 박사는 「삼문 출판사」를 운영하였고, 서재필 선생을 도와 한국 최초의 한글신문인

『독립신문』을 1896년에 창간했다. 이때 신문은 한글과 영문으로 되어 있었는데, 영문판 주필을 맡았다.

헐버트 박사는 노래 '아리랑'을 최초로 서양식 악보로 적었다. 1905년에 『한국사: The History of Korea』란 종합역사서를 출간했고, 그 다음 해에는 『대한제국 멸망사: The Passing of Korea』를 출간했다. 놀라운 것은 1907년에 일본 궁내부대신이 약탈해 간 개성 '경천사지 10층 석탑'의 반환을 세계 언론에 호소하여, 1918년에 한국으로 반환하게 하였다. 서울 용산 국립중앙박물관 실내에 세워져 있다. 또한 한국의 독립운동을 적극 지원했으며, 고종의 외교자문 역할도 하였다. 한국의 외교권을 박탈한 을사조약이 체결된 후, 한국의 자주독립을 주장하며 고종의 밀서를 가지고 미국에 도움을 요청하러 갔었고, 미국 정부 관리들이 만나주지 않자, 1907년에는 네덜란드 헤이그에서 열리는 제2차 만국평화회의(1907. 6. 15)에 대한제국의 밀사를 보내도록 건의하였다고 한다.

헐버트 박사는 1949년 8월 5일에 서거하였고, 8월 11일에 외국인 최초로 사회장으로 영결식을 치른 후, 그의 소원대로 양화진에 안장되었다. 그의 묘비명에는 "나는 웨스트민스터 사원보다 한국 땅에 묻히기를 원하노라"라고 적혀있다. 헐버트 박사는 외국인으로는 처음으로 '건국공로훈장 독립장(1950)'이 추서되었다. 2013년 12월에 한글역사인물로 주시경선생과 헐버트 박사의 조형물이 서울 종로구 도렴 녹지공원에 세워졌다. 한글교육에 대한 공로로 2014년 10월9일 한글날(568돌) 헐버트 박사의 종손자 킴벌 헐버트Kimball A. Hulbert 씨가 내한하여 후손 대표로 금관훈장을 받았다.

양화진 외국인묘원에는 『대한매일신보(大韓每日申報, 1904~1910)』 창설자 영국인 어니스트 베델E. Bethel의 묘비가 세워져 있다. 베델은 조선 국왕을 비롯하여 조선국민의 사랑을 많이 받았다. 그의 신문사 사옥 앞에는 "일본인과 개犬는 출입금지"라는 글귀를 내걸었다고 한다. 그의 묘비명에는 "내가 죽어도『대한매일신보』는 영원히 살아남아 한국을 구하라."라고 적혀있다.

연세대학교(1885년 창립)창설자 언더우드Horace G. Underwood 일가는 양화진 묘원의 F 섹션에 위치하고 있는데, 지대가 조금 낮다. 미국 북장로회 선교사 언더우드는 1885년 4월에 감리교선교사 아펜젤러Henry Appenzeller와 함께 인천항(제물포)에 입국한 조선최초의 선교사였다. 언더우드는 예수교 학당, 서울 경신 중학교, 연희전문학교(현재 연세대학교)를 세웠다. 또한 성경번역과 영한사전과 한영사전을 출판하는 등 한국교육계에 지대한 공헌을 하였다.

양화진 선교사 묘원「언더우드 家 묘역」

연세대 세브란스의과대학은 1885년 미국 북 장로교 선교사 앨런 Horace Allen이 고종의 지원을 받아 광혜원(제중원)을 세운데서 출발하였다. 의료선교를 통해 장애자, 고아원, 양로원 및 재활원 시설을 운영하였고, 조선사회에 신문화新文化를 주입시켰다. 그 당시 조선에선 외국 선교사를 서양귀신(양귀자)라 불렀고, 서양인에 대한 배척심이 매우 강했다. 선교사들은 이국에서 풍토병과 온갖 어려움을 견디며 심신을 바쳤다. 여기 「언더우드 기도문」의 일부를 옮겨본다. 발췌문이 좀 길지만 그 당시 우리나라의 생활상과 선교사에 대한 이해를 도울 것 같아서 옮겨본다.

「보이지 않는 조선의 마음」
주여! 지금은 아무것도 보이지 않습니다.
주님, 마르고 가난한 땅
나무 한 그루 시원하게 자라 오르지 못하고 있는 땅에
저희들을 옮겨와 심으셨습니다.
그 넓고 넓은 태평양을 건너왔는지 그 사실이 기적입니다.
주께서 붙잡아 뚝 떨어뜨려 놓으신 듯한 이곳
지금은 아무것도 보이지 않습니다.

보이는 것은 고집스럽게 얼룩진 어둠뿐입니다.
어둠과 가난과 인습에 묶여 있는 조선사람 뿐입니다.
그들은 왜 묶여 있는지도, 고통이라는 것도 모르고 있습니다.
고통을 고통인줄 모르는 자에게 고통을 벗겨주겠다 하면
의심부터하고 화부터 냅니다.
…
지금은 우리가 황무지 위에 맨손으로 서 있는 것 같사오니
지금은 우리가 사양귀신 양귀자라고 손가락질 받고 있아오나
저희들이 우리영혼과 하나인 것을 깨닫고, 하늘나라의 한 백성, 한 자녀임을 알고
눈물로 기뻐할 날이 있음을 믿나이다. (생략)

언더우드는 한국에서 첫 개신교회인 새문안교회(정동교회)를 세웠다. 언더우드가 신도들에게 늘 강조했던 사목司牧은 '항상 기뻐하라. 쉬지 말고 기도하라, 범사에 감사하라.'였는데 그의 묘비명에도 새겨져 있다.

미국 감리교선교사 헨리 아펜젤러가 설립한 배재학당(培材學堂, 1885. 8. 3)은 오늘날 배재대학교와 감리교신학대학의 모체이다. 배재학당의 이름은 1887년 고종이 하사하였다고 한다. 학당 훈學堂 訓은 "큰 인물이 되려는 사람은 남을 위해 봉사할 줄 알아야 한다."(마태복음 20;26~28)이었다. 그리고 신약성경 번역, 정동제일교회를 세웠다. 아펜젤러 선교사는 애석하게도 1902년 6월, 성경번역 사업의 모임에 참석하기 위하여 목포로 가던 중, 선박충돌 사고로 순직하였다. 그의 묘비에는 "섬김을 받으려함이 아니라 도리어 섬기려 하노라"이다.

바위와 무쇠도 녹아내릴 것만 같은 무더위 속에 잠들어 있는 외국선교사들의 묘역 언덕을 걸어보았다. 한 알의 밀알이 미지의 땅에 떨어져 썩음으로써 이토록 풍성한 열매를 거두었으니, 실로 하느님의 역사하심이 위대함을 읽을 수 있었다. 한국인보다도 한국을 더 사랑하고 헌신했던 분들이 잠든 묘역을 둘러보며 감사한 마음으로 숙연해졌다.

20) 절두산切頭山 천주교 순교자 성지聖地

절두산 천주교 순교자성지(사적 제399호)는 서울시 마포구 합정동 양화진에 선교사묘원과 연결되어 있다. 유유히 흐르는 한강을 끼고 우뚝 솟은 잠두봉 일원은 퍽 아름답다. 옛날엔 양화진에서 뱃놀이를 하며 문객들이 풍광을 읊조렸던 곳이다.

병인양요 이전에 새남터(1801~1866)에서 천주교 신자와 프랑스선교

사를 처형한 일이 있었다. 나이 어린 고종이 즉위하자 고종의 친부 흥선
대원군이 10년간 집정했다. 고종3년 병인박해(丙寅迫害, 1866. 1)때 대
원군은 천주교 금압령禁壓令을 내리고, 천주교서적 소각명령을 내렸으
며, 천주교 신도 6천여 명과 프랑스 선교사 12명 중 9명을 처형했다. 살
아남은 프랑스 리델Ridel신부는 조선을 탈출하여 중국에 머물던 프랑스
로즈Roze제독에게 조선에서 일어나고 있는 병인박해의 참상을 알렸다.
그런 후 병인양요가 일어났다. 대원군과 조정은 천주교도들로 인하여 병
인양요가 일어났다고 믿고, 천주교 신자들을 양화진 잠두봉에서 처형했
다. '목을 잘랐다' 하여 '절두산切頭山'이라 부르게 되었다.

절두산 순교자 기념탑

절두산 성지화를 위해 천주교회는 1950년대에 땅을 매입하였고,
1962년에는 절두산 아래 한강변에 「순교자 기념탑」을 세웠으며, 1966
년 병인박해 순교 100주년 기념관을 세웠다. 기념관 내에는 천주교 역
사상의 큰 사건들과 역사를 읽을 수 있는 박물관이 있다. 지하에는 순
교성인들의 유해가 봉안되었다.

절두산 천주교 성지 표지석

1984년 5월에 한국천주교회 창설 200주년 때 순교복자 103위 시성식諡聖式을 기하여 「서소문 밖 순교자 현양탑」이 공원에 세워졌다. 이때 교황 요한바오로 2세Papa Giovanni Paolo II가 서울 김포공항에 도착 후 비행기 트랩에서 내리자말자 '순교자의 땅'이라며 한국 땅에 입을 맞추었던 광경은 기억에 생생하게 남아있다. 교황 요한바오로2세는 1989년에 재차 한국을 방문했었다.

2014년 7월 27일, 절두산 성지입구에는 프란치스코 교황Papa Francesco의 한국방문 환영 메시지와 더불어 방문(2014. 8) 때의 일정스케줄이 안내판에 있었다. 대전 교구에서 치러지는 제6회 아시아청년대회에 참석하고, 광화문광장에서 우리나라 124명의 천주교 순교자들의 시복식을 거행하며, 명동대성당에서 '평화와 화해를 위한 미사'를 가졌다. 그 외에도 대통령, 한국주교단을 비롯하여 세월호 침몰사고의 가족들과의 만남, 그리고 여러 단체들과도 만났다.

순교자기념관 앞 정원에는 성모동굴과 김대건신부의 동상이 세워져 있다. 정원주위의 산책로인「십자가의 길」에는 비석과 석상들이 세워져 있고, 정원엔 5인 순교성인들이 잠시 쉬어갔던 오성五聖바위와 문지방돌은 보호유리집 속에 보전되고 있다. 순교기념관으로 오르는 길 입구에 절두산성지에서 처형된 첫 순교자의 가족상「순교자를 위한 기념상」이 있다. 정원 십자가의 길에는 1984년 방한한 교황 바오로 2세의 흉상도 세워져 있으며, 김대건 신부의 좌상과 가까운 곳에 흥선대원군의 척화비도 있다.

척화비는 조선 고종 때(1871)에 전국 200여 곳에 세운 비석이다. 척화비 내용이다. "오랑캐가 침범하는데 싸우지 않으면 화해를 하는 것이니 / 화해를 주장하면 나라를 파는 것이 된다. / 우리의 만대자손에게 경고하노라 / 병인년에 짓고, 신미년에 세우다."

흥선대원군의 척화비

조선에 밀려온 새로운 학문과 사조思潮

임진왜란과 병자호란 후 조선사회에는 새로운 학문과 사상이 밀려왔다. 실학實學 · 고증학考證學 · 서학(西學－西敎－좁은 의미의 천주교리) 등을 지식인 사회에서 받아들였다. 사실에 바탕을 두고, 실증적 경험주의적 관찰에 의한 가치와 진실을 알아내는 실학을 수용했다. 이즈음에 서양식 대포西砲, 자명종, 천리경, 세계지도, 천문지리, 개량역改良曆, 천주교서적 등이 중국을 통해 한반도에 들어왔다.

당시 조선에선 4대주 신주를 모시고 제사를 지냈다. 성리학(유교, 주자학)을 정학正學이라했고, 서학을 사학邪學이라 하여 요사스럽고 간사한 학문으로 여겨 천주 교리를 유학자들은 강하게 배척했다. 1800년 정조가 서거한 후, 1801년 나이 어린 순조純祖가 즉위하자 대비김씨는 천주교에 대한 금압령을 내렸고, 신유(辛酉, 1801)박해가 일어났다. 순조 15년에 을해박해(乙亥迫害, 1815)가 일어났고 헌종5년에 기해박해(己亥迫害, 1839)가 일어났다.

「한국순교성인시성기념 교육관」

성지를 둘러보고 나오는 길에 교육관에 들렀다. 교육관 입구에 성모상이 세워져있고, 성상 아래로 반원을 그리는 단에는 3줄로 촛불을 밝힐 수 있는 구조물이 설치되어 있다. 필자도 지폐1천을 넣고 촛불 한 대를 점화하고 손 모아 예를 올렸다. 2시간 동안 불이 밝혀진다고 했다.

교육관 1층 안쪽 벽면에는 대형 액자 속에 「피의 절벽」이란 시가 걸려있었다. 이 작품은 2008년 순교자 대 축제일에 이석수님이 적었다고 했다.「피의 절벽」시의 둘째 연을 옮겨본다. "죽음을 초월한 그날의 선조들, 칼날 번뜩이는 박해의 세상 연연하지 않고, 도도히 강에 어리는 영생의 핏빛을, 벼랑 위에서 초연히 바라보았으리라." 후손들에게 종교의 자유를 안겨주려고, 너무도 많은 희생이 있었음을 재삼 느꼈다.

교육관을 나와 정원 나무 벤치에 앉아 우울하고 어두운 기분을 세척하고 싶었다. 그러나 방금 읽었던 「피의 절벽」 시구가 뇌리 속을 맴돌았다. 벤치에 앉아 주위를 둘러보았으나 대화를 나눌만한 탐방객도 보이지 않았다. 그늘 어디에서 합창하는 매미소리만 긴 여운을 끌며 넓은 정원을 흐른다. 백범 김구선생의 저서 『백범일지(白凡逸志)』(1929~1943, 보물 제1245호)중에 있는 구절이다.

> 독재 중에도 가장 무서운 독재는 어떤 주의, 즉 철학을 기초로 하는 계급독재이다. … 우리나라의 양반 정치도 일종의 계급독재로 이것을 수백 년 계속하였다. 이탈리아의 파시스트, 독일의 나치스 독재는 누구나 다 아는 일이다. … 수백 년 동안 조선에서 행하여 온 계급독재는 유교, 그중에도 주자학파의 철학을 기초로 한 것이어서, 정치뿐만 아니라 사상, 문학, 사회생활, 개인생활까지 규정하는 독재였다. … 주자학 이외의 학문은 발달하지 못하니 이 땅의 예술, 경제, 산업에까지 미치었다. … 계급투쟁은 끝없는 계급투쟁을 낳아서 국토에 피가 마를 날이 없고, 내가 이기심으로 남을 해하면 천하가 이기심으로 나를 해할 것이니, 이것은 조금 얻고, 많이 빼앗기는 것이다. (김구)

21) 상암동 억새밭 「하늘공원」

서울 마포구 상암동에 있는 「하늘공원」은 일명 상암동 '월드컵 공원'이라고도 부른다. 이는 서울 한강 가운데 있던 섬, 옛 '난지도蘭芝島' 자리에 들어선 공원이다. 조선후기에는 난지도를 중초도中草島라고 불렀다. 한강수위가 낮아졌을 때는 농부가 소달구지를 타고 들어가서 땅콩과 수수농사를 지었고, 목동이 소를 놓아 풀을 먹이던 곳이었으며, 아득한 포플러 숲길은 연인들의 데이트코스였다고 한다. 양반들은 이곳에서 쪽배를 타고 한강유람을 하였다고 한다. 옛날에는 향기로운 난초蘭草와 지초芝草가 자라는 아름다운 섬이란 뜻에서 '난지도'라고 불렀다.

1977년 정부는 난지도에 둑을 쌓고, 쓰레기 매립장으로 사용했다. 그리하여 1993년까지 15년 동안 난지도에는 서울시민의 생활쓰레기와 산업폐기물 및 건설폐자재 등을 매립하는 쓰레기 산(해발 98m) 두 개가 생겼으며, 과포화상태로 폐쇄되었다. 1993년에 쓰레기 매립장을 생태공원으로 개발하기로 결정하였다.

쓰레기 더미에서 흘러나오는 폐수는 한강으로 흘러들지 못하도록 분리 처리장을 설치하고, 방출되는 메탄가스는 천연가스로 바꾸어 냉·온방 에너지로 전환하였으며, 풍력발전을 설치하여 신생 에너지를 생산해 내도록 재개발하였다. 2002년에 상암 월드컵 경기장을 만들 때 생태공원으로 함께 개발하여 하늘공원, 노을공원, 난지천공원으로 거듭났다.

생물이 살 수 없는 죽은 땅 난지도는 생태공원으로 거듭나서 각가지 나비가 날고, 매년 10월이면 억새꽃축제가 하늘공원에서 펼쳐질 때면 서울 시민은 물론 전국 각지에서 수십만 명이 몰려드는 관광명소가 되었다. 한강과 서울이 내려다보이는 전망을 가진 하늘공원은 다시 연인들의 데이터 코스가 되었다. 억새는 주로 들녘, 산비탈 등 마른 곳에서 자라는데, 꽃이 흰빛이다. 가을이면 한강이 내려다보이는 언덕에 억새밭은 환상적인 군무를 펼친다.

상암동 하늘공원 억새밭

하늘 공원 높은 초지에는 억새와 띠를 심고, 낮은 초지에는 엉겅퀴, 제비꽃, 씀바귀 등의 자생종을 심었다. 2000년도부터 하늘공원에 각종 나비를 풀어놓았다. 봄과 여름으로 나비는 식물들의 가루받이를 도와 식물생태계가 안정되도록 하였고, 공원 바깥쪽으로 참나무와 교목을 많이 심어 시민들의 휴식공간을 조성하였다. 공원 코너마다 휴식 쳐 설비가 잘 갖추어져 있다. 나무로 만든 평상, 정각 혹은 양산아래 구비된 탁자, 원목 등치를 잘라서 만든 의자들, 아담한 정자와 여러 개의 화장실, 편리한 장소에 비치된 쓰레기 통 등 관리를 효율적으로 하여 퍽 깨끗하다. 하늘공원의 가운데를 중심으로 하여 방사형으로 뻗은 산책길 등 참으로 잘 꾸며져 있다. 공원 한 코너에는 황토 흙 밭을 맨발로 밟을 수 있도록 해두었다. 친환경적으로 오솔길들이 통나무 울타리로 엮어져 있어서 퍽 기분이 상쾌하다.

하늘공원의 전망대(높이 4.6m, 지름 13.5m)는 멀리서 보면 작품명과 같이 '하늘을 담고 있는 그릇' 형상으로 월드컵경기장을 닮은 철제구조 물이다. 그 옆으로는 풍차가 돌아간다. 전망대에 오르면 북한산, 남산 과 63빌딩, 한강, 그리고 행주산성이 보인다. 이곳에는 30m 높이의 풍력발전기 5대가 돌아가는데 이 자체생산 에너지로 이 일대를 운영한다고 한다. 전망대에서 억새군락의 너울대는 흰 물결과, 그 아래로 푸른 비단 폭 같은 한강이 끝없이 이어져 있다.

프랑스의 수학자 파스칼B. Pascal은 "인간은 생각하는 갈대이다"라고 했다. 연약한 인간, 이는 속이 빈 갈대줄기와 같아서 일까? 속이 찬 억새 줄기도 끊임없이 흔들리기는 마찬가지이다. 대동소이大同小異한 인간은 누구나 흔들린다. 그래서 종교가 필요한 것일까? 생명력을 잃어버렸던 땅 난지도가 서울시민들이 사랑받는 땅으로 다시 태어났다. 저 억새밭은 인간들에게 은유적인 언어로 칠전팔기七顚八起의 꿈과 희망을 속삭이는 것 같았다. 어디론가 떠나고 싶은 계절, 까닭모를 슬픔과 그리움의 계절병을 앓는 분들에게 상암동 '억새밭공원'을 추천하고 싶다.

22) 여의도汝矣島 한강공원

여의도는 서울 한강에 있는 하중도河中島이다. 여의도 개발은 1916년, 일제강압시대에 일본이 간이 군사비행장을 개장하면서부터 시작되어 1929년에는 여의도 공항이 생겼으며, 민간항공은 1958년에 김포공항으로 옮겼다. 박정희 대통령 때(1968) 양말산을 밤섬과 함께 폭파하여 그 석재로 윤중제輪中堤를 쌓았다. 윤중제란 강 속의 섬에 제방을 쌓아서 둘레를 만든 것을 말한다. 유사시에 비행기 활주로로 사용하기 위해 아스팔트를 깔아서 「5·16광장」을 만들었다.

박정희 대통령 때 김종필 의장은 여의도의 한 코너를 국회의사당 신축부지로 정하고, 지하2층, 지상6층으로 1975년 9월에 준공했다. 태평로에서 여의도로 국회의사당을 옮겨왔다. 전두환 대통령(1982) 때 여의도 종합개발에 착수했다. 수로정비와 고수부지(둔치) 시민공원화, 올림픽 도로 26km 구간에 8차선 도로 조성, 하수로관의 연장 등이 이루어졌다. 국회의사당 앞 5·16광장이 조순 서울시장 때(1996~1999) 공원녹지로 변경되어 「여의도 공원」이 탄생하였다.

여의도 공원 맞은편에 국제금융센터(International Financial Center: IFC)가 2011년에 들어섰다. 서울시와 미국 국제그룹은 여의도를 동북아금융중심지로 육성한다는 장기계획으로 복합 상업시설을 세웠다.

여의도에는 서울시민 100만이 모이는 4월 벚꽃축제와 10월 세계불꽃축제가 열린다. 여의도 한강공원 계단식 폭포 옆에는 2009년에 원형모양의 물빛무대(Floating Stage)가 한강 속에 설치되어 있다. 이 수면 위에 떠 있는 아치형의 무대는 개폐식 수상무대이다. 4월에서 10월 사이에는 물빛광장(Cascade Fountain)의 작은 분수가 작동되면 수상분수대는 음악에 따라 분수쇼를 펼친다. 여름철에는 마포대교와 서강대교 사이의 고수부지 강변에는 수많은 캠핑텐트가 빼곡히 들어찬다. 한강 투어유람선(E·Land Cruise)이 오가고, 수상관광콜택시(Water Taxi Pier)도 있다. 길 건너편에 63빌딩이 치솟아 있다.

제2의 고향 여의도

우리가족은 여의도에 둥지 튼 지 약 40년이 되어간다. 자식들은 성장하여 둥지를 떠났고, 이제는 딸과 아들들이 손자손녀를 데리고 찾아오는 제2의 고향이 되었다. 손자손녀들과 한강공원에 나오면 자전거를 대여하여 여의도 둘레를 질주하고, 여름엔 파도에 찰랑이는 하얀 오리

배를 함께 타기도 하고, 바람 높은 가을에는 함께 연날리기를 하고, 놀이공원에서 그네를 밀어주고, 유람선을 타고 파도를 가르고, 때로는 수중레스토랑에서 아이들이 좋아하는 점심을 사 주기도 한다. 노경에 우리부부는 자주 한강변을 산책한다. 여기 필자의 졸저 시집 『시화詩畵에서 꿈꾸기』에서 강변으로 산책가자는 내용을 적은 글이다. 「海松, 서둘러요」에서 해송은 남편의 호이다.

海松, 서둘러요
은모래 씻는 물결에/ 하얀 물새 떼 /포롱 포롱 날아오르고 있어요
해초 내음 물안개 속에/ 갈매기 떼 /끼룩 끼룩 시를 읊고 있어요
깔려오는 노을 속에 /우리의 목선木船 / 붕 붕 콧노래 부르고 있어요
해송海松), 서둘러요.

제3장

신라 천년의 유적과 한려해상국립공원

경상도는 옛 신라新羅와 가야국伽倻國의 영역으로 한반도의 동남부에 치우쳐 있어서 고구려와 백제에 비하여 외부의 침입이 적었고, 중국문화의 영향도 늦게 받은 편이다. 지리적으로 경상도는 태백산맥에서 소백산, 속리산, 덕유산, 지리산으로 이어지는 산맥의 동남부이기에 '영남지방嶺南地方'이라 불렀다. 국토의 70%이상이 산간지역인 우리나라에서 육로 교통이 발달하지 않았던 시절에 영남지역은 호서 · 호남지역과 산맥으로 단절되었다. 낙동강이 영남의 북쪽 끝에서 발원하여 안동, 대구, 밀양을 거쳐 부산으로 흘러든다. 영남지방의 독특한 지방문화를 보전할 수 있었던 것도 폐쇄적인 지형의 영향이 컸다. 2010년에 세계문화유산으로 등록된 경주의 양동良洞마을과 안동의 하회河回마을은 600여 년 동안 동성同姓마을을 유지할 수 있었던 한 예이다.

수도권을 제외하면 영남지역에는 역사 · 문화 유적과 유물이 집중된 곳이다. 경북 안동安東에는 한국정신문화의 수도라 할 만큼 사림학파士林學派의 역사적 유적지가 많다. 경주에는 불국사와 석굴암을 비롯하여 신라 천년의 고도로서 경주시 전역이 역사도시로 유네스코에 등재되었다. 경상남도 진주晉州에는 호국성지인 진주성이 있고, 통영시統營市에는 임진왜란 3대대첩지인 한산도閑山島가 있다. 남한 제일의 무역항 부산광역시의 해운대 남포동 일대에서는 매년 10월이 오면 '부산국제영화제'로 세계의 이목이 집중되기도 한다.

경상도를 논하면서 경상도 사투리(방언)를 건너뛸 수는 없을 것 같다. 필자는 고향이 경주로 경상도 토박이다. 억양이 강하다보니 필자로서는 평온한 감정으로 대화를 하는데도 상대방은 저기압으로 말하는 것처럼 들리는 것 같다고 한다. 일반적으로 우리나라에서 함경도 방언과 경상도 방언의 공통점을 지적하는데, 말의 속도가 빠르고, 무뚝뚝하며, 첫음절에 강세가 높은 성조가 있어서 거칠게 들리는 것 같다. 우스갯소리로 함경도 사람과 경상도 사람의 대화를 들으면 싸우는 것 같다고 한다. 경상도 사투리의 특징이라면 "ㅡ"와 "ㅓ"의 구별을 잘 못하고, "ㅅ" "ㅆ"의 발음을 잘 못한다. 그리고 의문문에서는 '나' '노' '고'로 의문문을 종결할 때가 많다. 필자는 약 40년간 서울에서 생활했는데도 경상도 억양이 강하게 남아있어서 대화가 공격적, 저돌적으로 들린다고 한다.

필자는 20대 초반에 미국에서 국제정치학을 공부하는 전라도 남편을 만났는데 결혼초기에 남편은 경상도 음식이 짜고 매우며, 맛이 없다고 하였다. 당황한 나머지 친정에 한국요리책을 한 권 구입하여 항공편으로 보내달라고 한 적이 있다. 지난 반세기 동안 노력하여 이제는 싱겁고 맛있는 요리를 하게 되었다. 그리고 국내에서 학자들의 학회가 지방에서 열릴 때면, 다른 지방에 비하여 경상도 지역의 음식을 학자들이 제일 짜다고 불평하는 편이라고 했다. 필자의 시가가 전라도 광주인데, 확실히 음식문화는 전라도가 맛의 고장으로 인정을 받는 것 같다.

1) 신라 천년의 고도 경주慶州

경주시는 신라新羅천년의 고도로써 선현유적과 역사문화유적이 곳곳에 펼쳐져 있는 야외박물관이다. 경주의 옛 이름은 서라벌徐羅伐, 금성金城, 계림鷄林 등으로 불리었으나, 이름이 바뀌었을 뿐 수도를 옮긴 것은 아니었다. 국호「신라」의 의미는 '왕의 덕업이 날로 새로워져서 사방을 망라한다'라는 뜻으로 서기 504년 지증왕智證王때 정해졌다. 경주시는 동쪽에 토함산, 서쪽에 선도산, 남쪽으로는 남산이 자리하고 있는 분지이다. 경주시는 1979년 유네스코 '세계10대 유적도시'로 선정되었고, 석굴암(옛 석불사)과 불국사는 1995년에 유네스코세계문화유산에 등재되었다. 2000년 12월에는 경주지구 전체가 5개 역사지구로 나누어 세계문화유산 유적지구로 등록되었다. 5개 지구는 월성月城지구, 황룡사皇龍寺지구, 산성山城지구, 남산南山지구, 그리고 대릉원大陵苑지구이다.

감은사지感恩寺址 3층 석탑

경주는 필자의 유년의 들녘이다. 필자는 10대 중반에 경주를 떠나 대구에서 살았다. 남편의 지기들 부부와 함께 1999년 11월 6일, 서울에서 버스를 대절하여 불국사의 단풍을 보러갔다. 가는 길에 경주시 양북면에 있는 동ㆍ서 감은사지感恩寺址 3층 석탑(국보 제112호)을 둘러보았다. 우리모임의 회장은 불교 예술문화 전반과 한국역사에 대하여 해박한 지식을 가진 분으로 여행의 일정과 유적지에 대한 수준 높은 해설을 해 주었다.

감은사는 신라 문무왕이 삼국을 통일한 후(남북국 시대) 세운 신라3대 호국사찰 중 한 곳으로, 동해로 침략하는 왜구를 물리치기 위하여 감은사를 창건하였으나 완공을 보지 못하고 타계한 후, 그의 아들 신문왕2년(神文王, 682)에 완공하였다. 신라3대 호국사찰은 황룡사, 사천왕사, 감은사를 말한다. 불국사는 김씨왕조를 위해 지었기 때문에 3대 호국사찰에 포함되지 않는다.

감은사지는 언덕바지 들녘인데, 이곳에 동서로 3층 석탑 2기가 남아있다. 3층 석탑을 1960년과 1996년에 해체 보수했을 때 3층 탑신에서 금동사리기(보물 제366-1)와 금동사리함(보물 제366-2)이 나왔는데, 국립중앙박물관에 보관·전시 되고 있다.

토함산吐含山 불국사佛國寺

필자는 1950년대 초반, 중학교 때 토함산(745m) 불국사(사적 502호)와 석굴암(국보 제 24호)으로 수학여행 갔었다. 그 시절에는 불국사 앞 노상에서 손으로 만든 수공예품과 대나무로 만든 젓가락, 효자손, 그리고 얇게 자른 나무판에 경주 불국사와 다보탑과 무영탑, 석굴암, 포석정, 안압지, 첨성대 그리고 태종무열왕릉 등을 그린 그림을 기념품으로 팔았다. 호랑이 담배 피웠던 시절이었나 보다.

경주를 떠난 지 4반세기가 지난 후, 필자의 자식들이 옛날 내 나이 쯤 되었을 때 남편이 차를 몰고 경주를 답사하였고, 나이테가 60번 쯤 돌아갔을 때 남편의 동향의 벗들과 부부 동반하여 또다시 불국사 일원에 단풍나들이를 왔다.

경주시 토함산 중턱에 자리한 불국사는 기록에 의하면 신라 경덕왕 때(751년) 김대성金大成이 창건하기 시작하여 혜공왕 때(774년) 완공했다. 국보 7점과 보물 5점을 보유하고 있는 통일신라시대 불교 건축·문화·예술의 정수이다. 불국사는 석가모니불의 사바세계, 아미타불의 극락세계, 비로자나불의 연화장세계를 형상화한 것이 특징이라고 했다.(문화재청)

대웅전에 오르기 전, 자하문紫霞門으로 오르는 청운교와 백운교는 천상계를 상징하는 33계단이다. 대웅전 앞에는 다보탑과 석가탑(釋迦塔, 일명 무영탑)이 자리하고 있다. 무영탑에는 백제 제일의 석공 아사달阿斯達이 화강암으로 구축한 3층탑인데, 이 석가탑에는 아무런 장식이 없지만 고품격을 지녔다. 이 무영탑에는 아사달과 그의 부인 아사녀阿斯女에 대한 아름답고 슬픈 전설이 내려오고 있다.

무영탑은 1966년에 도굴꾼에 의해 도굴될 번했는데, 이를 보수하는 과정에서 탑에서 사리함을 발견했다. 이것이 유명한『무구정광대다라니경(無垢淨光大陀羅尼經)』이다. 현존하는 것으로 세계에서 가장 오래된 두루마리 형태의 목판인쇄물로 된 불교경전이다. 제작 시기는 704~751년으로 추정되며, 이 경전은 현재 경주 국립중앙박물관에 보관하고 있다.(위키백과)

불국사 가을 전경

우리일행은 화려하게 단풍으로 갈아입은 불국사 경내를 둘러보며 아름다움에 감탄했다. 극락전 코너를 돌면서 언덕을 따라 불규칙한 자연석을 교묘하게 아귀를 맞추어 쌓아올린 거대한 석벽을 보며, 불국사에서만 볼 수 있는 건축미학에 대하여 설명해 주는 벗이 있어서 안목을 높일 수 있었다.

토함산 석굴암(石窟庵 · 石佛寺)

토함산 중턱에 동해를 바라보는 위치에 자리한 석굴암 본존불은 불국사와 함께 751년 통일신라시대 경덕왕(재위:742~765)때 당시 재상 김대성에 의하여 축조되기 시작하여 혜공왕(774) 때에 완공되었다. 석굴은 인공으로 만들었다. 처음에는 석굴암을 석불사라 불렀다. 기록에 의하면 김대성은 석장石匠이었으며, 건축 · 조영 전체에 대한 감독을 겸했다고 한다. 그러나 김대성은 안타깝게도 불국사와 석굴암의 완공을 보지 못하고 타계하였다. 한국 불교전설에 김대성은 현세의 부모를 섬기기 위해 불국사를 지었고, 전생의 부모를 위하여 석불사(석굴암)를 지었다는 전설이 전해지고 있다.

백색화강암으로 석굴암 본존불을 연마(조각)할 때 쇠망치가 아닌 나무망치로 제작하였기에 저토록 선과 면이 부드러울까. 연화대좌 위에 앉아 있는 본존불은 항마촉지인을 하고 있는데, 이 모습은 석가모니의 깨달음에 이른 경지를 상징한다고 한다. 참으로 장중하면서도 자연스럽고 편안한 모습이다. 석굴암 내부 공간은 돌로 엮은 궁륭천장이며, 벽면에는 보살상, 천부상, 제자상 등이 조각되어 있다.

청록파 조지훈趙芝薰 시인은 토함산 석굴암에서 "돌에도 피가 돈다. 나는 그것을 토함산 석굴암에서 분명히 보았다. …피가 돌고 있는 석상

에서 영원한 신라의 꿈과 힘을 보았다."라고 했다. 석굴암에서 우리 조
상들의 혼과 예술적 재능의 극치를 볼 수 있다고 관계전문가들은 한목
소리를 낸다.

석굴암은 일제강점기에(1912~1915)에 해체·보수되었다. 천장이
새어 불상이 비에 젖고, 불상의 일부는 흙에 파묻혔다. 1950년대 중반,
필자가 중학교 3학년 수학여행을 왔을 때는 석불사 전실에 유리문이
설치되어 있지 않았다. 습도조절 문제로 유리벽으로 막아 석불을 보존
하고 있다. 석굴암은 1960년대 초에 우리나라 문화국관리 하에 보수공
사를 하였다.

석굴암 본존불

황남동皇南洞 대릉원 고분지구

대릉원군에 속하는 황남동에는 신라초기의 고분들이 경주시내 한가운데 평지에 밀집되어 있다. 천마총天馬塚, 황남대총皇南大塚, 미추왕릉味鄒王陵은 1970년대에 발굴되었다. '천마총'의 이름은 무덤 속 벽화가 아니라, 말안장 양쪽에 늘어뜨린 드리개에 천마그림이 그려진 것이 출토된 데서 딴 이름이다.

황남대총은 왕과 왕비의 쌍봉분으로 규모가 남북 120m, 동서80m, 높이23m로서 신라고분 중 가장 큰 왕릉이다. 출토된 유물 중에서 왕의 금동 말안장뒷가리개, 발걸이, 말띠꾸미기 등에 비단벌레 날개 장식이 출토되어 온 나라가 신라왕 부장품의 화려함에 흥분되었었다. 총 58440여 점의 유물이 출토되었다. 유물들은 국립중앙 박물관과 경주국립박물관에 전시·보관되고 있다.

필자의 고향은 경주에서 12km떨어진 시골이었다. 1950년대 초, 경주여자중학교에 입학하자 12세 된 철부지들 5명이 이곳 황남리 고분군 마을에서 큰방 한 칸에서 함께 자취생활을 했다. 당시에는 통학버스나 통학기차가 없었다. 부모님도 삼십 리 밖에 계시고, 숙제나 과외공부가 없었던 시절, 방과 후면 책가방 팽개쳐 두고 5명이 모여서 황남동 일대를 쏘다니는 망나니 들쥐들이었다. 주인할머니는 대청마루에 나와서 "꼭 참새 떼가 재잘대는 것 같구나. 애들아, 밖에서 좀 놀다오렴"하며 애잔한 목소리로 사정하곤 하였다. 우리가 자취하는 집 길 하나 건너편이 바로 황남동 왕릉들이 밀집된 곳이었다.

어린 눈에는 왕릉이 놀기 좋은 작은 동산 같았다. 우리 5명은 능 아래에 신발을 벗어 놓고 누가 먼저 능 꼭대기에 오르며, 또 누가 먼저 바닥까지 굴러 내리는가를 시합하였다. 가끔 백발노인이 긴 담뱃대를 휘저으며 "이놈의 새끼들, 거기가 어디라고 함부로 기어오르느냐"며 큰 고택에서 나올 저음이면, 좀 속도가 느린 아이는 신발도 벗어놓고 줄 도망쳤다.

월성지구 (혹은 半月城 지구)

황남동 고분 길을 따라 조금 걸어가면 반월성, 석빙고, 안압지가 자리하고 있다. 이 일원에 신라17대 내물왕릉과 계림(鷄林, 사적19호)이 있는 지역이다. 계림에는 탈해왕4년(60)에 경주김씨 시조 김알지金閼智가 흰 닭이 울고 있는 계림 숲 금 궤짝에서 태어났다는 신화가 있는 곳이다. 1950년대 초에는 모든 유적지가 도로변에, 들녘에, 숲속에 방치되어 있었다. 불편한 진실이지만, 6·25전쟁 후 기아선상에서 벗어나는 것이 정부의 시급한 과제였다. 전쟁의 피폐는 참담했다. 우리백성 모두가 가난했다.

1950년대는 월사금月謝金을 매달 학교에 내고 다녔다. 매달 내는 등록금(월사금)을 내지 못하면 아침에 담임선생님이 출석부를 부른 후, 월사금 밀린 '문제아'를 집으로 돌려보냈다. 가서 부모님께 받아오라고…. 어떤 아이들은 집으로 돌아간 후 다시는 학교로 돌아오지 않은 급우들도 있었다.

학교 개교기념일을 기하여 전교생이 반월성일대에 자유롭게 흩어져 수채화 사생대회를 열었다. 첨성대, 반월성, 계림, 석빙고, 안압지는 다 가까운 거리에 몰려있다. 사생대회가 끝나면 교내 긴 복도에 줄을 매고 전교생의 그림을 전시하였다. 미술시간이면 단체로 경주박물관 복도에서 유리진열장을 통하여 기왓장 무늬와 각종 토기 등을 연필로 스케치하기도 하였다.

석빙고는 조선 영조 때(1738) 화강암으로 축조된 구조물로서 석빙고의 외부 위쪽에는 봉토하여 무덤처럼 동그란데 잔디를 심었다. 겨울에

두꺼운 얼음을 채취하여 석빙고에 보관하였다. 입구 문은 너비 2m, 높이 1.78m이다. 벽은 직사각형의 화강암을 쌓아서 만들었는데, 천정은 아치형이고, 바닥은 안으로 들어갈수록 약간 뒤로 경사지게 만들었으며, 배수로가 있다. 석빙고 내부는 한여름에도 싸늘할 정도로 시원하였다.

첨성대(瞻星臺, 국보 제31호)

첨성대는 도로 변, 평지에 세워져 있는데, 높이 약 9.2m, 밑지름 5m, 윗지름이 2.85m이다. 첨성대는 위로 올라갈수록 좁아지는 원통형 꽃병 같이 생긴 화강암 석조물로서 27단 쌓아올렸다. 첨성대는 신라 선덕여왕(재위, 632~647)때 세워진 동양 최고의 천문관측기였다고 국사시간에 배웠다. 그러나 실제로 보면 석조물이 너무나 낮고 작아서 실망한다. 첨성대는 하늘의 별자리를 관측하고, 나라의 길흉화복을 예측하는 점성술로도 이용했다는 설도 있다.

첨성대 몸체 중간지점(13단~15단 사이)에 네모난 문이 하나 있는데, 문의 한 변의 길이는 1m이다. 첨성대의 받침대와 맨 위의 문은 4각형 井字石이다. 외부에서 사다리를 통하여 문에 올랐고, 내부에서 다시 사다리를 사용하여 꼭대기에 올랐다고 한다. 돌계단 하나의 높이는 30cm이지만 첨성대의 외형이 아랫배가 볼록한 원통형이라 기껏 한두 계단 오르면 미끄러져 더는 오를 수가 없었다.

안압지(사적 제18호)

안압지雁鴨池는 별궁인 임해전臨海殿을 둘러싸고 있던 정원의 연못이며, 별칭은 월지月池이다. 신라가 삼국통일업적을 기념하기 위하여 문무왕(674)때 반월성에서 걸어서 10분 거리에 임해전을 건립했다. 신라는 국경일이나 귀한 손님을 맞을 때 이곳에서 연회를 베풀며, 연못에 배를 띄우기도 했다. 신라가 고려에 의해 멸망한(935년) 후, 동궁은 파괴되어 연못 속에 묻혔고, 안압지는 폐허되어 언덕은 갈대밭으로 변했다. 연못 귀퉁이에 고인 물과 갈대숲으로 인하여 기러기와 오리 떼가 날아들자 문객들이 안압지로 불렀다고 한다. 가뭄으로 안압지에 물이라도 마르면 연못바닥에는 잡초가 자랐고, 빛바랜 누각만 덩그렇게 서 있었을 뿐이었다. 우리 조무래기들은 아무 생각 없이 여름에 시원한 누각에서 노래 부르며 놀았다.

1980년대에 연못 둘레를 돌로 쌓았고, 안압지 내에 있는 건물이 복원되었다. 이 일원의 발굴 작업 때 출토된 유물은 3만 여점이었는데, 대부분이 기와종류와 궁중의 생활용기였다. 그 외에도 출토된 신기한 유물(불상, 유리잔, 14면체의 놀이용 주사위 등)은 경주국립박물관에 전시 · 보관되어 있다.

경주국립박물관 · 어린이 박물관

경주국립박물관은 1945년에 국립박물관 경주분관으로 문을 열었다. 1968년에 인왕동에 신박물관을 신축하여 1975년에 이전함과 동시에 국립경주박물관으로 승격되었다. 1982년에 경주국립박물관 내에 안압지관(월지관)을 신축하고, 안압지 출토품을 전시했다. 2002년에는 미술관을 건립했으며, 2005년 1월에 어린이박물관을 열었다.

경주국립박물관에는 유명한 전설을 지닌 성덕대왕신종(聖德大王神鐘, 일명 에밀레종, 봉덕사 종, 국보 제29호)이 있다. 옛날 중학교 미술책에 에밀레종의 비천상飛天像무늬는 자세히 소개되었다. 바람에 휘날리는 얇은 옷자락, 연꽃 위에 무릎을 꿇고 양손으로 향료를 받들고 공양을 올리는 비천상 부조는 종과 어우러져 조형미의 극치를 이루었다. 박물관 정원 곳곳에도 탑과 불상 등을 세워두어서 박물관의 품위를 격상시켰다. 이제는 필자의 손자손녀세대가 이곳에서 체험학습을 하고 있다.

신앙의 정토 남산南山지구

경주시의 남산(468m)지구는 내남면에 있는 영산靈山으로 40여 개의 능성이와 골짜기가 있는 화강암 돌산이다. 기록에 의하면 절터가 127 곳, 불상 86채, 석탑71기가 빼곡히 들어찼으며, 불공드리기 위하여 서민들이 각지에서 몰려들었다고 한다. 왕과 귀족들이 황룡사 분황사 불국사 같은 대찰에서 예불하고 국가적인 행사를 치렀다면, 백성들은 남산계곡(사적 311호)에 모여들어 불공을 드렸다. 계곡이 많은 화강암 산 바윗면에는 좌상과 입상, 마애석불과 관음상 등을 음각했으며, 감실, 석탑, 비석, 당간지주, 나정(蘿井, 사적245호) 등 불교유물들이 빼곡히 들어선 불교성지였다.

포석정鮑石亭 (사적 제1호)

경주 남산자락에 있는 포석정(사적 제1호)은 통일신라시대의 석조물로, 별궁의 정원에 만든 돌로 만든 유상곡수流觴曲水이다. 포석정은 신라시대에 왕과 신하들의 연회장소로서 시를 읊고 풍류를 즐겼던 곳이며, 화랑도 들이 심신을 단련할 때 이곳에서 노닐었던 곳이기도 하다. 역사 시간에 신라의 마지막 임금 경애왕景哀王이 이곳에서 향연(927)을 베풀고 있을 때 후백제 견훤의 군대가 쳐들어왔다고 배웠다.

근래 밝혀진 역사자료에 의하면 포석정은 단순한 놀이터가 아니라 국가의 중대사가 있을 때 제사와 기원을 드린 신성한 장소였다고 한다. 통일신라시대 문장가 김대문이 쓴 책『화랑세기(花郞世紀)』의 필사본이 1989년에 김해에서 발견되었는데, 그 책의 내용 중에는 포석사砲石祠에서 국가의 안녕을 기원하는 경건하고 성스러운 제사를 지냈다는 기록이 있다고 한다.

포석정 소나무 숲 속, 정원 마당에 넓고 평평한, 전복처럼 만든 화강암에 가장자리를 따라 홈을 파고, 구불구불한 유상곡수 물길을 만들었다. 물길의 전체 길이는 22m, 물길의 폭은 25~35cm정도, 깊이는 22cm 이다. 수로 입구에는 돌거북 조각을 앉혀두고 한쪽 끝에서 물길을 끌어들여, 거북의 입을 통해 물이 천천히 흘러가게 만들었다. 술잔이 불규칙하게 천천히 물길 따라 흘러가다가 자기 앞에 술잔이 당도 하면, 한 잔 마시고 시를 짓는 '일상일영一觴一詠'하며 풍류를 즐겼다. 이때 자기 차례에서 시를 못 읊으면 벌주삼배罰酒三盃를 마셔야 했다는 이야기도 있다.

필자는 중학교시절에 학교에서 포석정으로 가을 소풍을 갔었다. 포석정 바위 둘레 물길에 단풍이 떨어져 소복이 차여있을 때 우리는 손으로 낙엽을 파냈던 기억이 난다. 그리고 포석정에는 아름드리 소나무들이 많아서 퍽 아름다웠는데, 우리들은 이 일대에서 보물찾기 놀이를 하며 뛰놀았던 기억이 있다. 수년 전에 이곳에 필자의 손자 손녀들 그룹이 다녀왔다.

포석정

경주 황룡사지皇龍寺址 · 분황사芬皇寺

경주시 구황동에 위치한 황룡사지(사적 제6호)와 분황사는 가까이 자리하고 있다. 황룡사는 신라제일의 왕실사찰로서 24대진흥왕 14년 (553)에 착공하여 569년에 1차 완공되었다. 황룡사는 진흥왕 35년 (574)에 장륙존상丈六尊像을 조성했고, 진평왕 6년(584)에 금당을 세웠으며, 선덕여왕 14년(645)에 9층 목탑이 완성되었다. 9층 목탑 바닥의 한 변의 길이가 22.2m, 높이는 약 80m이었다. 황룡사의 설계 및 건축을 한 석공은 백제의 공장工匠 아비지阿非知였다. 황룡사 벽에는 신라 진흥왕 때의 화가 솔거率居가 그린 노송 그림이 있었는데 실물과 같아서 새들이 날아와 벽에 부딪히기도 하였다고 국사시간에 배웠다. 황룡사는 고려 고종25년(1238)에 몽골군의 침략으로 불타버렸고, 지금은 주춧돌만 남아있다.

분황사 모전석탑

분황사3층 모전석탑(模博石塔, 국보 제30호)은 신라 선덕여왕 3년 (634)에 분황사와 함께 축조되었다고 추정한다. 자연바위인 안산암安山 岩을 벽돌처럼 작게 다듬어서 축조한 신라에서 가장 오래된 석탑이다. 분황사 기단 네 모퉁이에는 화강암으로 조각된 사자상이 앉아있고, 탑 신부 4면 마다 문이 나 있는데, 문 양쪽에는 불법을 수호하는 인왕상이 힘 있게 조각되어 있다. 분황사는 고려 때 몽골군의 침략과 임진왜란 등 으로 불타버렸다. 분황사약사여래 상과 돌우물石井, 원효대사의 비석을 받쳤던 아랫부분이 남아있다. 원효대사는 분황사에 오래 기거하였다.

분황사 북쪽 벽화에는 솔거가 그린「천수대비관음보살도」가 있었 다. 신라 경덕왕 때 희명希明이라는 여인이 태어난 지 5년 만에 눈먼 아 이를 앉고 천수관음보살도 앞에서「도천수관음가(禱千手觀音歌)」를 부르며 기도했을 때 아이의 눈이 뜨였다고 한다.「도천수관음가」는 「천수대비가(千手大悲歌)」또는「맹아득안가(盲兒得眼歌)」라고도 한다. 『삼국유사』에 실린「도천수관음가」는 불교적 기도노래로 신라향가에 나온다. 여인 희명의 기도내용이다.

무릎 꿇고 두 손바닥 모아 천수관음 앞에 비옵나이다.
천개의 손과 천개의 눈 중에서 하나를 내놓아 하나를 덜어
둘 다 없나니 하나만 고쳐주옵소서. 아, 그에게 덕을 끼쳐주신다면
높으시되 베풀어주시는 자비야말로 클 것이옵니다.

일제강압시절에 일본인에 의하여 분황사탑을 수리(1915년)하였는 데, 탑의 2층과 3층 사이에 있는 석함에서 사리장엄구가 나왔다. 그 속 에는 여러 가지 목제품, 금은제 바늘, 가위, 고려시대의 동전 등이 나왔 다고 한다.

원효대사 · 요석공주瑤石公主 · 설총

신라의 역사상 널리 알려진 이야기 중의 하나가 원효대사와 요석공주, 그리고 그들의 아들 설총이라고 생각한다. 원효대사는 젊었을 때 화랑도였으나 29세 때 출가하여 황룡사에서 스님으로 수행에 들어갔다. 요석공주는 신라 태종무열왕(太宗武烈王 · 김춘추왕 재위: 654~661)의 둘째 딸인데, 결혼한 지 얼마 안 되어 백제와의 전쟁에서 남편은 전사했다.

당시 경주에서 대중포교에 들어간 원효대사는 어느 날 경주 도심의 거리에서 "누가 자루 없는 도끼를 빌려줄 건가(수허몰가부: 誰許沒柯斧) / 나는 하늘 떠받칠 기둥을 깎으려하네(아작지천주: 我斫支天柱)" 라는 내용의 노래를 불렀다고 한다.

김춘추왕은 '하늘을 떠받칠 기둥'은 큰 인물을 상징함을 알았다. 왕은 '스님께서 귀부인을 얻어 훌륭한 아들을 낳고 싶어 하는 구나. 나라에 큰 인물이 태어나면 그 이상 나라에 덕이 될 수가 없지. 원효를 찾아서 요석공주에게 데리고 가라'고 명했다. 관리들이 원효를 찾았을 때 대사는 남산에서 내려와 문천교를 지나고 있었다. 궁리宮吏는 원효를 강에 떠밀어 옷을 젖게 한 후 요석공주가 있는 궁으로 데리고 갔다. 원효는 3일 간 요석공주가 있는 궁에 머문 후 홀홀히 떠났다. 이리하여 원효대사는 655년에 태종무열왕의 둘째 사위가 되었고, 한국 최초의 대처승帶妻僧이 되었으며, 아들 설총薛聰이 태어났다.

원효대사는 파계破戒한 뒤 승복을 벗고, 스스로 소성거사小性居士 또는 복성거사卜姓居士라 하며 저자거리에서 어떤 것에도 구애됨이 없이, 사회제도와 계급을 뛰어넘어 노래하고 춤을 추며 민중교화를 하였다고 한다. 자유인으로서의 구애됨이 없는 삶을 실천한, 한국최초의 깨달은 스님이었다. 호국불교護國佛教가 아닌, 순수한 종교적인 차원에서 본다면 원효대사의 민중포교는 그 공로가 지대하다. 고려 숙종 때(1101)는 원효대사가 승려들 간의 갈등과 대립을 해소하고, 화쟁和諍사상을 널리 설파했다는 공로로 원효대사에게 '대성화쟁국사大聖和諍國師'란 시호를 내렸다고 한다.

설총은 아버지에 대한 효성이 지극했으며, 원효대사가 기거하는 혈사穴寺 바로 옆에 집을 짓고 살았다고 한다. 설총은 신라시대 3대 문장가의 한 사람으로, 이두문자 정리, 중국의 고전을 우리말로 해석한 대학자로, 신라 10현十賢의 한 사람으로 존경받았다. 『삼국유사』에 설총이 신라 31대 신문왕神文王에게 충언할 목적으로 이야기한 「화왕계(花王戒)」는 임금의 자존심을 건드리지 않고, 꽃(장미-할미꽃)을 의인화하여, 신문왕에게 충언을 한 이야기로 유명하다. 신라 경주에 요석공주와 설총이 살았던 요석궁瑤石宮이 남아 있었다면 좋으련만….

신라 천년(BC57~AD935)의 고도 경주! 삼국시대의 역사와 문화를 간직한 경주는 2000년에 「역사유적지구」로 유네스코 세계유산에 등재되었다. 56명의 왕이 천년의 왕조를 이어온, 세계적으로 오래 존속한 왕조 중 하나이다. 경주의 신라왕조유산은 바로 우리문화의 원형이다.

2) 한국정신문화의 수도 안동安東

경상북도 안동은 '한국정신문화의 수도'란 별칭이 있다. 안동은 불교문화와 유교문화가 꽃피운 고장이다. 안동에는 신라시대(672)에 세운, 우리나라에서 가장 오래된 목조사찰 봉정사鳳停寺가 있다. 봉정사의 극락전(국보 제15호)과 봉정사 대웅전(국보 제311호)은 국보로 보전되고 있다.

조선시대의 국가와 사회의 지도이념이 유교儒敎였는데, 유교의 배양과 확산지가 안동이다. 거유巨儒 퇴계 이황과 서애 류성룡을 비롯하여 유교학자들을 제일 많이 배출한 곳이 안동이며, 주자학을 가르치는 곳인 서원書院이 집중된 지역이다. 조선후기에는 60여 개의 서원이 있었다. 그래서 전통과 예절을 되새기는 명절이 가까워오면 이곳 안동에서 4대를 봉사奉祀하는 제례의식이 TV에 방영되기도 한다.

고려 충렬왕 때 안향安珦이 『주자전서(朱子全書)』를 들여와 새로운 학풍을 일으킨 후, 영주의 백운동서원을 거쳐, 명종 때 퇴계선생이 풍기군수로 재직할 때 최초의 사립고등교육기관인 소수서원紹修書院이란 임금이 내린 사액賜額을 받았고, 아울러 서적, 토지, 노비를 하사받았다. 이것이 서원의 효시였다. 이때부터 주자학은 날로 팽창하였고, 전국에 서원의 수는 급격히 늘어났다. 특히 사당에 영구히 모시기를 나라에서 허락한 '불천위不遷位'가 안동에 집중되어 있다. 안동에는 등록된 문화재만도 300여 점에 이르며, 전통적인 무형문화재 하회별신굿 탈놀이, 선유줄불놀이, 화전놀이, 놋다리밟기 등이 보전되고 있다.

안동 월영교月映橋

동향의 지기들 부부 4쌍은 2009년 1월 말, 경북 동해안으로 1박 2일 간의 나들이를 떠났다. 매서운 겨울바람에 백마 떼 같은 파도가 거대한 물보라로 일어서는 광경은 한 여름의 바다와는 다른 정감으로 심신을 세척해 줄 것 같았다. 아침 8시에 청량리역에서 무궁화호에 올랐다. 오전 11시 20분에 인삼의 고장 풍기역에 도착했을 때 여행가이드가 봉고차로 우리일행을 기다리고 있었다. 일행은 이른 점심을 먹고 안동호에 걸쳐진 월영교月映橋로 향했다.

일행 중의 몇 분은 이황의 도산서원陶山書院과 류성룡의 병산서원屛山書院을 이미 답사한 적이 있었고, 필자의 남편은 수년 전에 국제학술회의 후 한국을 소개하는 차원에서, 학자들을 인솔하여 안동일원을 두 번이나 다녀온 적이 있다. 그래서 우리는 2003년에 완공된 월영교로 향했다.

분수가 치솟는 월영교 전경

　월영교는 안동댐 하류 1km지점에 너비 3.6m, 길이 387m에 이르는 국
내 최장 목책 인도교이다. 강원도 태백시 함백산에서 발원한 낙동강은
안동과 대구분지 그리고 부산을 거쳐 남해로 흘러드는 506km에 이르는
남한제일의 긴 강이다. 안동댐은 다목적댐으로 1977년에 완공되었다.

　월영교를 찾아가는 길에서 필자는 안동 출신의 독립투사인 이육사李
陸史의 「청포도(靑葡萄)」시를 읊었다. 이육사의 본명은 원록源祿이다.
한겨울에 안 어울리는 시 이지만 이육사의 고향이고, 필자가 가장 좋아
하는 시 중의 하나이기 때문이었다.

　　내 고장 7월은 청포도가 익어가는 시절
　　이 마을 전설이 주저리주저리 열리고
　　먼데 하늘이 꿈꾸며 알알이 들어와 박혀 / 하늘밑 푸른 바다가 가슴을 열고
　　흰 돛단배가 곱게 밀려서 오면 / 내가 바라던 손님은 고달픈 몸으로
　　청포(靑袍)를 입고 찾아온다고 했으니 / 내 그를 맞아 이 포도를 따 먹으면

두 손은 함뿍 적셔도 좋으련 / 아이야 우리 식탁엔 은쟁반에
하얀 모시 수근을 마련해 두렴.

— 시 「청포도」 전문

가이드는 월영교가 나무다리라 상판이 부식되어 지난해에 상판을
걷어내고 11억을 들여 방부 처리된 말레이시아 나무로 전면 교체하였
다고 한다. 다리의 중간지점에 월영정月映亭 누각과 전망대가 설치되어
있어서 안동댐의 전경을 관망하기에 더욱 좋았다. 가이드는 새벽물안
개로 밤의 장막을 서서히 걷어 올릴 즈음, 안개 위로 비추는 은빛 햇살
이 강물 속을 밟고 지날 때면 이 일원의 경치는 환상적이라고 했다. 안
동은 기후의 연교차가 심하고 연간 80일가량 안개가 낀다고 한다.

미투리 한 켤레와 편지

안동시의 택지개발사업지구에서 이장移葬작업 중 1998년 4월, 이응
태李應台씨의 무덤에서 미투리 한 켤레와 편지가 발견되었다고 한다. 이
편지는 1586년에 31세로 요절한 남편에게 아내가 애도하며 쓴 글로 밝
혀졌다. 편지내용에 '둘이 머리 세도록 살다가 함께 죽자 하시더니, 어
찌 나를 두고 자네 먼저 가시는고. 나와 자식은 누가 시킨 말을 들으며,
어떻게 살라고 다 던져버리고 자네 먼저 가시는가. 자네 여의고 아무래
도 내 살 힘이 없으니, 쉬 자네한테 가고자하니, 날 데려 가소…'란 편지
와 함께 미투리 한 켤레가 발견되었다고 한다. 그래서 일까. 월영교에는
사랑이 이루어지는 '마법의 다리'란 별칭이 생겼다고 한다.

다리를 조영할 때도 최단거리를 가로지르는 직선다리가 아니라 미투
리 모양을 본뜬 아름답고 부드러운 곡선을 그리며 예술적인 조형미를
최대한 살렸다. 야간 통행을 위하여 난간과 교각하부에 조명등을 설치

했다. 밤이면 더욱 운치가 있을 것 같았다. 근래에는 형형색색의 물줄기를 분사할 수 있는 분수까지 설치되었다. 강 양안에는 나무로 장식된 멋진 산책길도 나 있다.

우리일행이 다리를 거닐 때 파르스럼한 안개가 낮은 산 중턱을 흐르고, 중천의 해는 얇은 구름 속에서 은은히 비치고 있었다. 강에 잠긴 은빛 해를 보고 그 아름다움에 탄성을 올렸다. 청록색 강물에 바짝 다가선 산영이 아른거린다. 새벽부터 먼 길을 달려온 보람을 느끼는 듯 일행은 모두 환한 표정이었다.

유교사상과 조선시대 여성생활女性生活

"미투리 한 켤레와 사랑의 편지…"를 듣는 순간, 필자의 의식 저변에 있던 '성리학과 여성생활'이 떠올랐다. 유교는 철저한 남성위주의 사상체계로써 남성은 학문하고 사회와 국가를 위한 정치참여가 임무이고, 여성은 외출을 삼가고, 집안에서 자식 낳고, 베 짜고 길쌈하며, 집안일하는 것이 여성 임무였다. 그래서 남존여비男尊女卑사상과 남아선호男兒選好사상이 강해졌다. 여성은 교육을 받을 기회가 주어지지 않았다. 공적인 사회 일에 참여할 수도 없었다. 실생활 면에서는 여성을 억압하고 학대하는 형태로 표출되었다. 중국에서도 그랬을까? 하긴 단재 신채호 선생은 그의 『독사신론(讀史新論)』에서 중국의 석가가 인도와 다르며, 일본의 공자가 중국과 다르다고 했듯이, 하긴 조선의 공자가 중국과 다를 수도 있었으리라.

여성에게는 평생 순결을 강요했다. 청춘과부가 되어도 재혼하는 것은 금지되었다. 여성이 아들을 낳지 못하면, 남편은 공공연하게 한 집안에 소실을 맞아들이고, 심지어 씨받이까지 등장하였다. 수년 전에 본영화 『씨받이』에 대하여 남편과 심도 있게 대화한 적도 있다.

남녀칠세부동석男女七歲不同席, 부부유별夫婦有別, 부창부수夫唱婦隨, 여
필종부女必從夫, 삼종지도三從之道, 칠거지악七去之惡 등이다. 칠거지악 중
한 가지만 있으면 여성은 내쫓음을 당했다. 한마디로 여인은 남자를 위
하여 존재하는 격이었다. 침묵과 굴종만이 여성의 미덕이요, 미풍양속
으로 쳤다. '여자는 시집가면 벙어리 3년, 귀머거리 3년, 눈먼 봉사 3년'
이란 말은 인간으로써 감정을 지닌 여성에게 너무나 가혹한 요구였다
고 생각한다.

하회河回마을 유네스코 세계문화유산

안동시 풍천면의 하회마을은 풍산 유씨豊山 柳氏의 집성촌으로 600여
년간 동성同姓마을을 보존해온 민속마을이다. 겸암 류운룡謙菴 柳雲龍 계
열과 동생인 서애 류성룡西厓 柳成龍 계열이다. 하회마을은 낙동강이 마
을전체를 감싸 흘러가며 태극형을 이루었다. 마을 뒤에는 산과 구릉이
다. 하회마을의 원경을 보면 꼭 낙동강물줄기가 하회마을을 보듬고 있
는 것 같다. 그리고 공중촬영 사진을 보면 신비스럽게 영어철자 S자 반
대방향처럼 보인다. 류운룡이 하회마을 북서쪽 강변에 조림한 만송정
(萬松亭, 천연기념물 제473호) 소나무 숲은 거센 기류의 방풍막이 역할
을 해왔다고 한다.

영국 엘리자베스 여왕2세도 1999년 4월에 한국을 방문했을 때 이곳
하회민속마을(민속자료 제122호)을 방문하였다. 하회마을은 2010년 7
월에 경주 양동마을과 함께 유네스코 세계문화유산에 등재되었다. 하
회마을에는 국보 『징비록(懲毖錄)』(국보 제132호)과 화회 탈(국보 제
121호), 중요민속 문화재 9점, 무형문화재로는 하회별신굿탈놀이와 선
유줄불놀이가 있으며, 그 외에도 유형문화재로 십여 채의 고택이 보전
되고 있다.

조선시대에 하회마을 부용대 절벽 아래 강위에서 매년 7월 중순 한 여름 밤에 선비들의 선유시회船遊詩會와 불꽃놀이가 열렸고, 마을에선 서민놀이인 별신굿 탈놀이(무형문화재 제69호)가 펼쳐졌다. 하회탈놀이는 풍년을 기원하는 농경의례에서 시작되었는데, 탈을 쓴 광대가 양반을 향해 쓴 소리를 할 수 있는 놀이였다. 당시에 사용했던 탈假面은 「하회 세계 탈박물관」에 전시되고 있다.

하회마을 전경

병산서원屛山書院

안동시 풍천면에 위치한 병산서원(사적 제260호)은 조선의 명재상名宰相 서애 류성룡의 사당이 있는 곳이다. 류성룡은 학봉 김성일과 함께 퇴계 이황의 문하생으로 동문수학하였고, 24세에 별시문과에 급제하고 관리생활에 들어갔으며, 선조 때 영의정을 지냈다. 병산서원은 1572

년에 세워졌다. 유성룡 선생이 타계하자 제자들이 선생의 학문과 덕행을 추모하여 존덕사尊德祠를 짓고 위패를 봉안했다. 철종 때(1863)에 사액賜額을 받아 병산서원으로 승격하였다.

병산서원 정문인 복례문復禮門을 들어가면 거대한 2층 누각인 만대루晩對樓가 낙동강과 건너편 병산절벽이 바라보이는 곳에 자리하고 있다. 이곳을 답사하는 모든 사람들이 만대루를 칭송한다. 통나무를 다듬어서 굽어진 채로 기둥을 세웠고, 2층 누대로 오르는 계단도 통나무로 되어 있으며, 정면 7칸 측면 2칸의 나무로 만든 누대의 천장과 대들보도 통나무로 지어졌다. 이곳에 오르면 가슴이 확 트이는 기분이다. 서원 내에는 유생들이 공부하던 입교당, 유물을 보관한 장판각과 유생들이 생활했던 기숙사건물 등이 있다.

병산서원 입교당

류성룡은 임진왜란 직전에 선조임금께 이순신 장군과 원균장군을 천거하여 전라도와 경상도를 방어케 하였고, 임진왜란 때는 왕을 모셨고, 평양에서 소동을 일으킨 난민들을 진정시키고, 명明나라의 구원병을 얻는데 공헌했다. 평양에서 명나라 장수 이여송李如松을 만나 평양을 탈환하는데 도왔으며, 훈련도감제訓鍊都監制를 두어 군사를 훈련케 했다. 도체찰사였던 류성룡은 다시 영의정에 올랐다. 임진왜란 때 영의정이었던 류성룡은 1594년에 국가의 10개 분야에 널리 인재를 발탁하여 쓰자는 건의서 '청광취인재계請廣取人才啓'를 선조께 올렸다. 병법兵法에 밝은 사람, 시무時務를 아는 사람, 담이 크고 언변이 뛰어난 사람, 효제孝悌가 뛰어난 사람, 문장에 뛰어나 사신의 임무를 수행할 수 있는 사람, 용감하고 활을 잘 쏘는 사람, 농업기술이 있는 사람, 염업, 광산업, 무역업에 밝은 사람, 수학과 회계에 밝은 사람, 병기兵器를 잘 만드는 사람을 등용하자고 건의했다. 임진왜란이 끝난 후 유성룡은 관직에서 물러나 낙향하여 『징비록(懲毖錄)』을 저술했다. 시호는 문충文忠이다.

도산서원陶山書院

안동시 도산면에 위치한 도산서원(사적 제170호)은 퇴계 이황선생이 타계한 뒤 선조 때(1575)에 건립되었다. 서원의 뒤쪽에 위패를 모신 상덕사(尙德祠, 보물 211호)가 세워졌다. 선조는 명필 한석봉으로 하여금 도산서원의 편액을 쓰게 했다. 조선 정조正祖임금 때(1792) 영남 사림士林을 위해 도산별과를 베풀었던 곳을 기념하기 위하여 도산서원 앞 강 언덕에 시사단試士壇을 세웠다. 안동댐 건설 때 수몰하게 된 시사단을 10m 높이로 석축을 쌓아올린 위에 옮겨 세웠다.

서원 내에는 유생들을 가르쳤던 전교당(典教堂, 보물 제210호)을 비롯하여, 방마다 명찰이 붙어있다. 퇴계선생은 50세 이후에는 높은 관직에 여러 번 제수했으나 그때마다 사직상소를 올리고 하향하여 제자들을 가르치며 강학을 계속했다. 퇴계선생은 평소에 「귀거래사(歸去來

辭)」로 유명한 동진의 시인 도연명陶淵明을 무척 좋아하였다고 한다. 퇴계선생은 도산서원 동쪽 산 아래에 절우사節友社란 조그만 화단을 가꾸며 소나무, 대나무, 국화, 그리고 매화의 맑은 향기를 예찬하는 시문을 짓기도 했다. 퇴계 선생은 매화를 특별히 사랑하여 매화예찬시를 100여 수 지었는데, 『퇴계매화시첩(退溪梅花詩帖)』은 유명하다.

퇴계선생은 글에는 도道를 담아야 한다고 했다. 문학은 심성을 도야하며 성정을 순화한다고 했다. 옛날 고등학교 국어교과서에서 퇴계선생의 시조 「도산십이곡(陶山十二曲)」을 배웠다. "이런들 어떠하며, 저런들 어떠하랴. / 초야우생草野遇生이 이렇다 어떠하랴. / 하물며 천석고황泉石膏肓을 고쳐 무엇하리요." 하고 연작시조는 이어진다. 자연에 묻혀 살고 싶은 이 마음의 고질병을 어떻게 고칠 수 있겠느냐며 강호가도江湖歌道를 읊었다.

퇴계 선생의 고매한 인격은 그의 「자명문(自銘文)」에서도 읽을 수 있다. 퇴계선생은 운명하기 4일 전에 조카를 불러 '내가 죽고 난 후 조정에서 관례에 따라 예장禮葬을 하려고 청하면 사양해라'고 당부했으며, 비석을 세우지 말라고 유서를 쓰게 했다. 퇴계선생은 영남학파를 이루었고, 제자 유성룡, 김성일 등에게 계승되었다.

지금의 도산서원은 1929년에 세워졌으며, 1970년대 박정희 대통령 때 관리소 설치 및 보수되었다. 퇴계선생의 초상은 1968년에 1000원짜리 지폐에 도안圖案되었다. 위인은 가도 그가 남긴 그윽한 문향과 업적은 이 강산에 정신문화로 영원히 남는 것임을 새삼 느꼈다.

3) 청송 주왕산周王山 주산지

경상북도 중동부에 위치한 청송군은 태백산맥 줄기로서 동쪽에 주왕산(720m)국립공원이 있다. 주왕산은 청송군과 영덕군에 걸쳐있다. 높지는 않으나 거대한 암벽이 병풍처럼 펼쳐져 있다하여 석병산石屏山이란 별칭을 지녔으며, 설악산, 영암 월출산과 더불어 3대 악산嶽山이라 불리기도 한다. 청송군의 토양은 척박한 편이나 전국 최상의 맑은 공기와 맑은 물이 흐르는 청정지역이다. 청송주왕산 계곡일원은 대한민국 명승 제11호이기도 하다. 특히 주왕산 가을단풍 경관은 전국적으로 알려져 있다.

버스에 함께 동승한 여행객은 주왕산 계곡입구 주차장에서 주왕산 계곡 트레킹 그룹과 주왕산 주산지住山池를 둘러보는 그룹으로 갈라졌다. 3시간 소요를 계획했다. 가이드는 유서 깊은 사찰 대전사大典寺와 유명한 병풍바위와 폭포 등을 볼 수 있으며, 난간이 설치되어 있어서 편안한 탐방 길이라고 하였다.

우리일행은 주왕산 주산지로 향했다. 주산지는 김기덕 감독의『봄 여름 가을 겨울 그리고 봄』이란 영화의 촬영지로 크게 알려졌다. 주산지는 주차장에서 걸어서 20~30분 거리에 있다. 2009년 1월 말, 겨울날씨 치고는 바람 없고 포근했다. 넓게 잘 다듬어진 흙길과 그 옆으로 포장도로가 함께 나 있으며, 가파르지도 않아서 걷기에는 더 없이 즐거운 코스였다.

주왕산자락 초입부터 경치가 빼어났다. 긴 제방을 지나면 주산지가 맞아준다. 주산지는 조선19대 숙종肅宗 때 만든 길이 100m, 너비 50m, 수심 7~8m 정도의 조그만 농업용 저수지이다. 이 못 주위에는 오래된 능수버들과 수령 200년가량 된 왕버드나무 고목 20여 그루가 물속에 뿌리와 줄기의 일부를 담근 채 세월을 버티고 있다. 가는 바람에 잔물결이 일 때면 호면에 비치는 주왕산 자락과 아른거리는 고목은 비경秘

境이다. 주산지의 첫 인상은 꿈꾸는 듯한, 몽상적인 경치이다. 이곳에 물안개가 피어오르면 더욱 환상적이리라.

왕버드나무의 거대한 몸체의 일부는 태풍에 날려가 버렸을까? 아니면 스스로 삭아버린 것일까? 삭정이와 몸체, 뿌리를 반쯤 드러내고 못 바닥과 수변언저리에 힘겹게 버티고 있는 풍경은 을씨년스럽고, 어찌보면 세월의 흔적을 적나라하게 표출하고 있는 조형예술의 극치이기도 하다. 뿌리와 몸체가 형용하기 어려울정도로 옹이와 뒤틀림이 예술적이다. 창의력이 있는 예술가라면 아예 저 나무를 뿌리 채 뽑아 동銅을 입히고 싶을 런지도 모르겠다. 마치 제주도 산방굴사 앞 400년 된 고사한 노송을 청동상으로 거듭나게 하여 관광자료로 활용하듯이….

이 주산지 주위는 산책하기에 참으로 아름다운 곳이다. 벗들과 환담을 나누며 잘 다듬어진 흙길을 거닐기도 하고, 나무 데크 따라 아늑한 산자락과 못 속에 아른거리는 산영을 바라보기도 하며, 주마간산식의 빽빽한 여행일정 속에서 시간적 여유로움을 가지는 것도 큰 즐거움이었다.

주산지 몽환적(夢幻的) 비경

청송 얼음골 인공빙벽 · 얼음폭포

우리일행은 밤에 청송군 부동면 내룡리에 위치한 청송얼음골로 향했다. 내일과 모래 양일간에 2009년 '전국 아이스클라이밍(Ice-climbing) 선수권 대회' 빙벽타기 국가대표 선발대회가 열린다며 밤에도 계곡이 조명으로 휘황찬란하였다. 올해로 6회 째라는데, 수직절벽, 인공 얼음폭포의 높이가 62m, 너비가 100m 계곡이 온통 하얀 빙벽이었다. 이곳 얼음의 우수한 질 덕분에 매년 전국 아이스클라이밍 선수권대회가 열린다고 한다. 1999년에 새로운 천년을 맞이하는 기념사업으로 인공폭포를 만들었다고 한다. 얼음계곡의 겨울나무들을 크리스마스 추리처럼 하얗게 장식해 놓았는데 장관이었다.

내일 아침이면 이 빙벽에 인간거미 스파이더맨Spider-man들이 수없이 매달릴 것이라고 상상해보았다. 한겨울 보기만 해도 몸이 웅크려지는 빙벽, 빙벽 오르기는 일종의 정복이다. 정상에 오르면 오름의 과정이 힘든 것만큼 정복감도 대단하리라. 다만 정복의 목적과 방법, 그리고 대상이 다를 뿐이라고 생각해 보았다. 필자는 2003년 7월 유럽여행 때 스위스의 고산 융프라우(Jungfrau)봉에 산악열차를 2번 갈아타며 여행한 적이 있다. 그 때 고산 등산가들에 대하여 생각해보았다. 눈과 얼음에 덮인 알프스 고산, 즉 위험과 곤란성에 도전하는 사람들을 알피니스트(alpinist)라고 하는데, 알피니스트는 '알프스'에서 따온 말이다. 알피니스트들을 통해 우리는 '한계를 극복하는 도전정신을 배운다'고 잠시 생각에 잠겼다.

필자가 청송을 다녀온 후로는 추석이나 설에 인사차 선물하는 가족 친지간의 선물을 우체국을 통하여 '청송얼음골 사과'를 보내고 있다. 청송은 맑은 공기와 맑은 물이 흐르는 남한 제일의 청정지역이다.

영덕 풍력발전단지

주왕산은 청송군과 영덕군에 걸쳐있는 국립공원이다. 우리일행은 저녁을 먹으러 가는 도중에 영덕군 영덕읍 창포리 산 능선에 늘어선 하얀 바람개비 풍차언덕에 내렸다. 영덕 풍력 발전단지는 1997년 영덕읍 능선에 조성되었다. 영덕은 경북 동해안에 있으며, 4계절 바람이 풍부하여 지역특성상 풍력발전에 이상적이라고 한다. 2009년 1월 말, 날씨는 흐리고, 가랑비는 오락가락하는데 동햇가 바람은 세찼다. 웅장한 풍차 24대가 동해바다를 바라보며 쉼 없이 돌아가고 있었다.

'풍차'하면 네덜란드가 떠오른다. 국토의 1/4이 해수면 보다 낮은 나라, 꽃의 나라, 거대한 몸통 받침대 위에 4개의 넓적한 직사각형의 날개가 유유히 돌아가는 풍경은 참으로 멋있다고 생각되었다. 그런데 막상 풍차 밑에서 올려다보니 매우 위압적이었다. 윙윙-웅웅-쒸익 쒸익 소리를 내며 거대한 조형물이 돌아가는 것을 가까이에서 올려다보니 무섭기까지 하였다. 풍차의 높이 80m, 바람개비 3개의 날개는 생각했던 것보다 엄청나게 컸다.

풍력발전으로 얻어지는 청정에너지는 원자력 발전이나 수력발전소보다 kw당 가격이 2배 이상 이라고 한다. 여기 24기를 설치하는데 675억 원이 투입되었다고 한다. 초기 시설비가 많이 들어가나 대신에 유지보수비가 거의 없다고 한다. 지구의 온실화의 주범인 이산화탄소를 줄일 수 있는 청정에너지라 전 세계적으로 연평균28%가량 성장하고 있다고 한다.

높은 언덕바지에 우뚝 솟아 바람을 맞으며 첨예하게 생긴 3개 날개의 움직임은 상쾌한 기분을 줌과 동시에 현대적인 표상으로 여겨졌다. 바람이 세게 불면 빨리 돌아가 더 많은 전력을 만드는 줄 알았는데, 바람이 초속 3m에 못 미치거나, 초속 20m가 넘어도 발전기가 스스로 멈

춰 선다고 하였다. 풍차의 날개는 유리강화플라스틱과 목재 등 복합재료로 만들어진 속이 빈 대형 구조물이라고 한다.

풍차는 높은 곳에 세워진 구조물로써 자주 벼락에 노출되기 때문에 낙뢰로부터 보호하는 방법이 가장 중요하다. 해서 풍차의 날개는 낙뢰전류의 전기적 · 열적 및 전기역학적 응력에 견뎌야 하기 때문에 설치비가 많이 들며, 생산가격이 비싸지만 국가시책으로 한전에 판매 된다고 한다. 영덕군은 풍력발전소뿐만 아니라 민간자본을 유치하여 강구면과 영해면에 태양광발전소를 설치함으로써 친환경 청정에너지 메카로 부상하고 있다. 영덕은 대체에너지생산 최첨단 도시로 21세기에 가장 인기 높은 관광지가 되리라 생각되었다.

영덕대게 전문요리점

영덕대게 전문요리점에 도착했을 때는 밤 8시가 넘어서였다. 대게집 주인은 대게의 크기와 가격, 종류와 맛의 차이에 대하여 간단히 설명해 주었다. 우리는 대게요리가 준비되는 동안 생선회를 먹으며, 동해바다의 겨울바다 소리를 들었다. 장시간 기차와 버스를 번갈아 타고 구절양장 같은 동햇가 산길을 달려서 일까, 차멀미를 앓는 벗들이 있어서 안타까웠다. 이윽고 잘 쪄진 대게가 큼지막한 쟁반에 얹혀 나왔다. 무등산 죽마고우들은 옹기종기 둘러앉아 오랜만에 분에 넘치는 호사를 하였다. 밤 10시경 백암 한화리조트로 향할 때 창밖에는 보슬비가 흩뿌리고 있었다.

다음날 아침 한화 리조트의 조식은 북어국에 조를 섞은 백반이었는데, 어제 밤에 모처럼 지기들과 어울려 좀 과하게 술을 마신 남편들에게는 퍽 어울리는 해장국이었다.

울진 대게 동상

4) 울진 월송정越松亭

2009년 1월 마지막 날 아침 9시, 밖에는 바람 불고 가랑비가 오듯 말 듯 했다. 경북 울진군蔚珍郡은 동햇가에 길게 남북으로 자리하고 있다. 울진의 북쪽 산포리에는 망양정望洋亭이 있고, 울진의 남쪽 월송리에는 월송정이 있다. 두 곳은 모두 송강 정철의 「관동팔경」에 예찬한 경승지이다. 관동팔경 중 6곳은 남한에 있고, 2곳은 북한에 있다. 남한에는 월송정, 망양정, 죽서루, 경포대, 의상대, 청간정이 있고, 북한에는 삼일포와 청간정이 있다. 송강은 45세 때(1589) "강호에 병이 깊어 죽림에 누웠더니 / 관동 팔백 리에 관찰사를 맡기시니 / 어와. 나라은혜(성은이야) 갈수록 망극하다"면서 유람 길에 올랐다. 「관동별곡(關東別曲)」은 관동 8경에 대한 기행감상문이다.

가이드는 고려시대에 세워졌던 망양정은 2005년에 울진 망양해수욕장 해안 언덕에 새로 건립되었는데, 옛 정취가 좀 감해졌다고 했다. 우리일행은 월송정으로 갔다. '월송정' 이름은 소나무 씨앗을 월국越國에서 가지고 왔다하여 생긴 이름이라고 한다. 월송정은 팔작지붕의 2층 누각으로 정면 5칸, 측면 3칸의 큰 누각이다. 동해바닷가에 바짝 붙어 있는데, 주위의 송림과 어우러져 절경이었다. 고려 때(1326) 월송정이 창건된 이후, 왜구의 침입을 살피는 망루역할도 해왔다. 월송정은 조선 중기에 중건한 후, 몇 번 중수되었는데, 일제강압 때 월송정을 헐어버렸다. 현재의 누각은 1980년대에 신축된 것이라고 한다.

울진 월송정(越松亭)

울진군은 경상북도 동해안 최북단에 있다. 험준한 산악이 많고, 동해를 향해 급경사를 이루고 있다. 해안에는 좁고 긴 평야가 있으며, 꽁치와 미역은 우수한 수산물이다. 1968년 10월 30일에서 11월 2일에 걸쳐 경북 울진과 삼척에 무장공비 120명이 3차에 걸쳐 침투하여 온갖 만행을 저질렀다. 무장공비는 평양에서 훈련 받고, 원산에서 배로 출발하여 삼척과 울진군 고포해안 쪽으로 30명, 60명 씩 조를 짜서 침공했다. 그해 12월 28일까지 2개월간 게릴라전이 계속되었다. 공비 113명이 사살되고, 7명이 생포되었으며, 남한에서도 군인 경찰 민간인하여 20여명이 희생되었다.

월송정은 진입로와 주위가 잘 정비되었고, 주차장이 있으며, 120m
에 달하는 소나무 숲길 등이 조성되어 있어서 매우 신선한 인상을 주었
다. 누각에 오르니 동해가 한 눈에 들어온다. 보슬비를 동반한 바닷바
람이 높은 파도를 몰고 와 넓은 모래톱에 부딪혀 백사장을 쓸어간다.
필자는 노산 이은상의 시 「푸른 민족」을 동해의 겨울바람에 날렸다.
"푸른 동햇가에 푸른 민족이 살고 있다. 태양 같이 다시 솟는 영원한 불
사신이다. 고난을 박차고 일어나라, 빛나는 내일이 증언하리라. 산 첩
첩 물 겹겹 아름답다 내 나라여! 자유와 정의와 사랑 위에 오래거라 내
역사여. 가슴에 손 얹고 비는 말씀, 이 겨레 잘살게 하옵소서."

우리는 철조망으로 울타리를 두른 바닷가로 가까이 가보았다. 바람
이 너무 세차게 불어와 바다를 오래 관망할 수가 없었다. 무서울 정도
로 밀려드는 은빛파도! 바다의 진경은 물을 둘둘 말아 흰 백마 떼처럼
몰고 오다가, 해안 모래사장에 이르러서는 백마 떼를 풀어놓는 광경이
다. 동해는 서남해안과 달리 시야에 들어오는 해안선의 굴곡이나 바위
섬은 보이지 않아도 우렁차게 철썩이는 겨울바다는 울창한 송림이 짝
하고 있어서 외롭지 않아보였다. 정말 아름다운 곳 울진 월송정! 조선
숙종肅宗이 '관동제일루關東第一樓'란 현판까지 내렸다고 하는 월송정!
숙종의 어제 시詩이다.

    화랑들의 놀던 자취 어디서 찾을 건고
    일만 그루 푸른 솔이 빽빽하게 솟았는데
    눈앞 가득 흰 모레는 백설인양 방불코나
    한번 올라 바라보니 흥거웁기 그지없다.

울진 성류굴聖留屈

우리는 동해의 해안도로를 타고 울진군 근남면에 위치한 성류굴(천연기념물 제155호)로 향했다. 옛 속담에 등잔 밑이 어둡다고 했는데, 이렇게 아름다운 고장이 옆에 있는 줄 모르고 70세에 가까웠다. 실로 한반도는 어느 산하를 둘러보아도 아름답지 않은 곳이 없는, 금수강산이란 생각이 새삼 들었다. 성류굴 주변은 신선이 노닐 만큼 아름답다하여 선유굴仙遊屈이라 불리었다고 한다. 왕피천王避川이 선유산을 휘둘러 감싸고 흘러 동해에 유입된다.

성류굴은 석회암 동굴로서 약2억 5천만 년 전에 생성되었다고 추정한다. 임진왜란 때 굴 앞 성류사聖留寺에 있던 불상을 이 동굴 속에 피난시켰다고 한다. 그 이후 '부처가 머문留 굴'이란 뜻에서 '성류굴'이란 이름이 붙었다고 한다. 가이드는 또 임진왜란 때 의병과 주민 여러 명이 이 굴 속으로 피난했었는데 그것을 눈치 챈 왜병들이 굴 문을 폐쇄하여 모두 아사했다는 슬픈 이야기를 들려주었다.

굴의 규모는 총길이 870m, 이중에서 270m을 일반에게 개방하고 있다. 굴의 최대너비는 18m, 굴 높이 1.5m~40m, 너비4~5m되는 물웅덩이가 3개 있으며, 물깊이는 최고 30m, 군데군데 철 계단이 설치되어 있다. 밖으로부터 왕피천이 흘러들어 특별한 경관을 이룬다. 성류굴 내 온도는 사철에 관계없이 섭씨15~17도 정도라고 한다.

울진 왕피천 성류굴(聖留屈)

동굴의 초입 부분이 보통체격의 사람이 조심하여 들어갈 정도로 낮고 좁은 편이었다. 성류굴을 둘러보고 나올 때는 굴의 천장이 너무 낮아서 어려움이 있었다. 천연 동굴을 자연그대로 보존함이 최대로 이상적이란 것은 상식이다. 그러나 일단 관광객을 입장하도록 허락한 이상어린이와 나이 많은 사람이 크게 어려움 없이 출입할 수 있도록 최소한의 통로는 만들었으면 했다. 깊이 허리를 굽힐 수 없는 허리나 무릎이 아픈 사람, 그리고 과다체중의 관광객은 들어가지 말도록 동굴 초입에 적절한 안내판이 필요하다고 생각되었다. 또 관광객들의 헬멧착용은 필수적이라고 생각했다. 동굴 천장이 낮고 통로가 협소한 곳이 있어서 자칫 다치기 쉽다고 생각되었다. 종유석과 석순, 그리고 석주가 서로 어울려 석실, 다리, 연못, 선녀교 등 기기묘묘한 형상을 이루고 있는데, 형상을 좀 더 밝게 조명해 주었으면 좋겠다는 생각이 들었다.

동굴 밖으로 나오니 왕피천이 선유산을 휘 돌아 흐르는 강변 어디선가 시원한 바람이 측백나무 군락으로 불어 오가고 흩뿌리던 빗방울도 그쳤다. 성류굴 입구에 수령이 수백 년 된 측백나무 군락(천연기념물 제150호)이 있다. 울진이 이렇게 자연경관이 빼어난 곳인 줄은 미처 몰랐다.

자연산 미역안주와 동동주

가이드는 가까이에 있는 건어물 전으로 우리를 불러들였다. 먼저 온 벗들이 화로 가에 둘러앉아 큼지막한 동동주 그릇에 조롱박을 띄우고, 자연산 미역 불린 것에 초고추장을 안주하여 한 잔씩 비우고 있었다. 건어물상 주인이 공짜로 대접하는 것이었다. 바다의 조류냄새(미역)를 풍기는 50대 아주머니는 김이 모락모락 피어오르는 샛노란 차조밥을 들고 나오며 박꽃 같은 웃음을 입가에 달고 있었다. 건어물을 팔기 위하여 짜낸 지혜이지만 주인아주머니의 웃음은 서울 나그네들의 발목을 잡기에 충분하였다. 조롱박 술 쪽박이 두어 차례 돌아갔을 때 내 옆에 앉은 벗이 나직이 고시조古時調를 읊는 게 아닌가. 조선의 명재상으로 알려진 황희黃喜정승의 「대추 볼 붉은 골에」란 시였다.

> 대초 볼 붉은 골에 밤은 어이 뜯 드리며 (떨어지며)
> 벼 벤 그루에 게는 어이 나리는고?
> 술 익자 체 장수 돌아가니 아니 먹고 어이리.

벗은 약학을 전공했지만, 학창시절에 즐겨 외웠던 시조라면서 읊는 폼이 멋스러웠다. 황희 정승의 시도 멋스러운데 벗의 시 읊는 감성이 어우러져 분위기는 환상적이었다. 필자는 대화하는 기분으로 조선 중기에 영의정을 지낸 김육金堉의 시 「자네 집에 술 익거든」을 답으로 읊었다.

자네 집에 술 익거든 부디 나를 부르시오.
초당(草堂)에 꽃이 피거들랑 나도 자네 청하옵세.
백년간 시름없는 일을 의논코자 하노라.

우리일행은 건어물 아주머니의 화사한 웃음과 더불어 공짜로 서비
스하는 동동주 한두 잔씩 얻어 마시고, 나올 때 벗들은 감사의 표시로
건어물을 조금씩 구입했다.

울진 불영 계곡佛影 溪谷

우리 일행은 성류굴을 관람한 후 한국의 그랜드 캐년이라 불리어지
는 울진의 불영계곡(명승지 제6호)으로 향했다. 불영계곡은 신라 진덕
여왕5년(651)에 의상대사가 창건한 절이름 불영사에서 따온 것이라고
한다. 이 계곡은 36번 국도를 따라 이어지는데, 기암괴석과 절벽, 울창
한 숲과 화강암 흰색바위 위로 청류가 흐르며 15km 구간에 비경을 이
룬다. 우리일행은 차를 세우고 2층 팔각정에 올라 불영천 계곡을 내려
다보았다. 한여름 계곡을 불어오는 강바람에 머리칼을 날리며 이 절벽
에 서서 조선시대의 평민가사인「유산가(遊山歌)」를 읊으면 적격이리
란 생각이 들었다. 가뭄으로 계곡에 물이 세차게 흐르지는 않았으나,
계곡이 깊고 나무가 울창하여 명승지다운 웅장함이 있었다. 우리일행
은 산태극山太極, 수태극水太極을 이루고 있는 불영계곡을 세세히 보지는
못했지만, 심벽한 곳일수록 금수강산이라 생각했다.

울진 불영계곡(佛影溪谷)

봉화 「다덕(多德)약수터」

우리일행은 여기서 봉화 「다덕(多德)약수터」로 향했다. 막간에 가벼운 소나기가 지나갔다. 경북 봉화마을에서 울진을 연결하는 국도 도로가에 다덕약수터가 있고, 부근에 토속음식 단지가 조성되어 있었다. 다덕약수는 철분이 다량으로 함유되어있는 탄산약수라고 했다. 지하 암반에서 솟아나오는 탄산수로 샘 주위가 붉었다. 맛은 좀 탁-쏘는 것 같으면서도 밍밍했다. 빈혈, 위장병, 피부병에 효험이 있다고는 하나, 욕심만큼 마실 수는 없었다. 그래서 예부터 양약고구良藥苦口라 했을까. 모두 목만 적시는 것 같았다. 우리일행은 봉화 시골밥상으로 점심을 먹었다. 오락가락하던 빗방울도 그쳤고, 해는 동해안을 밝게 비춰주고 있었다.

5) 영주榮州 부석사浮石寺

경상북도 영주하면 부석사, 풍기인삼, 소수서원 등이 떠오른다. 2009년 1월 마지막 날, 우리일행은 경북 봉화마을에서 영주시 부석면 봉황산 중턱에 자리한 부석사로 향했다. 부석사는 의상대사가 강원도 낙산사를 창건한 후, 신라 문무왕16년(676)에 왕명으로 영주 부석사를 창건하기 시작했다. 영주 부석사에는 '부석浮石'과 '선묘낭자善妙娘子'에 얽힌 유명한 창건설화가 전해오고 있다. 부석사는 한국에서 현존하는 가장 오래된 목조사찰이며, 국보 5점과 보물 4점을 보유한 국내 10대 사찰 중의 한 곳이다.

오전에 흩뿌리던 비도 멎었고, 날씨는 봄날 같았다. 부석사 매표소를 지나 완만한 흙 오름길을 오르니 '태백산부석사太白山浮石寺' 일주문이 반겨준다. 일주문 뒷면에는 '해동화엄종찰海東華嚴宗刹'이란 명함이 걸려있다. 일주문 지나 천왕문에 이르기까지 가로수는 은행나무이다. 절 입구 길가에 세워진 부석사 당간지주(幢竿支柱, 보물 제255호)는 신라 남북국 시대에 세워진 2개의 돌기둥이다. 절의 깃발을 대나무 장대에 달고, 그 장대를 고정시켜주던 석주는 세월의 이끼를 입고 있었다. 은행나무 가로수가 가을이면 이 일대를 아름답게 단장할 것 같았다.

부석사 절의 입구에서부터 무량수전(無量壽殿, 국보 제18호)에 이르기까지 돌계단을 무수히 오른다. 한 계단씩 오를 때마다 속세의 108번뇌를 털어버리면 극락정토에 이르는 것일까. 무량수전은 1376년(고려시대)에 지은 목조건물로 경북 안동의 봉정사鳳停寺 극락전(국보 제15호)과 함께 우리나라에서 가장 오래된 목조건물이다. 무량수전으로 오르는 안양문安養門 2층 누각은 높은 돌담석축위에 날개를 편 자태로 세워져 있다.

안양루 내에는 방랑시인 김병연(김삿갓, 金炳淵 · 金笠, 1807~1863)의 「부석사」시가 걸려있다.

평생에 여가 없어 이름난 곳 못 왔더니
백수가 된 오늘에야 안양루에 올랐구나.
그림 같은 강산은 동남으로 벌려있고
천지는 부평 같아 밤낮으로 떠 있구나.
지나간 모든 일이 말 타고 달려온 듯
우주 간에 내 한 몸이 오리마냥 헤엄치네.
백 년 동안 몇 번이나 이런 경치 구경할까
세월은 무정하다 나는 벌써 늙어있네.

본전 마당에서 맞은 편 능선을 바라보면 아득히 소백산맥이 일망무제로 펼쳐져 있다. 풍수지리에 아는 것이 없지만 필자가 보아도 이곳이 명당자리란 생각이 들었다. 부석사는 태백산을 통차로 소유하고 있다. 봉황산 중턱에 석축을 쌓은 위에 본전인 무량수전을 세웠기에 높이 올려다보는 시원한 멋스러움과 고고한 건축물의 품위가 압권이다. 필자는 수년전에 이집트 여행 때 거석문화巨石文化가 풍기는 장엄한 미와 돌이 주는 영원성에 깊이 매료된 적이 있다. 이곳 부석사가 유난히 돌 석축으로 높이 쌓아올렸기에 더욱 신선한 인상을 주는 것 같았다.

무량수전 앞의 통일신라시대의 석등(국보 제17호), 무량수전(국보 제18호)의 배흘림기둥과 추녀의 어울림은 예술적으로도 높게 평가받는다. 배흘림기둥이라니 수년 전에 그리스의 아테네 아크로폴리스에 있는 「파르테논 신전」의 아름다움을 말할 때 신전 돌기둥의 '배흘림'기법을 강조해서 설명한 것을 귀담아 들은 기억이 떠올랐다. 배흘림기둥은 중간을 굵게 하고, 위 아래로 갈수록 지름을 줄여 가늘게 하는 기법이다. 아래위의 크기가 같은 기둥을 멀리서 보면 착시현상으로 기둥의 가운데가 가늘어 보인다고 한다. 의상대사를 기리는 조사당(祖師堂, 국보 제19호)은 무량수전 뒤 동쪽 언덕위에 자리하고 있다.

영주 부석사 무량수전(無量壽殿)

부석사 창건설화와 선묘낭자善妙娘子

무량수전 뒤 왼쪽에는 '부석'바위가 있고, 오른쪽에는 선묘각善妙閣이 있다. 선묘각은 부석사 창건설화에 나오는 선묘낭자의 초상을 모신 곳이다. 의상대사는 신라의 귀족출신으로 20세에 출가했다. 의상은 두 번째 유학의 길에서 원효와 헤어진 뒤 당나라로 갔다. 중국 양주楊洲에 도착하여 주장관아에서 극진한 대접을 받았다. 그 댁에 선묘善妙라는 미모의 딸이 있었는데, 의상을 연모하게 되었다. 그러나 의상은 선묘낭자를 법도로 대하여 제자로 삼게 되었다.

의상대사는 지엄화상至嚴和尙 아래에서 7년간 연구한 후 귀국 길에 올랐을 때, 선묘와의 옛 약속을 이행하기 위하여 선묘의 집에 잠간 들렸으나 선묘낭자는 집에 없었다. 의상대사는 그간 베풀어 준 후의에 감사한 후 항구로 서둘러 떠났다. 선묘는 손수 지어놓은 의상의 법복을 들고 항구로 갔으나 이미 그 배는 멀리 떠나가고 있었다.

의상대사를 극진히 사모한 선묘낭자는 바다에 투신, 용으로 변신하여 의상이 탄 배를 호위했고, 의상대사가 귀국하여 부석사를 창건할 때 방해하는 지역 주민과 도적떼를 선묘낭자는 큰 바위로 변신하여, 공중에 떠서浮石 방해하는 세력을 물리치는 기적을 행하였다. 그 바위가 무량수전 뒤 '부석浮石'이란 이름으로 넓적하고 평평하게 가로누워 있다.

의상은 입적할 때가지 화엄교학으로 수많은 제자를 길렀고, 화엄십찰을 창건했다. 그가 마지막까지 소유한 것은 옷, 병, 공양밥그릇인 발우가 전부였다고 한다. 이런저런 생각에 잠기는데, 벗들은 무량수전 처마아래에 모여서 떠나가기 전에 기념사진을 한 장 담아가자고 부른다. 비가온 뒤 겨울 햇살이 눈부신 봉황산 서정에 우리 모두는 흠뻑 젖고 있었다.

풍기 인삼人蔘과 인견人絹

우리일행은 서울로 오는 길에 영주의 특산물인 풍기인삼공장을 견학하였다. 토요일 늦은 오후라 직원들은 퇴근한 뒤였다. 홍삼을 발효시키는 과정을 설명 들으며 거대한 기계들과 솥들을 관람했다. 공장을 둘러본 후 이론 강의실로 갔다. 가이드는 2004년에 홍삼을 숙성 발효하는 특허를 받았는데, 인삼의 주성분인 사포닌saponin이 인체 내에 흡수되는 율이 인삼이 34%라면 홍삼은 50~70%, 숙성 발효한 홍삼은 98%까지 체내에 흡수된다고 하였다. 홍삼에 대한 홍보차원의 강의였다.

인체의 면역성을 높이는 사포닌 성분은 콩, 도라지, 더덕, 등 약 750종의 여러 식물에도 들어있다. 근래 홍삼연구 발표에 의하면 인체 내에서 인삼의 사포닌을 분해할 수 있는 장내의 미생물을 많이 가진 사람에게 유용하다고 한다. 우리나라 조사대상자 10명 가운데 4명은 미생물이 부족하다고 밝혀졌다. 그래서 발효홍삼은 미생물을 미리 투약하여 발효시켰기 때문에 몸에 바로 흡수될 수 있다고 한다. (월간 헬스조선, 2012. 5. 5)

판매원은 우리를 향하여 농담을 해도 되느냐고 양해를 구했다. 무슨 말이던지 하라고 했더니, '젊음의 유통기간을 넘긴 분들'이라, 육체에 쌓여있는 찌꺼기와 혈관 내의 기름기를 청소하는 작용으로 숙성 발효시킨 홍삼액을 권유하는 것이라고 했다. 인삼을 콩이라면 홍삼은 메주요, 숙성과정을 청국장에 비유한다면 발효시킨 홍삼은 된장과 같다고 하였다. 고객을 상대로 하여 짧은 시간 동안에 설득력 있게 설명하고, 제품을 판매하려면 쉽게 납득이 가도록 비유하여야 하는데, 판매원은 관객의 지식수준과 연령대를 예민한 곤충의 더듬이처럼 잘 파악하고 있었다. 부가가치가 높은 한국산 홍삼가공제품 산업이 더욱 번창하기를 비는 마음으로 견학을 마쳤다.

풍기에는 인견人絹이 특산물이다. 인견(Viscose rayon)은 소백산맥자락 풍기를 중심으로 주로 생산된다. 인견의 원료는 낙엽송의 목재 펄프(pulp)와 면 씨앗에서 셀룰로오스 섬유를 원료로 제조한다. 아직은 겨울철이라 인견잠옷이나 인견이불 생각이 멀리 있는데, 벌써부터 벗들은 다가올 한여름 준비를 염두에 두고 있었다. 천연섬유라서 가볍고 시원하며 몸에 붙지 않고 통풍이 잘되기에 '냉장고섬유' '에어컨섬유'라 불릴 정도로 인기가 높다. 여름 잠옷과 홑이불을 서울의 1/3가격으로 구입했다며, 만족한 표정으로 승차하는 벗들의 표정은 모시적삼처럼 정갈하였다.

6) 남강 촉석루와 진주성晉州城

남편의 동향의 부부 열댓 명은 여행사를 통해 2005년 10월 말, 경상남도 진주시 남강 촉석루와 남해 이충무공의 충렬사와 한려해상국립공원을 찾아 1박 2일 간의 여행길에 올랐다. 경상남도의 명승유적지에는 임진왜란으로 인한 우리민족의 애한의 역사가 스린 곳이다. 관광버스에 오른 벗들은 차창으로 스쳐가는 단풍을 바라보고 있었다. 관광객들의 덤덤한 표정들이 못내 안타까운 듯, 가이드는 쉴 새 없이 창밖을 보라고 강조했다. 서울을 벗어나자 가이드는 따끈한 잡곡밥에 어포 졸임, 산채와 김치, 김 등의 아침식사를 돌렸다. 모두 맛있게 먹는 모습이었다.

우리 일행은 점심때쯤 야트막한 산과 언덕을 끼고 남강이 정겹게 흘러가는 고장 진주시에 도착했다. 절벽 바위위에 치솟은 촉석루(矗石樓, 경상남도 문화재 제8호)는 정면 5칸 측면4칸의 살짝 치켜든 처마가 시원한 인상을 주는 누각이다. 누각 주위는 술에 취한 화가가 진홍색과 노랑 색깔의 물감을 쏟아버린 듯, 짙은 단풍을 입고 있었다. 우리일행은 촉석루 가까이에 있는 음식점에서 해물 된장찌개로 점심을 먹은 후 서둘러 촉석루로 향했다.

진주성(사적 제118호)은 삼국시대에 백제에 의해 토성으로 지어진 것을 고려 우왕 때(1379)에 진주목사에 의하여 석성으로 개축하였다. 왜적의 방어기지로 고려 공민왕 때는 여러 번 성을 중수하였다. 진주성은 외성의 둘레 4km, 내성둘레 1.7km이다.

진주성 정문인 촉석문으로 들어가자면 왼쪽에 시인 변영로의「논개(論介)」시가 있고, 정면에 당시 군사지휘본부이었던 촉석루가 우뚝하다. 촉석루는 평상시에는 과거시험이나, 향시를 치루는 고시장으로 사용되었다고 한다. 진주성 내에는 충혼 위령단인 '임진대첩 계사순의단

壬辰大捷癸巳殉義壇'이 있고, 후문 쪽으로 김시민장군의 동상이 있으며, 위쪽에 영남포정사가 있다. 북문인 북장대, 서장대, 진남루鎭南樓가 성곽 내 높은 곳에 위치하고 있다.

위패를 모신 곳으로는 충무공 진주목사 김시민金時敏 장군을 위시하여 임진왜란 때 순절한 39명의 신위를 모신 사당 창렬사彰烈祠, 고려 때 거란의 40만 대군의 침략을 물리치고 순국한 하공진河拱辰장군을 모신 경절사와 사적비, 그리고 촉석루 뒤쪽에는 의기 논개義妓 論介의 영정과 위패를 모신 의기사義妓祠와 의암사적비가 있다. 촉석루 뒤쪽에서 강변의 의암(경상남도기념물 235호)으로 내려가는 계단길이 이어져 있다. 그 외에도 진주성 내에는 국립진주박물관, 고려시대 문익점文益漸이 원元나라에 사신으로 갔다가 돌아올 때 목화씨를 들여와 그의 장인인 정천익으로 하여금 배양 · 재배케 하였는데 성공했으며, 또한 물레와 베틀을 창제한 정천익 선생을 모신 청계서원淸溪書院이 있다.

진주남강 촉석루

촉석루는 6 · 25전쟁 때 소실된 것을 1960년 진주 고적보존회에서

재건했다. 1969년 박정희 대통령의 특별지시로 진주성복원사업을 시작으로, 1970년대에 촉석문과 공북문이 복원되었고, 성내의 민가에 보상비를 지불하고 철거하여 오늘날처럼 복원하였다.

진주대첩(晉州大捷, 제1차 진주성 전투)

진주성은 남원을 거쳐 호남평야로 통하는 교통로에 있어 국방상 중요한곳이다. 그래서 왜장 도요토미 히데요시는 진주성을 전라도 침략의 관문이며 요충지로 보고, 집요하게 노렸다.

진주목사 김시민金時敏 장군은 성채를 보수하고, 군사훈련을 하였으며, 무기를 준비했다. 전국에서 의병이 일어났다. 1592년 11월 8일에서 13일까지, 왜군 3만여 명이 진주성을 포위하고, 민가를 불 지르며, 총공격을 해왔다. 이때 진주목사 김시민 장군과 3800여 명의 군사와 민간인은 진주성 내에서 총포와 화살, 현자총통 등으로 대결했고, 민간인은 뜨거운 물을 퍼부었다. 성 밖에는 민간인과 경상도 의병을 이끄는 곽재우와 전라도 의병 2000여명을 이끄는 최경회가 외군의 후방을 기습 공격하는 등 항전하였다. 민관군民官軍은 혼연일체가 되어 7일 만에 대첩을 거두었으나 김시민장군은 적탄에 맞아 순국하였다.

제2차 진주성 전투

계사년(癸巳年, 1593. 7. 20~27)에 도요토미 히데요시는 10만 대군을 총동원하고, 800척의 함선을 동원하여 진주성 재침공할 것을 명령했다. 왜적은 지난 해 제1차 진주성 전투에서의 패배를 설욕하기 위한 것이었다. 그 당시 명·일 간에 강화교섭이 진행 중이었기에 조·명 연합군의 추격도 없었다. 왜군은 이때를 이용하여 진주성으로 총공격 해왔다. 진주는 곡창지대인 전라도로 넘어가는 길목이었다. 군량과 전쟁

물자를 조선에서 충당하려고 곡창지대를 호시탐탐 노리며 진주성 재침략을 준비하였다. 사태가 급박해지자 조선군 측의 의장병 김천일金千鎰, 충청도병마사 황진黃進, 경상우도병마절도사 최경회崔慶會 등 각각 수백 명 씩 의병을 이끌고 진주성으로 집결하여 성을 지킬 것을 결의했다. 그러나 워낙 일본병사의 총 출동 10만에 대적할 수 없으니, 방어전을 포기하고 성을 비우라고 권율장군과 곽재우 등은 지시를 내렸다고 한다. 이 시기에 유성룡의『징비록』에는 명나라 원군은 조선군의 구원요청에 응하지 않았다고 한다. 그리하여 조선관군 3800여 명과 의병과 민간인 약 6만 명이 일본의 최정예부대 10만과 접전하였다.

왜군은 사륜거라는 장갑차와 철주로 성문을 파괴하였다. 동문이 무너지자 진주성은 함락되고 말았다. 이 때 성을 지키지 못한 패전의 책임을 통감하고 임종의 시를 읊은 후 남강에 투신한 삼장사三壯士의 시가 있다. 삼장사는 김천일(창의사), 최경회(경상우병사), 황진(충청병사)을 말한다. "한잔 술 마시며 웃으며 강물을 가리키네. / 남강 물 출렁이며 도도히 흐르는데 / 파도가 마르지 않으면 우리 혼도 죽지 않으리." 삼장사가 누구인가에 대해서는 지역에 따라서 좀 다른 견해가 있다고 한다.

의기義妓 논개와 의암義巖

'논개'하면 왜장 게야무라 로쿠스케毛谷村六助를 껴안고 남강에 투신했던 슬픈 역사가 떠오른다. 이때 논개論介는 꽃다운 19세였다. 논개의 일생은 기구했다. 논개는 관기였고, 어머니는 타계했으며, 최경회崔慶會의 소실小室이 되었다. 1592년에 최경회가 전라우도의병장으로 의병을 모집하여 훈련할 때 논개는 의병훈련을 뒷바라지 했고, 1593년에 최경회가 경상우도병마절도사로 제수되어 제2차 진주성 전투를 벌일 때 성안에서 수발했다. 진주성이 함락되기 직전에 논개는 몇 명의 부녀자들과 함께 성 밖으로 나왔다. 이 때 최경회를 비롯하여 관·군·민 약 7만 명이 순국했다.

제2차 진주성전투 후, 왜적들이 승전축하연회를 열었을 때 논개는 화려하게 차려입고 연회석에 들어갔다. 승전자축연에서 주흥에 도취된 왜장 로쿠스케를 꾀어내어 남강 절벽바위 위로 유인하여 논개는 적장을 힘껏 껴안고 남강에 투신하였다. 역사시간에 들은 이야기이다. 논개는 곱게 화장하고, 열 손가락에 반지를 꼈다고 했다. 껴안은 적장이 논개의 손에서 풀려나지 않도록 하기 위해서 치밀하게 계획하였다고 했다. 논개의 숭고한 충절 내막은 『어우야담(於于野談)』에 간략하게 실렸다. 『어우야담』은 설화집으로 어우당 유몽인(柳夢寅, 1559~1623)이 지은 이야기모음집이다.

> 논개는 진주의 관기였다. 계사년에 창의사 김천일이 진주성에 들어가 왜적과 싸우다가 성이 함락되고, 군사들은 패배하였고, 백성들은 모두 죽었다. 논개는 몸단장을 곱게 하고 촉석루 아래 가파른 바위 위에서 서 있었는데 바위 아래는 깊은 강물이었다. 왜적들이 이를 바라보고 침을 삼켰지만 감히 접근하지 못했는데, 오직 왜장 하나가 당당하게 앞으로 나온다. 논개는 미소를 띠고 이를 맞이하니 왜장이 그녀를 꾀어내려 하였는데, 논개는 드디어 왜장을 끌어안고 강물에 함께 뛰어들어 죽었다.

논개의 애국충정이 알려지자 각계각층의 반향은 크게 물결쳤다. 인조 때(1625)에 논개가 투신한 바위에 의암義巖이라 새겨졌고, 촉석루에 의암기義巖記를 지었으며, 1721년에 의암바위 옆에 의암사적비가 세워졌다. 1739년에 경상우병사가 촉석루 옆에 논개의 애국충정을 추모하는 사당인 의기사義妓祠를 세웠으며, 또 한 편으로 논개가 태어난 장수군 마을의 생가도 복원되었다.

10월 마지막 주말, 하늘은 서럽도록 푸르고 해는 투명하게 반짝이는데 강낭콩 꽃보다도 더 푸르다는 변영로 시인의 남강은 유유히 흐른다. 논개가 왜장을 껴안고 남강에 투신했다는 바위에 올라서 강을 굽어보니 수심이 깊어 보이지는 않았다. 강물은 애한의 옛 이야기를 지줄 대고, 서늘한 강바람은 우리들의 잠자는 의식을 깨우는 것 같았다. 필자는 옛날 학창시절 때 국어 교과서에 소개되었던 변영로의 시「논개」3수를 외우고 있었는데, 의암 앞에 서니 저절로 논개시가 읊어졌다.

　　　　거룩한 분노는 종교보다도 깊고/ 불붙는 정열은 사랑보다도 강하다
　　　　아! 강낭콩 꽃보다도 더 푸른 그 물결 위에/ 양귀비꽃보다도 더 붉은
　　　　그 마음 흘러라. <생략>
　　　　흐르는 강물은 길이길이 푸르러니/ 그대의 꽃다운 혼 어이 아니 붉으랴
　　　　아 강낭콩 꽃보다도 더 푸른 그 물결 위에 / 양귀비꽃보다도 더 붉은
　　　　그 마음 흘러라.

　　논개의 붉은 충절과 애한의 역사적 현장에서 갈바람에 띄우는 변영로 시인의 시구는 여행객의 심금을 울린 것일까. 주위의 관광객들이 오늘 여행을 뜻 깊게 해줘서 고맙다고 말하는 이들도 있었다.

논개 의암(義菴)

진주남강 유등축제流燈祝祭

　진주성 아래 남강 수상무대에서 2002년 10월, 대규모 개천예술제와 함께 유등축제가 열렸다. 남강유등축제의 기원은 임진왜란 1차 진주성 대첩에서 유래되었다. 1592년 11월 7일에서 13일, 왜군 3만여 명이 진주성을 포위하고, 총공격을 퍼부었을 때 성 밖의 의병과 지원군은 횃불과 함께 남강에 등불을 띄워 왜군의 도강을 저지했다고 한다. 그리고 제2차 진주성 침략(1593. 6. 29)때 왜군 10만여 명과의 전투에서 우리의 군관민 7만 명이 순국했다. 그 충혼들을 달래기 위한 진혼제와 더불어 국가의 안녕을 기원하는 의미에서 10월의 개천예술제와 더불어 2002년부터 문화관광부 선정, 대규모의 남강유등축제로 발전하였다.

　2006년부터 2009년까지는 문화관광부 선정 최우수 축제로 선정되었고, 대한민국 대표축제로 위상을 굳혔다. 2011년 10월 세계축제협회(IFEA) 심의회에서 축제대상 62개 분야에서 피너컬 어워드(Pinnacle Awards Korea) 시상식에서 금상 3개, 동상 1개를 수상하는 등 세계적인 축제로 인정받아오고 있다.

진주남강 유등축제

남강유등축제에는 창작 등 만들기, 소망 등 띄우기, 풍등 날리기 등을 개천예술제와 함께 남강에서 펼쳐진다. 풍전등화와 같은 위태로운 국운 앞에 목숨을 바친 충령들을 되새기며, 현세의 행운과 소망을 띄우는 축제야 말로 아름다운 특성화 축제라고 생각한다.

2005년 10월 29일, 하늘이 짙푸른 날, 우리일행은 코스모스와 갈대 숲이 넌출거리는 진주성 남강 강변을 돌아 한려해상 국립공원으로 가는 버스에 몸을 실었다. 정겹게 진주를 휘감고 흐르는 남강과 촉석루, 그리고 멀어져 가는 진주풍광을 몇 번 차창으로 눈여겨보았다.

7) 남해 한려閑麗 해상국립공원

한려해상국립공원은 경상남도와 전라남도에 걸쳐있다. 경상남도 남단의 고성반도와 남해의 190여 개의 유인도와 무인도로 구성된 다도해 지역이다. 여기에는 거제도 해금강지구와 통영統營의 한산지구, 그리고 여수 오동도지역을 품는데, 여수시, 거제시, 남해군, 사천시, 통영시 등의 시가 있다. 통영시는 1604년 선조 때 삼도수군 통제영을 옮겨옴으로써 생긴 이름이다. 통제영은 1895년 고종 때 폐지되었다.

우리일행은 2005년 10월 29일, 유람선으로 이 일원을 둘러보았다. 통영시의 물결은 잔잔하고 바다와 하늘은 다투어 푸르기만 하다. 한산도閑山島는 경상남도 통영시와 거제시 사이에 있는데, 통영에서 배로 25분 거리에 있다. 바로 이 해역에서 이순신 장군은 전 세계 해군사관학교생들이 세계 4대해전사의 하나로 꼽는, 「한산도 대첩」을 이룩한 곳이다. 세계 해전사에 길이 빛나는 '불패신화', '불멸의 이순신 제독'이라 일컫는, 백전 백승을 거둔 남해안 일대를 답사하고 있는 우리 일행은 모두 상기된 표정이었다.

한산 누각을 쳐다보는데 배의 기관실에선가 이순신 장군의 시「한산섬 달 밝은 밤에」란 시가 마이크로 크게 흘러나왔다. 여행객 모두는 함께 시를 읊었다. 해는 서산에 비꼈는데 바닷바람은 시원하고, 바로 눈 앞에 있는 누각을 쳐다보며 충무공의 시를 읊으니 감개무량했다. 우리 국민의 가슴 속에 영원히 살아 숨 쉬는 성웅聖雄 이순신! 여기까지 와서 제승당(制勝堂, 사적 제113호)에 들리지 않고 뱃머리를 돌리다니, 우리 일행은 심기가 불편하였다. 가이드는 시간이 촉박하니, 내일 아침에 통영을 떠나기 전에「이충무공의 충렬사」에 먼저 참배하도록 일정을 조정하겠다며 여행객의 양해를 구했다.

한산섬의 제승당은 1592년에 세웠는데, 이순신 장군이 삼도수군통제사로 지휘하던 곳이다. 정유재란(1597~1598) 때 소실된 것을 영조 때(1739)에 중건하였다. 1979년에 한산대첩비가 건립되었다. 이곳 망루에서 이순신이「한산섬 달 밝은 밤에(閑山島 明月 夜)」라는 시를 지었다.

유람선에서 우리 일행의 대부분은 갑판 위에서 옷자락을 날리며 아득한 수평선에 모습을 드러낸 기암괴석을 둘러보며, 외롭지 않게 옹기종기 앉아있는 작은 섬들을 지났다. 어떤 그룹은 손뼉을 치며 흘러간 노래를 합창하며 와자지껄 하였다.

일정을 마치고, 어두워서 통영시의 힐턴호텔에서 해물찌개로 저녁을 먹었다. 밤바다의 해풍과 푸른 밤안개 위로 반짝이는 등대, 묵색 수면위에 고기잡이배가 불을 밝힌 정경이 보고 싶었다. 우리일행은 다시 호텔을 나와 걷다가 낚시 횟집을 찾아갔다. 음식을 기다리는 동안 파도 소리가 들려오는 이층 횟집에서 임진왜란 이야기로 꽃피웠다. 일행 중에는 정치학교수가 2명이나 있었다.

이순신 장군의 동상

한산대첩閑山大捷

한산도해전(1592. 7. 6~13)에서 왜군은 통영 쪽으로 쳐들어왔다. 조선수군 전라좌수사 이순신은 전라우수사 이억기와 경상우수사 원균과 더불어 56척으로 출전했다. 그때 일본함대 73척이 거제도와 통영만 사이에 있는 좁고 긴 해협인 견내량에 들어갔다는 정보를 받고, 판옥선 5~6척으로 한산도 앞바다로 유인했다. 이때 쫓기어 달아나는 것처럼 하다가 방향을 바꾸었고, 기다렸던 조선수군 56척은 일시에 학익전鶴翼戰을 펼쳤다. '학익전'은 학이 날개를 펴듯, 적을 포위하는 작전을 폈다. 이때 거북선이 선봉에서 돌진하며 총통을 쏘아 적선들을 불살랐다.

판옥선板屋船은 뱃바닥이 평평하여 쉽게 방향을 변경할 수 있는데, 일본함선은 배의 밑 부분이 뾰족하여 방향을 쉽게 바꿀 수 없었으며 판옥선에 비하여 적선은 작았다고 한다. 기록에 의하면 한산도 앞바다에서 왜선 73척 중, 12척을 사로잡고, 47척을 불태웠으며, 왜군의 대부분이 수장되었다. 이때 조선군은 제해권을 장악하고, 왜군의 보급로를 차단했으며, 일본군의 북진하던 기세는 꺾였다.

통영 이충무공의 충렬사忠烈祠

10월의 마지막 날, 우리일행은 아침 일찍 가야산 해인사로 출발하기 전에 이순신장군의 위패를 모신 통영시의 「충렬사」(사적 제23호)에 참배했다. 통영의 충렬사는 선조 때(1606) 7대 통제사 이운룡이 건립하였고, 1663년 현종 때 사액賜額되었다. 1895년에 통제영이 폐지되자 이 고장의 유지들이 제사와 유적지의 관리를 맡고 있다고 한다.

충렬사 정원에는 수령 몇 백 년 된 동백나무 몇 그루가 지키고 있었다. 동백나무는 통영시 시목市木이다. 동백꽃이 필 무렵이면 마을 어민들은 바람과 파도가 잔잔하고, 고기가 많이 잡히게 기원하는 풍어제豊漁祭를 올렸다고 한다.

유물전시관

우리 일행은 유물전시관을 관람했다. 이충무공의 영정 앞에서 먼저 합장하여 예를 올렸다. 명량해전 후, 명나라 수군도독 진린 장군은 명나라 황제 만력제萬曆帝에게 이순신장군의 전술과 지략에 대하여 소상히 보고하였다고 한다. 이때 만력제는 감탄하여 이순신 장군에게 '대명수군 정1품 도독大明水軍正一品都督'의 팔사품八賜品(보물제440호)을 하사했다. 8가지 선사품에는 도독인도장, 기이하게 장식된 칼들, 깃발들, 곡나팔 등이며, 명황제가 내렸다는 '황조어사인皇朝御賜印' 이란 표시가 도장 함에 새겨져있다. 그 외에도 정조 임금이 1795년에 발간한 『충무공전서』와 정조대왕이 직접 지어내린 어사제문御賜祭文이 전시되어 있다. 충무공의 장검, 그림에 설명을 곁들인 작은 팔사품도 병풍, 지자총통 ·

현자총통, 해전 때 군선의 배치도 등도 벽면에 걸려있어서 역사적인 교육현장으로도 소중함을 새삼 느꼈다.

판옥선板屋船과 거북선龜船

유물전시관에는 총통과 화살, 승자총통과 철환 등도 전시돼 있다. 철제로 된 작은 거북선 모형과 장검, 전쟁의 모형도, 그리고 임진왜란에 대한 역사적 요약문이 있다. 거북선은 태종 15년(1415)『조선왕조실록』에서 처음 나온다. 충무공은 전라도 좌수가 되었을 때 거북선을 만들고, 대포와 승자총통과 화전火箭들을 만들었으며, 망대를 쌓는 등 면밀하게 전투준비를 하였다.

임진왜란 때 주력함은 판옥선이었다. 이순신 장군이 전라좌수사였을 때에 거북선을 건조했다. 이순신의『난중일기』에 선조25년(1592. 3. 27)에 여수 앞바다에서 거북선을 진수했으며, 각 영에 1척을 배치했다고 한다. 1592년 7~8월에 사천해전 · 당포해전 · 한산도 대첩 때 거북선은 맨 선봉에서 적진을 공격하여 일본 수군을 대파했다.

거북선은 판옥선을 개량한 것으로 100~150명이 승선할 수 있는 비교적 작은 함선이었다. 거북선 용머리 내에 포문을 설치하였고, 사수射手 1명이 그 안에서 철포를 쏘았다. 거북선은 2층 구조로서 배의 아래층 좌우에는 각 8개 내지 10개의 노櫓가 있었고, 노 한 개에 4명의 격군(格軍, 노 젓는 군사)이 배치되었다고 한다. 거북선 2층 좌우에는 포를 쏘는 포혈砲穴이 22개 만들어져 있어서 적진을 진격할 때 효율적으로 공격할 수 있었으며, 판옥선처럼 바닥이 평평하여 방향을 쉽게 바꿀 수 있도록 설계되었다.

거북선은 지붕을 덧씌우고, 쇠못이이나 창칼을 촘촘히 박아서 왜군이 배에 난입할 수 없게 만들었다. 당시 일본군은 소형 배를 이용하여 빠르게 접근한 후, 사다리 같은 것을 걸치고 난입하여 백병전을 벌리고, 횃불을 던져 불태우고 하는 작전을 많이 썼다고 한다.

거북선과 판옥선 전경

정주영 회장의 「거북선과 영국은행에서의 차관 일화」

우리 화폐에 거북선이 도안으로 사용된 것은 1953년 제2차 화폐개혁 때부터 이다. 우리민족의 자랑거리요 자존심인 거북선에 얽힌 일화가 있다. 그이가 현대그룹 정주영 회장의 '거북선과 영국은행에서의 차관 이야기'를 꺼내자 남성일행들은 대부분 알고 있었다. 한국 기업인으로서 1971년 9월에 정주영 회장은 현대조선소를 짓기 위해 영국 버클레이즈 은행의 롱바통 회장을 만나 차관을 요청했다. 그때 준비해 간 것은 철갑거북선이 도안된 대한민국 오백 원 권 지폐와 울산 미포만 모래사장 사진 한 장과 외국조선소에서 빌린 유조선 설계도 한 장이었다고 한다. 답은 부정적이었다. 그때 정주영 회장은 호주머니에서 철갑거북선이 도안된 대한민국 오백 원 권 지폐를 꺼내 보이며 말했다. (「중앙일보」 2009. 5. 11)

우리는 영국보다 300년 앞선 1500년대에 이미 철갑선을 만들었소. 400년 전에 일본이 수백 척의 배를 몰고 쳐들어온 것을 이 철갑 거북선으로 다 막아냈으며 다만 쇄국정책으로 산업화가 늦어졌을 뿐, 그 잠재력은 그대로 갖고 있소, 라고 했다. 결국 기술이전 계약(1971. 12)을 맺고, 차관협의를 받아냈다.

정주영회장의 조선소 이야기는 통쾌하게 이어졌다. 남편들은 정주영 회장의 아산탄생의 신화를 신나게 대화하며 소주잔을 마주쳤다. 조선소 직원 2만5천 명, 협력업체 직원 1만5천명으로 26만 톤급 초대형 유조선 2척을 1972년 3월에 착공하여 1974년 6월에 준공했다는 내용이었다.

이순신의 장계狀啓와 '나라 사랑하는 마음'

1593년 11월, 이순신 장군이 올린 「하납철공문겸사유황장(下納鐵公文兼賜硫黃狀)」이란 장계의 내용에는 지자총통과 현자총통을 만드는 데 필요한 철鐵의 양이 적혀있었다. 모든 물자가 남김없이 말라진 오늘날, 비록 관청의 힘으로도 손쉽게 변통하기 어려울 것이니, 지방 고을에 있는 쇠붙이를 거두어 총통을 만들 수 있게끔, 철물의 중량에 따라 상을 주고, 천한 신분을 면하게 하며, 병역을 면제하게 하는 공문을 내려주십사 하고 조정에 호소하는 글을 올렸다. 이 때 철은 구리를 의미한다. 현자총통과 지자총통은 90%이상이 구리로 만들었다.

역사학자 위당 정인보(爲堂 鄭寅普, 1893~1950)의 글 「나라를 사랑하는 마음」이란 제하에서 '거북선'에 대한 묘사이다.

거북선은 철갑을 입힌 배다. 등 덮은 뚜껑에는 빈틈없이 철첨(鐵尖)이 돋았고, 아래로는 여러 노가 벌여 내어 밀고, 주위로는 포혈이 있어 포기를 걸되, 배 앞용의 머리에 건 것이 가장 크다. 우리가 밖은 보아도 밖에서 우리를 볼 수가 없다. 주위의 포화가 한꺼번에 터지므로 밀접한 적 가운데로 들어가도 하나로 사방을 칠 수가 있고, 선체가 견고하므로 적탄이 뚫지 못한다. 그러므로 적을 만나면 거북선이 앞서 들어가고, 판옥선(板屋船)이 뒤를 따랐다.

정인보는 또 이순신은 유철을 모아 총통을 만들고, 밤이면 손수 화살을 다듬었다. 피난민을 살리려고 조용한 섬을 가리어서 농토를 마련하여 들여보내고, 적선을 붙들어 불을 지를 때 혹 우리 사람이 없나 먼저 살피라고 지성으로 일렀다. 사천싸움에 적탄이 어깨를 뚫은 채로 해지도록 전군을 지휘하고, 대전할 때마다 선두에서서 지휘하며, "내 목숨은 하늘을 믿는다. 어찌 너희더러만 적봉을 당하라 하랴" 하였다. 충무공은 또한 효자라고 했다. (정인보의 「나라 사랑하는 마음」에서 발췌)

이순신 장군은 부하를 거느리는 통솔력, 뛰어난 지략, 탁월한 전략, 능수능란한 전술의 제독으로 평가받는다. 이순신 장군이 전사한 후 선무공신1등관 추록, 의정부 우의정, 의정부 좌의정, 의정부 영의정으로 추증되었다.

경내에는 1681년 숙종 때 건립된 통제사 충무이공 충렬 묘비를 비롯하여 많은 통재사들의 묘비가 세워져 있다. 건물도 동서재, 경충재, 숭무당 등 몇 채가 자리하고 있다. 우리는 정원의 수령 몇 백 년 된 동백나무와 충렬사 담장 뒤편의 울창한 대숲을 올려다보며 다시 경건한 마음으로 읍하고 충렬사를 나왔다. 벗들도 마음 깊이 울려오는 감명 때문일까, 잠시 침묵이 흘렀다. 우리일행은 가야산 해인사로 떠나는 버스에 올랐다. 청명한 10월의 가을 날씨는 우리의 기분을 밝게 씻어주었다.

8) 부산 해운대 海雲臺

한반도 동남쪽에 위치한 부산광역시는 남한 제일의 항구도시이다. 기록에 의하면 대한민국 수산생산량의 42%를 차지하며, 총 해상수출의 40%, 컨테이너화물의 80%, 그리고 컨테이너항만 중 세계5위이다. 동시접안 능력은 201척, 보관시설로는 동시에 9만 톤을 보관할 수 있다.

부산 해운대는 6월초부터 개장하여 9월 말까지 많게는 하루에 인파 100만 명이 모여드는 해수욕장이다. 이 일원에 광안리, 송도, 송정 등 7개 해수욕장에도 160만 명에 이르는 국내외 피서객이 몰린다. 기록에 의하면 해운대 모래사장의 총면적은 5만8천여 평방미터, 길이 1.5km, 폭은 30~50m이다. 오후 가장 더운 시간에는 비치에 파라솔이 7900여 개가 펼쳐진다. 이 일원에는 3백여 곳의 숙박 편의시설이 들어서 있다.

필자는 아들 둘 딸 하나를 두었는데, 손자 손녀들이 어릴 때, 여름방학 때면 4가족이 함께 해운대 웨스틴조선호텔의 방 큰 것 2개를 예약하고, 기차로 손자손녀들을 인솔해 해운대로 가곤했다. 주위에 각종 음식점과 편의시설들이 많아서 2박3일 정도 아이들과 놀다오기는 아름답고 편리한 여름휴가지라고 생각한다.

해운대 해수욕장에서는 모래축제와 부산국제영화제가 열린다. 2009년에 윤제균 감독의 작품『해운대』는 지진해일을 상상한 영화로 흥행했다. 2014년의 윤제균 감독의 6·25동란 때 피난영화 부산『국제시장』은 관람객 1천만을 넘었다. 1950년 한국전쟁 때 중공군 12만 명의 대공세로 함경도 흥남부두에서 1950년 12월, 혹한 속에 북한주민들은 남으로 탈출(1·4후퇴)을 시도했다. 피난지 종착역은 부산! 이때 유행가「굳세어라, 금순아」가 눈물 속에 불리어졌다. 부산 최대의 전통시장인「국제시장」, 영화 속에 나오는 잡화상 '꽃분이네'는 관광명소가 되었다.

1876년 2월에 강화도조약(조일수호조약)에 의해 '부산포'란 이름으로 강제 개항 후, 1880년에 일본영사관이 설치되었다. 지리적으로 부산은 일본 왜적들의 침략근거지였다. 임진왜란 때는 부산포에 상륙했고, 남해안에 성을 쌓고 수년 간 머물면서 우리국민과의 수많은 항일 투쟁 역사는 계속되었다. 부산에는 독립운동사와 순국선열의 위패를 모신 「부산광복기념관」이 있다. 부산은 6·25 한국전쟁 때 피난 간 임시수도(1950~1953)로써 이승만 대통령의 집무실을 재현해 놓은 「임시수도 기념관」도 있다. 우리민족의 투쟁역사와 한국전쟁의 슬픔이 스린 대한민국 제2의 도시이다.

1995년에 부산광역시가 되었고, 1996년부터 부산 국제영화제가 열리며, 2002년에는 FIFA월드컵, 아시안게임, 그리고 2005년에는 APEC정상회담이 부산에서 개최되었다. 해운대구 부산 벡스코(Busan Exhibition & Convention Center, BEXCO)는 박람회가 열리는 곳이다. 육아, 교육, 웨딩, 음식, 채용과 취업, 그리고 창업 박람회 등 교육적으로 볼거리가 많다.

넘실대는 파도에 함께 춤추는 인파, 자연과 인간의 가장 친화적인 광경이 바닷물놀이인 것 같다. 모래성을 짓는 꼬맹이들, 모래에 파묻히는 젊은 여성들의 비키니 차림, 해안에 깔린 파라솔 물결, 파도 위를 달리며 피서객의 안전을 살피는 경비대원들, 멀리 바위섬에 나는 갈매기, 돛단배, 흰 구름 등이 해운대 풍경화를 이룬다. 바다가 그리워지는 계절, 저녁뉴스시간에 부산 해운대의 인파 결집소식은 여름철 무더위를 가늠하는 일종의 바로미터이다.

9) 가야산伽倻山 해인사海印寺

우리일행은 2005년 10월의 마지막 날, 오전 일찍이 경상남도 합천군에 있는 가야산 해인사(사적 제104호, 경승지 제5호)로 향했다. 단풍의 절정기라, 해인사로 진입하는 홍류동 계곡은 단풍으로 짙게 채색되어 있었다. '홍류동' 계곡일대의 화강암 바위들은 여인의 흰 살결 빛인데, 바위사이로 청류가 흐르고, 그 위로 단풍잎이 떠가는데 붉은 물이 흐르는 것 같다하여 붙여진 이름이 '홍류동'이다. 미상불 홍류동 계곡으로 접어들었을 때 벗들은 일제히 버스의 창문을 활짝 열고 밖을 내다보며 탄성을 올렸다. 우리일행이 산채 된장찌개로 점심을 먹을 때 활짝 열린 유리창 밖에는 각양각색의 단풍잎이 갈바람에 나비 떼처럼 흩날리고 있었다. 점심을 먹은 후 가이드의 해설을 들으며 경내를 둘러보았다.

해인사는 통일신라시대 애장왕 3년(哀莊王, 802)에 승려 순응順應과 이정利貞에 의해 창건되었다. 중국으로 구도의 길에 올랐다가 돌아온 순응과 이정은 가야산에 초막을 짓고 참선하였다. 그 당시에 등창으로 고생하던 애장왕의 왕비의 병을 낫게 해준 보은으로 애장왕은 절을 짓게 도와주었다.

해인사 4대 주지스님 승통 희랑僧統 希郎이 고려태조 왕건을 도와 고려를 건국하게 해준 보답으로 해인사를 서기 918년에 국찰國刹로 삼았으며, 930년에는 태조로부터 많은 재정적인 도움을 받아 불사를 크게 중창하였다고 한다. 조선시대에도 해인사는 세종, 세조, 성종 때 중창되었다고 전한다. 해인사는 창건 후 오랜 세월동안 여러 번 화재가 일어나 대부분 소실되었고, 대적광전大寂光殿, 3층 석탑과 석등이 창건 때의 유물이라고 한다.

합천 해인사 전경

합천 해인사 「천왕문」

해인사의 '해인海印'은 화엄경華嚴經의 해인삼매海印三昧에서 따온 말인데, '일렁임이 없는 바다에 만물의 형상이 그대로 비치듯이 번뇌가 없는 마음에는 만물의 이치가 그대로 드러난다는 뜻'이라고 한다. 해인사는 화엄경을 중심사상으로 하며, 화엄경의 주불인 비로자나 부처님을 대적광전大寂光殿에 모시고 있다. 석가모니불을 본존불로 모실 때는 당우堂宇를 대웅보전이라 한다.

해인사 천왕문天王門

일주문을 지나면 「해인총림(海印叢林)」이란 천왕문이 나온다. 천왕문에는 오방색의 사천왕상四天王像 탱화가 그려져 있다. 섬뜩함을 느끼게 하는, 흡뜬 눈길로 쏘아보는 근육질의 무인상武人像은 이 문을 드나드는 중생에 붙어 다니는 악귀와 잡귀를 제압하는, 호법신과 수호신의 역할을 하는 것일까? 대부분 가람에서는 흙이나 나무로 만든 조각상이 천왕문을 지킨다. 천왕문을 넘으면 청정도장淸淨道場, 불국정토에 들어온 것이다. 불교신자가 아니더라도 천왕문을 넘으면 기분이 사뭇 경건해 진다.

유정 사명대사(惟政 四溟大師, 1544~1610)는 임진왜란 때 스승인 휴정 서산대사休靜 西山大師의 휘하에서 수많은 승병을 통솔하고, 유성룡과 권율 장군 같은 명장들과 협력하여 큰 전공을 세웠다. 선조 37년(1604)에는 국서國書를 가지고 일본에 가서 도쿠가와(德川家康)를 만나 강화를 맺고, 조선포로 3천 5백 명을 이끌고 이듬해 귀국하였다. 속담에 그 스승에 그 제자란 말이 있다. 여기 해인사는 사명대사가 입적한 곳이며, 홍제존자비弘濟尊者碑가 있다. 서산대사의 「인생(人生)」이란 해탈시解脫詩의 끝 연을 옮겨본다.

생야일편부운기 (生也一片浮雲起) 삶이란 한 조각구름이 일어남이요
사야일편부운멸 (死也一片浮雲滅) 죽음이란 한 조각구름이 사라짐이다
부운자체본무실 (浮雲自體本無實) 구름은 본시 실체가 없는 것
생사거래역여연 (生死去來亦如然) 죽고 살고 오고감이 모두 그와 같
　　　　　　　　　도다.

고려 8만대장경과 장경판전

우리나라의 삼보사찰三寶寺刹은 석가모니의 사리와 가사를 봉안한 경
상남도 양산통도사는 불보佛寶사찰이고, 고려 팔만대장경을 보관하고
있는 합천해인사는 법보法寶사찰이며, 조계산 송광사는 16명의 국사를
배출한 승보僧寶사찰로서 국사전國師殿이 있다.

우리일행은 먼저 장경판전으로 가서 고려팔만대장경에 인사를 드렸
다. 강화도 선원사禪源寺에서 조선 태조7년(1398)에 팔만대장경은 해인
사로 옮겨진 후, 해인사는 여러 차례 화마를 입었고, 그 때마다 중건되
었는데, 대장경과 장경판전은 안전하였다. 6·25전쟁 때 UN군 인천상
륙작전으로 미처 후퇴하지 못한 공비들이 1천여 명 잔류하여 해인사를
중심으로 게릴라전을 벌였다. 1951년 여름에 지리산 공비토벌작전 때,
해인사 일원에 적군이 숨어있는 것을 탐지하고, 공군과 전투경찰이 함
께 공중작전을 단행했을 때 미美공군 고문단의 공격목표물 폭격지시가
내렸으나, 김영환 장군은 해인사임을 알고, 항명抗命했다고 한다. 그의
투철한 애국심이 유네스코 세계문화유산인 팔만대장경을 지킨 것이었
다. 2002년 6월에 그의 공적비가 해인사 입구에 세워졌다.

고려 8만대장경을 만들게 된 시원은 고려 현종 때(1011~1029)까지
부처님의 법력法力으로 국민의 힘을 합쳐 거란의 침입을 막기 위해, 경
상북도 대구광역시 팔공산 부인사符仁寺에서 초조대장경初雕大藏經을 18

년간 조판했다. 팔공산 부인사에 봉안되었던 초조대장경은 1232년 몽골군의 2차 침략 때 불타버렸다.

고려8만대장경은 고려 고종 때(1236~1251) 16년 만에 완성했다. 당시의 수도 강화도 선원사에 대장도감大藏都監을 설치하고, 경상남도 남해南海에 대장도감 분사分司를 두어 조판했다고 한다. 경판 수는 8만여 개, 8만4천 번뇌에 해당하는 법문이 실렸다고 한다. 경판의 크기는 대략 가로70cm, 세로24cm, 두께 2.6cm, 무게 3~4kg이다. 장경판전은 해인사 법보전法寶殿과 수다라장修多羅藏에 보관되어 있다. 같은 곳에 세워진 사간판전寺刊板殿에는 고려시대의 불교경전과 고승들의 저술과 시문집인 고려각판高麗刻板이 보관되고 있다. 고려 8만대장경과 장경판전, 그리고 사간판전은 1995년에 세계문화유산에 등재되었다.

경판의 재료는 남해안 일대에 자생하는 자작나무 원목을 3년간 바닷물에 담가두었다가 판자를 만들고, 다시 소금물에 쪄서 그늘에서 3년 말린 다음 다듬어 판을 만들고, 해서체로 글자를 양각한 다음, 마구리를 붙이고, 옻칠하여 제작하였다고 한다. 그래서 비틀어지거나 벌레가 슬지 않는다고 한다. 또 장경판전내부의 흙바닥에는 숯, 횟가루, 소금, 모래로 다져졌다고 한다. 그리하여 적당한 통풍과 방습, 적정온도 유지, 과학적인 진열방식 등이 목판작품을 온전하게 보존할 수 있게 하는 요건이라 한다. 해인사에는 국보 이외에도 15점의 보물과 수많은 문화재, 그리고 14개의 부속 암자와 75곳의 말사를 거느린다.

하산하는 길목에 수령 천년된 전나무 고목을 보았다. '고운 최치원선생이 신선되어 등천할 때 거꾸로 꽂은 지팡이가…' 라는 전설이 있다한다. 천년 비바람과 설해雪害를 겪어오면서도 위엄 있게 버티어 선 전나무! 비록 식물이지만 오랜 풍상을 겪은 생명체 앞에서니 숙연해졌다. 이양하李敭河의 수필 「나무」에서 몇 줄 발췌해 본다.

> 나무는 어디까지든지 고독에 견디고, 고독을 이기고 또 고독을 즐긴다. …나무는 훌륭한 견인주의(堅忍主義)자요, 고독의 철인(哲人)이요, 안분지족의 현인(賢人)이다. 불교의 소위 윤회설(輪回說)이 참말이라면 나는 죽어서 나무가 되고 싶다.

해인사 경내를 둘러보다가 내려오며 큰 바위에 기대어서서 사방을 둘러보는 사이 흩날리는 낙엽이 머리와 어깨위에 쌓인다. 자연과 하나로 동화되는 순간 우리는 「낙엽」(Autumn Leaves)이란 노래를 합창하였다. 낙엽 덮인 미끄러운 길, 서로 잡아주며 구르몽의 시 「낙엽」을 홍류동 계곡에 띄웠다.

단체여행길이라 우리일행은 시간이 촉박했으나 명소에 대한 역사와 선현들의 문학향기, 유적지에 담긴 전설 등을 음미할 수 있어서 흐뭇했다. 때로는 유적지에서 돌아설 때 아쉬움에 발목이 무겁다. 바로 가야산 계곡이 그러한 곳이다. 왜 고운선생이 '갓과 신만 남겨놓고 사라진 신선'이라 하는지, 또 이 계곡에 들어간 후, 벼슬과 속세를 잊어버린 연유를 어느 정도 이해할 것 같았다.

우리일행은 고려 8만대장경을 실제로 보았고, 가야산 단풍과 해인사, 홍류동 계곡의 아취나무다리를 건너본 것만으로도 행복했다. 언젠가 시절인연이 닿으면 신록을 갈아입은 옥류동 계곡에 산영과 구름이 내려와 놀 때 다시 이곳을 찾고 싶다. 그러나 필자의 나이테는 '내일은 오늘의 내가 아니라고' 조용히 일러준다.

◆ 제1권의 후기(後記)

제1장 태백산맥을 품은 강원도(江原道)

사진제공

* 설악산 가을단풍과 청동 통일기원대불좌상, 설악산 신흥사(新興寺)의 「부도밭」, 설악산 신흥사 「보제루(普濟樓)」사진은 속초시청 문화관광과에서, * 관음성지 낙산사(洛山寺)의 의상대, 홍련암, 해수관음상 사진은 낙산사에서, * 강릉 경포대와 오죽헌의 신사임당 동상 사진은 강릉시청 문화예술과에서 제공해 주셨다. * 춘천옥산가의 옥동굴체험장 사진은 춘천옥산가에서, * 축령산기슭의 「아침고요 원예수목원」의 아침고요역사관과 신비스런 하경정원 전경은 「아침고요 원예수목원」에서, * 춘천 남이섬의 남이섬을 오가는 나룻배, 메타세쿼이아 숲길, 『겨울연가』연가상은 남이섬 기획총무과에서 멋진 사진들을 보내주셨다. 도움주신 분들께 마음깊이 감사를 올립니다.

제2장 한반도의 중심지 서울 · 경기도

사진제공

* 파주 헤이리 「아고라(AGORA) 정치박물관 · 우표박물관」사진과 아고라 정치박물관 실내전경 사진은 「아고라 정치박물관」에서, * 헤이리 「세계민속악기박물관」과 민속악기 전시실 전경 사진은 「세계민속악기박물관」에서 제공해 주셨다. 도움주신 분들께 진심으로 고마움을 표합니다.

제3장 신라 천년의 유적과 한려해상국립공원

사진제공

* 경상북도 경주 토함산 불국사 가을전경, 석굴암 본존불, 포석정, 분황사 모전석탑 사진은 경주시청 문화예술과에서, * 한국 정신문화의 수도 안동의 분수가 치솟는 월영교 전경, 하회(河回)마을 전경, 병산서원 입교당은 안동시청 문화예술과에서, * 청송 주왕산「주산지 몽환적 비경」은 청송군청 문화관광과에서, * 울진 월송정(越松亭), 울진 왕피천 성류굴(聖留屈), 울진 불영계곡(佛影溪谷)사진은 울진군청 문화관광과에서, * 영주 부석사(浮石寺) 무량수전 사진은 영주 부석사에서 제공해 주셨다. * 경상남도 진주남강 촉석루, 논개 의암(義菴), 그리고 환상적인 진주남강 유등축제 전경은 진주시청 문화관광과에서, * 통영의 이순신 장군의 동상, 거북선과 판옥선 전경의 사진은 통영시청 공보감사과에서, * 가야산 합천해인사 전경과 합천해인사 천왕문 사진은 해인사『월간해인』편집실에서 보내주셨다. 아름다운 사진을 제공해주신 분들께 진심으로 감사함을 표하며, 삼가 이 졸저를 올립니다.

문화재 기행
한국의 멋과 미를 찾아서 I

| 초판 1쇄 인쇄일 | | 2016년 8월 8일 |
| 초판 1쇄 발행일 | | 2016년 8월 10일 |

지은이		조영자
펴낸이		정진이
편집장		김효은
편집/디자인		김진솔 우정민 박재원
마케팅		정찬용 정구형
영업관리		한선희 이선건
책임편집		김진솔
인쇄처		국학인쇄사
펴낸곳		국학자료원 새미(주)
		등록일 2005 03 15 제25100−2005−000008호
		서울특별시 강동구 성안로 13 (성내동, 현영빌딩 2층)
		Tel 442−4623 Fax 6499−3082
		www.kookhak.co.kr
		kookhak2001@hanmail.net

ISBN		979-11-87488-07-1 *04800
		979-11-87488-06-4 *04800(set)
가격		14,500원